Knaur

Von Thomas Moran ist außerdem erschienen:

Ein Hauch von Leben

Über den Autor:

Thomas Moran, 1948 geboren, studierte Journalistik, bereiste als Auslandskorrespondent Europa und Asien und ist heute Chefredakteur des New Yorker Magazins *W*. Einmal im Jahr besucht er den Tiroler Heimatort seiner Frau.
Nächstes Jahr in Sankt Vero ist sein erster Roman, für den er mit dem *Stephen Crane Award for First Fiction* ausgezeichnet wurde.

Thomas Moran

Nächstes Jahr in Sankt Vero

Aus dem Amerikanischen von
Gwynneth und Peter Hochsieder

Knaur

Die amerikanische Originalausgabe erschien 1996 unter dem Titel
»The Man in the Box« bei Riverhead Books, a division of
The Putnam Berkley Group. Inc., New York

Besuchen Sie uns im Internet:
www.droemer-knaur.de

Vollständige Taschenbuchausgabe November 1999
Droemersche Verlagsanstalt Th. Knaur Nachf., München

Umschlaggestaltung: Agentur Zero
Satz: Ventura Publisher im Verlag
Druck und Bindung: Clausen & Bosse, Leck
Printed in Germany
ISBN 3-426-61193-7

2 4 5 3

Für Annemarie

Voller Hochachtung
für Joseph Roth und Gregor von Rezzori
und mit Dank
an Wendy Carlton und Miriam Goderich

Wie alles anfing

1. Kapitel

Ich bin oben auf dem Dachboden und schiebe alte Gedanken hin und her. Ich krame. Ich wirble den elenden trockenen Staub auf und ärgere mich, daß meine Hände so schmutzig werden. Hätte ich doch Kisten für den ganzen Kram. Wenn ich das, was ich weiß, in Kisten packen könnte, hätte alles seinen sicheren Platz und würde niemanden stören. Die Kisten würde ich in Reih und Glied aufstellen. Dann würde ich sie mir noch einmal gründlich ansehen und weggehen und nie wieder hinschauen.

Während des Krieges hielten wir unseren Juden in einer Kiste. So hatte es mein Vater entschieden. Meine Mutter und meine Großmutter hatten ihn angefleht, es nicht zu tun. Denk doch daran, was uns passieren könnte, baten sie. Denk an die Gefahr, und was bringt uns das? Mein Vater hörte nicht auf sie. Er ließ sich nicht umstimmen. Er legte sich einen Plan für den Juden zurecht, und daran hielt er sich, solange es ging.

Unser Jude war ein seltener Fall. Und er war raffiniert. Man sollte meinen, ein Flüchtiger würde sich mitten in der Nacht heranschleichen und wie ein Zigeuner, der Pferde oder Kinder stehlen will, von Schatten zu Schatten durch das schlafende Dorf huschen. Aber um Mitternacht herumzuschleichen, das hätte die Hunde geweckt, und die schlaflosen alten Weiber hätten durch die Fensterläden gespäht. Unserem Juden war so etwas klar.

Unser Jude kam am hellichten Tag, er ging schnurstracks die Straße hinauf, während der Mittagszeit, als keine Menschenseele in Sankt Vero sich die Mühe machte, vom Suppenteller aufzuschauen. Selbst die Hunde lagen unterm Tisch und warteten knurrend auf Reste. Mittagszeit. Jedermann ordentlich an seinem Platz. So gehörte es sich in Sankt Vero. Und da drang das Pochen hinten an der Tür deutlich zu uns herein. Es klang dumpf, obwohl der Jude nur zaghaft geklopft hatte. Unbemerkt war er gekommen, völlig überraschend.

Er kam meinetwegen, wegen der feinen weißen Narbe auf meiner rechten Bauchseite. Er selber hatte sie mir zugefügt, vor Jahren, als ich klein war und auf unserem Küchentisch lag, während mir mein Vater die Arme und mein Großvater die Beine festhielt. Der Jude war auf der Durchreise. Er hatte die Route über den Sankt-Vero-Paß genommen und eine Pause eingelegt. Er wollte in dem einzigen Zimmer übernachten, das meine Mutter, in ihrem zaghaften Bemühen, ein Gasthaus einzurichten, für alle Fälle bereithielt. Es war nicht gerade eine ruhige Nacht, die er da in den Bergen verbrachte. Im Nebenzimmer lag fiebernd das wimmernde Kind, das sich schwitzend hin- und herwarf und gegen jede Berührung zur Wehr setzte. Ein verängstigtes Kind, das der Mutter und der Großmutter, die bei ihm wachten, große Sorgen bereitete. Gegen Morgen wurde aus dem Wimmern ein Gebrüll. Daraufhin erschien der Jude in der Tür, die Haare noch wirr, das Hemd hing ihm aus der Hose. Er sei Arzt, sagte er, und ob er einmal nachschauen dürfe. Meine Mutter nickte. Er berührte meinen Bauch, und ich schrie, und als nächstes merkte ich, daß man mich auf dem Küchentisch festhielt. Der Jude drückte mir Verbandmull auf Mund und Nase und tränkte ihn mit einer metallisch schmeckenden Flüssigkeit. Einen Augenblick lang blinzelte ich gegen die Dämpfe und das Licht, dann versank die Außenwelt.

Als ich wieder zu mir kam, schien es, als ob überhaupt keine Zeit vergangen wäre. Kurz darauf übergab ich mich in einen Blecheimer neben dem Bett. Aber als ich mich wieder hinlegen konnte, bemerkte ich das kühle, saubere Bettzeug. Ich spürte das Pflaster und den Mull auf meinem Bauch. Und obwohl es unter dem Verband höllisch brannte, fühlte ich mich von dem Gift, das mich gequält hatte, befreit.

Nach der Operation in der Küche erzählte mein Großvater immer wieder, er hätte wie ein Luchs auf den Juden aufgepaßt, damit der nicht plötzlich auf die Idee käme, mir auch noch die Vorhaut zu stutzen, nachdem er mit dem Blinddarm fertig war. Man brauche zwar keins von beiden, witzelte mein Großvater, aber wenn man das eine nicht habe, fühle man sich irgendwie nackt. Mein Großvater machte sich wohl auch deshalb über den Juden lustig, weil er sich genierte. Der Jude, müssen Sie wissen, weigerte sich, für das Aufschneiden etwas anzunehmen, weder Geld noch Waren. Er bestand sogar darauf, für die Übernachtung zu bezahlen. Ich sah ihm vom Fenster aus zu, wie er das Haus verließ und auf seinen kleinen schwarzen Citroen zuging. Ich sah, wie mein Vater ihn zum Auto begleitete und ihm die Hand gab. Er hielt dem Juden die Tür auf, bis er eingestiegen war, und dann schloß er sie hinter ihm. Den ganzen Tag lang schien meinen Vater eine Last zu drücken. Daß ich beinahe gestorben wäre, dachte ich damals, mache ihm Kummer – nicht das, was der Jude getan hatte.

Damals schon, noch vor der gewaltigen Propaganda und den Rassengesetzen, wußte man nicht so recht, was man von den Juden halten sollte. Man sah kaum einen. Bei uns in Sankt Vero, in Tirol, wohnten keine Juden. Aus meinen Schulbüchern (bevor sie umgeschrieben wurden) und aus den alten Zeitschriften, die meine Großmutter gebündelt im Keller aufbewahrt hatte (bevor sie sie verheizen mußte), wußte ich, daß es viele Arten von Juden gab, die einander so unähnlich waren wie Tiroler und Franzosen oder Türken, und daß es unsinnig war, alle über einen Kamm zu scheren. Aber man tat es doch.

In einem meiner Schulbücher war ein Bild von Kaiser Franz Joseph beim Besuch seiner östlichen Reichsgebiete. Es war bei Czernowitz oder irgendeinem dieser Orte, die später zu Rußland oder Polen kamen. Auf diesem Bild blickte der Kaiser milde lächelnd auf seltsame, langhaarige Juden im langen schwarzen Kaftan und Pelzhut, die ihm ihre Reverenz erweisen und die Segenswünsche der jüdischen Bevölkerung aussprechen wollten – als ob Franz Joseph das nötig gehabt hätte! Sein Gesichtsausdruck verriet, daß der Kaiser derlei Bekundungen gewohnt war, es war ihm nichts Neues. Aber ich hatte noch nie solche Männer gesehen. Mit ihren langen Bärten sahen sie aus wie Moses – wenn man von dem Hut mit den roten Bändern absah; ich konnte mir nicht vorstellen, daß Moses so einen trug. Jahrelang erschienen mir in manchen Nächten – besonders wenn es regnete – diese Juden im Traum und sprachen mit mir. Wenn ich wieder aufwachte, wußte ich nie, was sie gesagt hatten. Ich malte mir aber aus, wie ich eines Tages den Osten besuchen würde und diese Juden auch mich willkommen hießen. Sie würden etwas muffig riechen und mir in ihrem gebrochenen Deutsch ihre Geschichten erzählen.

Das war die eine Art Jude. Ich wußte auch von den armen jüdischen Arbeitern in den Großstädten wie Wien und Linz. Mit ihren ausgebeulten Hosen und Mützen sahen sie genauso aus wie die anderen Arbeiter auch, zumindest auf den Bildern der Sozialistendemonstrationen. Die Leute sagten, daß die meisten Roten Juden waren, aber auf den Bildern konnte man unmöglich erkennen, ob einer Jude war oder nicht. Ebensowenig ließ sich feststellen, ob einer ein Roter war, und wenn, hing es nur davon ab, ob er vor oder hinter der Polizeisperre stand. Ich hatte auch Bilder von den reichen Großstadtjuden auf dem Wiener Rathausball gesehen – manche, mit Stiernacken und Riesenbäuchen, stammten aus Familien, die Kaiser Franz Josef geadelt hatte. Sie trugen Lackschuhe wie die anderen reichen Wiener auch. Nur die Namen unter den Fotos verrieten ihre Herkunft. Es gab auch die geheimnisvollen Juden: die Ostjuden mit ihrem roten Haar und ihren blauen Augen, und die gedrungenen, dunkelhäutigen Kesselflicker, die aussahen wie Zigeuner. Und es gab die heimlichen Juden, mitten unter uns, wie den unseren. Wer hätte ihn als Juden erkannt? Er war Arzt; er trug einen ganz normalen dunklen Anzug. Er war korrekt. Er sah aus wie jeder andere Österreicher; viele haben die gleichen braunen Haare und blauen Augen. Auch meine Haare und meine Augen sehen so aus. Bei meinem Vater war die Hakennase noch größer ausgefallen. Wer wollte behaupten, daß dieser Jude ein Jude war, wenn er es nicht selber sagte?

Er sagte es uns selbst, als er 1943 wieder in unser Haus

kam. Er sagte uns, daß man alle Innsbrucker Juden zusammengetrieben hätte, um sie in Lager im Osten zu transportieren. Er sagte, er sei nur entkommen, weil ihn einer seiner Kollegen während der Hetzjagd in der Leichenhalle versteckt und am nächsten Tag in einem der Krankenwagen bis zum Anfang der Paßstraße gebracht hatte. Von dort war er heraufgewandert. Er trug nicht den gelben Stern, den Mantel hatte er von seinem Kollegen, aber hätte jemand nach seinen Papieren gefragt, hätte er sofort gesehen: *Jude*.

Mein Vater setzte eine feierliche Miene auf und schickte mich aus dem Zimmer. Ich folgte, aber ich hockte mich auf den Treppenabsatz, so daß ich ihr Gespräch belauschen konnte, während meine Mutter Schnaps einschenkte und Kaffee kochte. Am Geruch des Kaffees merkte ich, daß dieser Besuch in den Augen meines Vaters besondere Bedeutung hatte; Kaffee war damals teuer und gehörte nicht zum Alltag. Die Wochenration reichte für eine Tasse am Spätnachmittag: das war aber nicht Bohnenkaffee, sondern nur Ersatz; echter Kaffee kam ins Haus, wenn mein Vater einen der Schmuggler traf, die Waren aus Italien über die Berge brachten. Mutter, Großmutter und ich tranken an Sonntagen Tee, sonst Malzkaffee.

Der Jude erzählte unwahrscheinliche Geschichten. Junge Soldaten, rotbackig wie Schulbuben und genauso energisch, hätten alte Frauen und kleine Kinder und all die anderen mit dem gelben Stern durch die Gassen und Straßen zum Bahnhof hinuntergetrieben. Sie hätten nicht geschossen, aber sie seien unerbittlich gewesen. Alle müssen mit, hätten sie geschrien. Alle. Ein langer, langer Zug stand bereit, mit zwei Lokomotiven. Es gab nur

Güterwaggons und Viehwaggons, und die Juden wurden hineingeschoben und die Türen zugesperrt. Dann hätten die Soldaten sich's bequem gemacht, die Mützen abgenommen, Zigaretten geraucht, aus der Feldflasche getrunken und Witze gerissen. Der Jude gab zu, daß er es nicht selbst gesehen hatte, denn er hielt sich im Leichenhaus versteckt. Aber er hatte es aus erster Hand, von einem Kollegen, der zufällig gerade an diesem Tag im Bahnhof war, um seine Mutter abzuholen, die mit dem Zug aus Melk gekommen war.

Na gut, es ist eine alltägliche Geschichte aus dieser Zeit. Mittlerweile kennt sie jeder. Jeder weiß, daß so etwas passierte. Aber damals in Sankt Vero kam es uns unglaublich vor. Als uns diese Nachrichten auf dem üblichen Weg erreichten, ein paar Tage nach dem Auftauchen unseres Juden, waren viele Männer in unserem Dorf beunruhigt. Nicht über das Schicksal der Juden, sondern über die unverhüllte Ausübung brutaler Macht. Jeder erzählte Judenwitze und tat so, als ob er die Juden nicht leiden könnte, aber das machte man auch bei anderen Volksgruppen, die man nie gesehen hatte, zum Beispiel den Polacken und den Italienern. Man erzählte Witze. Aber diese Art, die Menschen wie Tiere zu transportieren, das war etwas Neues, etwas, das aus dem Rahmen fiel. Der Kaiser hätte so etwas nie zugelassen.

Die ersten paar Nächte verbrachte der Jude im Keller, hinter dem Brennholz versteckt, während sich meine Familie überlegte, was sie mit ihm anfangen sollte. Der arme Jude. Nach dem Abendessen schickten mich meine Eltern ins Bett, aber ich ging hinunter und setzte mich zu ihm, weil ich wußte, daß man vom Keller aus alles hören konnte, was in der Wohnstube darüber gesprochen wurde. Die Stimmen klangen etwas hohl, waren aber sonst so klar zu verstehen, als säße man mit oben im Zimmer. Meine Mutter war es, die dem Juden jede Hoffnung auf Mitleid nahm. Wir müssen sofort die Polizei holen, sagte sie. Es bleibt uns keine Wahl. Wir können ihn nicht verstecken. Wir können ihn nicht durchfüttern. Wir können so was nicht geheimhalten. Das Schweigen meines Vater machte mir klar, daß er diese Einwände nicht als Hindernis ansah. Heute glaube ich, daß er sich damals wie ein schlauer Bauer verhielt, der, selbstsicher in seiner eigenen Welt, nur überlegte, ob seine Schulden wirklich so hoch wären, daß sie die ihm abverlangte Zahlung rechtfertigten. Meine Mutter beschwor ihn zu glauben, daß es nicht so sei, daß vielmehr Gottes Wille den Juden in jener Nacht in unser Haus geführt habe, in der mich mein Blinddarm umbringen wollte, und beteuerte, daß wir niemandem etwas schuldeten.

»Wir wollten doch zahlen!« sagte sie.

Mein Vater schwieg eine Zeitlang. Ein Raucher hätte Zeit gehabt, seine Pfeife anzuzünden und bedächtig daran zu paffen. »Ja, es ist schon ein Risiko«, sagte er schließlich, »aber vielleicht steckt was Gutes drin für uns. Etwas Gutes könnte dabei herauskommen.«

»Ein Strick um deinen Hals, wenn man ihn findet – das wird dabei herauskommen«, sagte meine Mutter. »O Gott, warum bloß wir?«

Mein Vater war offenbar von seinem Platz auf der Ofenbank aufgestanden, denn der Jude und ich konnten seine Schritte hören, wie er über unseren Köpfen auf und ab ging.

»Der Krieg kann nicht ewig dauern«, sagte mein Vater. »Auch der erste Krieg ist zu Ende gegangen.«

»Was ändert das? Wenn wir am Ende dieses Krieges so viel Hunger haben wie beim letzten Mal, umso mehr Grund, nicht noch einen Esser im Haus zu haben. Er darf nicht hier bleiben. Du bringst ihn im Fuhrwerk über den Paß, und damit hat sich's. Wir haben dann ein gutes Werk getan und können ihn vergessen«, sagte meine Mutter.

»Wir sagen einfach, daß wir keine Ahnung hatten, daß er ein Jude ist, wenn uns jemand fragt«, sagte mein Vater. »Er ist ein Doktor, der sich aus Gesundheitsgründen in den Bergen aufhält. Jeder hier wird es mir glauben. Ich bin ein Kriegsveteran.«

»Aber es steht in seinen Papieren, und wir müssen uns seine Papiere anschauen, wenn wir ihm ein Zimmer vermieten wollen«, sagte meine Mutter, und ich dachte, jetzt hätte sie meinen Vater überredet. Mir kam es vor, als ob der Jude immer langsamer atmete.

»Den Juden dabehalten? Das habt ihr vor? Nur über meine Leiche«, sagte meine Großmutter plötzlich, als ob ihr das unvorstellbare Vorhaben erst jetzt aufgegangen wäre.

Stundenlang in jener Nacht, und wiederum Stunden in der nächsten, wurden mögliche Lösungen vorgeschlagen, durchgesprochen und verworfen. Es gab Pläne. Mein Vater sollte ihn in den Keller sperren (was für mich in diesem Augenblick eine schlechte Nachricht war) und den Gendarm holen. Mein Vater sollte ihm einen Stein über den Kopf hauen und ihn bewußtlos mitten in der Nacht vor der Tür eines anderen Hauses absetzen. Meine Mutter sollte ihm einfach befehlen, das Haus zu verlassen, und ihm Geld und ein sauberes Hemd geben. Mein Vater sollte ihn in einen der entlegenen kleinen Heustadel droben auf der Alm bringen, wo er sich eine Zeitlang versteckt halten könnte, aber wo er schließlich entweder verhungern oder sich stellen müßte. Meine Großmutter sollte ihn davon überzeugen, unbedingt nach Innsbruck zurückzukehren, denn die Gefahr wäre sicher inzwischen vorbei.

»Ich gebe zu, er hat damals das Kind gerettet, Gott sei Dank«, sagte meine Großmutter in der dritten Nacht. »Aber was würde dein Vater dazu sagen, wenn wir einen Juden im Haus behielten?«

»Nicht im Haus, Mutter«, sagte mein Vater. »Ich habe eine bessere Idee.«

Zwei Tage später nagelte mein Vater den Juden in eine Kiste. Ich nannte es ›Kiste‹; Sie hätten es vermutlich ein kleines Zimmer genannt, wenn Sie es gesehen hätten. Aber ich glaube, Sie hätten keine so großzügige Bezeichnung gewählt, wenn Sie darin hätten wohnen müssen. Sie war über dem Stall, ganz hinten auf dem Heuboden. Mein Vater nahm alte Bretter, die er nach dem Abbruch unseres Schweinestalls aufbewahrt hatte, und baute in einem Abstand von ungefähr einem Meter von der richtigen Wand des Heubodens eine neue Wand. Dahinter lag nun ein Raum, einen Meter breit, drei Meter hoch und vier Meter lang. Es gab keine Tür und kein Fenster. Nur ein Brett ließ sich ein bißchen zur Seite rücken, wenn man auf die richtige Stelle drückte. Um die Stelle zu erreichen, mußte man das Heu wegschieben. Durch dieses Loch reichten wir dem Juden das Essen hinein. Außerdem baute mein Vater ein Rohr aus zwei Teilen einer alten hölzernen Dachrinne und führte es in den darunterliegenden Kuhstall. Durch dieses Rohr konnte der Jude pissen und scheißen. Das war mir ein Greuel, denn ich hatte die Aufgabe, den Stall auszumisten. Kuhscheiße ist wenigstens sauber, ich war sogar schon barfuß durchgelaufen. Davon wird einem nicht schlecht.

Sogar zur Mittagszeit war es halbdunkel in der Kiste. Der Jude durfte niemals Licht machen. Im Winter war es kalt; es gab keine Heizung. Nur durch ein paar Ritzen zwischen den Brettern der Außenwand oder durch ein Astloch zum Dachboden konnte er hinausschauen; das Lesen war nur bei dem schwachen Licht möglich, das durch diese Öffnungen hineinsickerte. Was für eine Welt! Nie könnten Sie eine Wolke oder ein Mädchen sehen, nichts als Ihre eigenen Hände in ihrer nervösen Unruhe betrachten. Ein paar Geräusche wären dann Ihre einzige Verbindung mit dem Leben.

So war das also mit unserem Juden, der meinetwegen zu uns kam. Aber sobald er in seiner Kiste war, wurde ich zu seinem größten Problem und auch zu dem größten Problem meiner Eltern. Ich spürte, wie sie mich anschauten, und sah ihre fragenden Blicke. Sie hatten Angst, ich könnte jemandem von dem Juden erzählen, vielleicht im Zorn oder um mich aufzuspielen. Ich habe sogar daran gedacht. Oft habe ich mir das ausgemalt. Und ich habe es genossen, mir den Verrat vorzustellen. Mit Wunderwaffen wollte man den Krieg gewinnen. Der Verrat, das war meine Wunderwaffe, obwohl ich nicht einmal wußte, ob ich eine brauchen würde. Als der Jude kam, war ich dreizehn, und es gab auch noch die Sorge, ich könnte der Parteipropaganda erliegen, ich könnte zu einem Patrioten werden und den Juden aus Pflichtbewußtsein ausliefern. So etwas kam schon vor. Kinder, von Hitlerjugendführern und Lehrern und ihren eigenen aufwallenden Hormonen angestachelt, denunzierten ihre Eltern. Auch Turnlehrer übten in der stickigen Atmosphäre der Umkleideräume einen üblen Einfluß aus. Viele der schlimmsten jungen Nazis kamen aus diesen Turnvereinen, wo sie aufgehetzt wurden.

Ich fand es wunderbar, daß man mich ein kleines bißchen fürchtete. Ich atmete freier, ich schritt munterer aus, ich fühlte mich mutig. Aber niemand hat mich gewarnt oder mich ermahnt, weder meine Eltern noch der Jude. Vielleicht fürchteten sie, sie würden mich damit auf Gedanken bringen, auf die ich von mir aus nicht gekommen wäre. Oder vielleicht glaubten sie, ich sei intelligent genug, den Ernst der Lage und die Gefahr zu erkennen, und verließen sich deswegen auf meine Vernunft und auf meine Bindung an die Familie. Tatsächlich war ich mir des ganzen Ernstes überhaupt nicht bewußt; mir kam es wie ein Spiel vor. Aber ich hatte panische Angst vor meinem Vater und war überzeugt, daß die Polizei noch keine Folter erfunden hatte, die mich zwingen konnte, unser Geheimnis zu verraten. Also kam unser Verderben schließlich aus einer ganz anderen Richtung.

Als der Jude kam, war ich das einzige Kind im Haus. Früher gab es zwei Brüder und zwei Schwestern. Sie lagen nebenan; ihre Photographien in weiß emaillierten Rahmen hingen an schwarzen schmiedeeisernen Kreuzen auf dem Dorffriedhof vor der Kirche. So war es der Brauch: kleine Grableuchten aus rotem Glas hingen unter den Photographien, und dort zündete meine Großmutter Abend für Abend Kerzen an, außer wenn es regnete oder ihr der Pfarrer zuvorkam. Bei Nacht konnte ich von meinem Zimmer aus die Lichter sehen. Ich hatte das ganze Zimmer allein für mich. Zwar standen noch andere Betten da, aber auf ihnen lagen nur Wolldecken. Meines war das einzige Bett mit Laken und Daunendecke. Nur meine Kleider hingen im Schrank, nur meine Pantoffeln standen auf dem Boden, nur mein Mantel hing an einem der Kleiderhaken. Die dünnen Leinenvorhänge am Fenster verhinderten nicht, daß ich das rote Flackern der Friedhofskerzen sah. Es blieb mir nichts anderes übrig als mir das Kopfkissen aufs Gesicht zu legen und meinen eigenen warmen Atem wieder und wieder einzuatmen, solange ich es aushielt. Dann mußte das Kissen weg. Es gab da kein Entkommen. Manchmal sah ich die rote Glut und mußte an die Hölle denken. Ich fand es seltsam, daß mir der heilige Boden, um den sich der Pfarrer und die Großmutter so viel Mühe machten, so bösartig erschien, bis ich daraus den Schluß zog, daß es nichts als die Hölle gab, in dieser Welt genauso wie in der nächsten. Ich war ungefähr vierzehn Jahre alt, als ich daraufkam. In diesem Augenblick fühlte ich mich erwachsen und meinte, daß mein Weltbild recht abgeklärt sei.

Meine Brüder waren an Kinderlähmung gestorben. Rudolf war zehn, als er im Sommer starb, damals war ich vier. Heinz starb im Sommer darauf; er war acht. Zwei Jahre danach stürzte meine Schwester Liese in den Bach hinter dem Dorf; der Schmied holte sie heraus, und es schien ihr wieder gutzugehen, aber zwei Wochen später starb sie an Typhus. Sie war sechs und ich sieben. Im nächsten Jahr starb meine kleine Schwester Kathrin in der Wiege.

Ich habe meine Brüder eigentlich nicht sterben sehen. Als sie krank wurden, brachte man sie weg, ins Krankenhaus unten im Tal, und als sie zurückkamen, lagen sie schon in Kisten. Aber ich war dabei, als Liese starb. Ich sah, wie sie ihre kleinen Fäustchen ins Bettuch krallte, den Schweiß auf ihrer Stirn, die verfilzten blonden Haare. Sie wimmerte die ganze Zeit. Dann sah sie plötzlich aus, als ob ihr alles gleichgültig wäre und sie nichts als ihre Ruhe wollte. Sie hörte auf zu reden. Und dann ihre Augen. Sie schaute mich an und sah mich, aber ihre Augen waren stumpf. Als sie schließlich zu atmen aufhörte, veränderten sich ihre Augen überhaupt nicht, sie blieben einfach offen und starrten stumpf vor sich hin. Ich konnte mir das nicht erklären. Ich konnte nicht verstehen, was mit Liese geschehen war. Großmutter sagte, sie sei bei den Engeln, aber das war für mich keine Antwort. Wie konnte sie dort sein, wenn ihr Körper hier lag? Dann fragte ich mich, wieso der Körper wie Liese aussah, wo doch Liese ganz eindeutig nicht mehr darin war. Es verwirrte mich sehr. Nachdem Liese nebenan begraben worden war, bat meine Mutter den Pfarrer, mit mir über den Tod zu reden. Aber so, wie er redete, klang es, als ob sie sich nur schlafen gelegt hätte und eines Tages frisch und munter aus der Erde auferstehen würde.

Ich verstand es auch nicht besser, als ich Kathrin tot in ihrer Wiege fand. Eines Nachmittags war ich ins Schlafzimmer meiner Eltern gegangen, weil ich mir das kleine Ding so gerne anschaute und weil ich sie ein bißchen kitzeln wollte, was sie immer zum Glucksen brachte. An jenem Tag kitzelte ich sie, aber sie rührte sich nicht. Sie war ganz blau. Ich rannte hinunter und versteckte mich im Keller. Fast eine Stunde verging, bis ich meine Mutter aufschreien hörte; dann hörte ich die schweren Schritte meines Vaters an der Treppe. Meine Großmutter fing an zu greinen: O Gott, o Gott, o Gott. Schließlich tauchte ich aus meinem Versteck auf. Als mein Vater mich sah, nahm er mich auf den Arm und flüsterte mir ins Ohr, daß meine kleine Schwester weggegangen sei. Keiner fragte, wo ich gewesen war; das war eine große Erleichterung. Aber noch Jahre danach wachte ich manchmal zitternd mitten in der Nacht auf. Ich hatte große Angst, meine Eltern könnten entdecken, daß ich an jenem Tag in ihrem Zimmer gewesen war und auf irgendeine Weise Kathrins Tod verschuldet hatte.

Kathrin war so klein, daß sie nicht einmal ein eigenes Grab erhielt. Man begrub sie über der Liese. Es gab kein Bild von ihr, nur ihren Namen in schwarzen Lettern auf einem weißen Emailschild, das unter Lieses Schild befestigt wurde.

Die Last dieser Todesfälle brachte meine Mutter aus dem Gleichgewicht. Immer wieder nickte sie mitten am Tag ein, manchmal schon gleich nach dem Frühstück. Sie weinte nicht viel, aber sie hatte sich ein helles, trockenes Lachen angewöhnt, das die anderen Kinder erschreckte. Manchmal starrte sie auch an mir vorbei, wenn sie mit mir sprach. Eigentlich hätte ich die Achse werden müssen, um die sich das Leben meiner Eltern drehte. Aber das sollte nicht sein. Großmutter übernahm die Aufgabe, dafür zu sorgen, daß ich mir die Ohren wusch, meine Gebete aufsagte und jeden Abend die Bettdecke bis unters Kinn hochzog.

Immer öfter blieb meine Mutter im Haus. Sie ging nicht mehr zur Messe, nicht einmal am Sonntag. Nur mein Vater, meine Großmutter und ich saßen unter den

Augen der holzgeschnitzten Heiligen und der anderen Dorfbewohner. Drei Wochen lang hielt es meine Großmutter aus; dann trat sie in Aktion. Sie schleppte den Pfarrer ins Haus, damit er mit meiner Mutter redete, und zwang sie sitzenzubleiben. Sie saßen auf der Ofenbank, während mein Vater mit mir spazierenging. Das Unternehmen blieb ohne Erfolg. Vielleicht hatte der Pfarrer mit ihr genauso über den Tod geredet wie damals mit mir; er war ein junger Pfarrer, etwas unreif in seinem Urteil – oder vielleicht kommt es mir nur nachträglich so vor. Meine Mutter weigerte sich kategorisch, jemals wieder in die Messe zu gehen. Großmutter schämte sich sehr, denn im Dorf wurde natürlich darüber geredet. Manche vermuteten, jemand in unserer Familie hätte eine schlimme Tat begangen – ein Betrug im Laden meines Vaters, ein Seitensprung meiner Mutter – und deshalb die harte Strafe Gottes verdient. Die Kinder der Familien Precht und Kammer durften nicht mehr mit mir spielen, aber die meisten Mütter des Dorfes hatten eher Mitleid mit mir. Bei vielen bekam ich einen heißen Kakao.

Als der Jude zu uns kam, hatte sich unser Ansehen im Dorf wieder mehr oder weniger normalisiert, obwohl sich meine Mutter immer noch weigerte, einen Fuß in die Kirche setzen. Zu jener Zeit, in der alles rationiert war und die jungen Männer weggingen und, wenn überhaupt, als Krüppel zurückkehrten, gab es wichtigere Sorgen. Mein Vater betrieb seinen Laden in den vorderen Zimmern unseres Hauses, in der Frühe und am Abend versorgte er die Kühe, am Sonntag nach der Messe ging er mit den anderen Männern zum Frühschoppen. Manchmal half Mutter im Laden aus, klebte die Lebensmittelmarken ein und übernahm auch sonstige leichtere Arbeiten. Jeden Abend nach dem Abendessen ging sie die Straße hinauf bis zum letzten Haus im Dorf; dort kehrte sie dann wieder um. Meine Großmutter kümmerte sich um mich und um den Haushalt. Ich mußte meinem Vater helfen, ich hatte die Schule, meine Freunde und den Juden zum Unterhalten.

Er war mein Jude. Klar, in Holland hielten sie auch Juden versteckt, aber ich habe nie von so was in Österreich gehört. Nach dem Krieg behaupteten viele, sie hätten diesem oder jenem Juden geholfen, aber wo bleiben die Beweise? Ich habe noch nie von einem gehört, der behauptet, er hätte jahrelang einen Juden in seiner Scheune oder auf dem Dachboden oder im Keller versteckt. Wenn jemand so etwas behauptete und es hätte sich als wahr erwiesen, dann hätten die Alliierten die Nachricht in der Zeitung veröffentlicht und im Radio darüber berichtet, um alle anderen in Verlegenheit zu bringen. So etwas taten sie gern, so wie sie auch die Leute gern aus den Gefängnissen befreiten und sie zu Bürgermeistern oder Polizisten machten. Ich glaube, sie meinten, wir hätten noch kein richtig schlechtes Gewissen. Wir hatten es aber doch.

Heute (an einem beliebigen Tag zwischen Februar 1943 und Mai 1945) redet der Jude mit mir über Tabak. Er vermißt ihn sehr, er sehnt sich nach den Monte-Cristo-Zigarren aus Kuba, die er immer bei Glock in Innsbruck kaufte, damals, als seine Praxis florierte. Jeden Nachmittag nach der Praxis rauchte er eine im Café Central, ließ sich seinen Kaffee schmecken und las die *Presse*. Der

Jude hungert nach Gesellschaft. Er erzählt mir alles, woran er sich erinnert – nicht geordnet oder chronologisch, vielmehr kommen wir in einem einzigen Gespräch von der Zigarre im Café Central zur Hochzeit seiner Tochter im Schloß Mirabell in Salzburg (wo sie in der Marmorhalle Walzer tanzten) zu seiner Militärdienstzeit als Chirurg, als er in einem Zelt in den Karpaten einem Mann die Nase amputierte. Die Krankenschwester, die schon alle Arten von zerfetztem Fleisch behandelt hatte, weigerte sich strikt, die Nase zu berühren. Auf einmal fängt der Jude an zu weinen. Sigi ist dabei, wie auch sonst fast jeden Abend, wenn ich hinaufgehe, um dem Juden zuzuhören. Sie sitzt gern neben mir auf dem Stroh und legt mir wie ein Hund oder eine Katze (ich darf kein Haustier haben) den Kopf auf die Schulter. Wir sind gleich alt, aber ich bin fünf Zentimeter größer. Sigi sagt dem Juden: »Es wird schon wieder gut.«

Aber ich will erzählen, wie es damals war, mit dem Juden in der Kiste. Ich will erklären, was passiert ist. Ich will mit Sigi beginnen.

Was wir alles anstellten

2. Kapitel

Sigi will immer schön sein. Sie plagt ihre Mutter mit der Bitte, ihr Bänder in die Zöpfe zu flechten. Immer wieder sagt sie: »Sehe ich hübsch aus?« Sie fragt mich immer wieder.

In der Schule sitzt sie mitten unter uns, aber es scheint, als ob sie in einem eigenen Raum lebte. Niemals kratzt oder kleckst ihre Feder, niemals läßt sie ein Buch oder ein Lineal fallen, niemals muß sie nach vorn gehen und Gleichungen an die Tafel kritzeln. Sie und die Lehrerin führen Gespräche, während wir anderen unsere Lösungen zu Papier bringen, um sie anschließend nach einem kurzen Blick auf die Arbeit unseres Nachbarn energisch auszuradieren. Sigi ist die einzige, mit der die Lehrerin wie mit einer Erwachsenen spricht. Keiner von uns anderen ist von dieser Sonderbehandlung begeistert, aber keiner traut sich, sie zu kritisieren.

Die Lehrerin spricht mit uns anderen, als ob wir Kinder wären. Manches will sie einfach nicht wissen. Die meisten Buben müssen schon ein Buch bereithalten, um die Erektionen zu verbergen, die uns ohne Vorwarnung und ohne ersichtlichen Grund plötzlich überkommen. Täglich beten die Buben, daß sie nicht gerade dann zur Tafel gerufen werden, wenn sie einen steifen Schwanz haben. Nicht immer werden ihre Gebete erhört. Fräulein Mumelter tut so, als ob sie die Ausbuchtungen in den Hosen und den unbeholfenen, verlegenen Gang nicht bemerkt. Die Mädchen kichern – was denn sonst? Sie können nichts dafür, auch nicht, wenn Fräulein Mumelter auf den Tisch klopft und zur Ordnung ruft. Sigi steht einfach darüber. Sie sitzt gelassen da, auch wenn ihre Klassenkameraden unvergeßliche Demütigungen erleiden.

Sigi kann sich dessen nicht sicher sein, aber manchmal glaubt sie, sie habe das Gesicht eines Engels. Das stimmt nicht, es sieht ganz unscheinbar aus: regelmäßig, gewöhnlich, normal. Man würde kein zweites Mal hinschauen. Aber sie liebkost ihr Gesicht mit beiden Händen, sie betet es an, wenn sie glücklich ist. Je älter sie wird, desto mehr blüht sie auf, und wenn auch ihr Gesicht unscheinbar bleibt, ihr Körper wird zu einem Wunderwerk. Schon damals, als der Jude kam, konnte man das erkennen. Die Männer wissen nicht mehr, wie sie mit ihr reden sollen; sie schleichen unbeholfen um sie herum. Oft scheinen sie sich ohne Grund über sie zu ärgern, obwohl sie noch nie etwas Unrechtes getan hat. Es macht uns Spaß, Sigi an der Leine auszuführen, nur um zu sehen, wie die Männer unruhig werden. Sigis Mutter mag uns gern. Sie ist sehr dumm. Sie findet es allerliebst, wie Sigis Freunde ihre Tochter überallhin mitnehmen, und sie ist uns dafür dankbar. Jedesmal, wenn wir Sigi abholen, schenkt sie uns Süßigkeiten.

Sigi ist die klügste von uns allen, aber man könnte alles mit ihr anstellen. Als sie klein war, konnten wir ihr weismachen, der Inn sei ein roter Fluß unter einem violetten Himmel mit braunen Wolken. Man konnte ihr einreden, Stiere hätten drei Hörner. Man konnte ihr erzählen, daß Gottes Gesicht im Mond zu sehen sei. Als wir älter wurden, behaupteten wir, in einer Zeitschrift gelesen zu haben, daß die Wilden in Afrika wie die Hunde an den Knochen nagten. Leicht ließ sie sich dazu bewegen, etwas zu berühren – die Algen im Teich, eine zerquetschte Kröte, den Schorf, den man sich gerade vom Knie gekratzt hatte. Im Frühjahr, bevor der Jude kam, legte Peter die Nachgeburt einer Kuh in eine Holzschüssel. Er erzählte Sigi, es sei Pudding; sie solle die Finger hineinstecken und sie ablecken. »Salzig«, sagte Sigi. Und in einer Frühlingswoche, als uns der Teufel ritt, sah ich zu, wie sie in einer dunklen Scheune mehrere Bubenschwänze berührte, im Glauben, es seien Kuheuter oder eine eben gefundene Schlange oder eine frische Wurst. Und dann quetschte und zog sie Kaspars Glied so fest, daß sie es fast abriß. Er stieß einen Schrei aus, und wir liefen alle davon. Zwei Tage lang hütete Kaspar das Bett, und noch länger konnte man ihn humpeln sehen. Fortan ließen wir Sigi mit unseren Schwänzen in Ruhe.

Den Blinden, heißt es, hat Gott andere Gaben geschenkt. Sie erhalten ein schärferes Gehör, einen feineren Geruchssinn. Sie gelten als unheimlich. Sie wissen, wenn man mit ihnen im Zimmer ist, auch wenn man sich nicht rührt. Sie spüren Phantome in der Luft und Geister in den Wäldern. Sie merken, wenn sich weit oben über dem Fichtenwald eine Lawine löst. Manchmal, heißt es, ahnen sie sogar, was die Zukunft bringt, und warnen uns. Ich glaube nicht daran. Bei Sigi war es nie so, und hätten es andere geschafft, sie hätte mit Sicherheit dazu gehört. Sie fühlte sich in der Welt vollkommen zu Hause. Sie schwebte hoch oben. Ich war der Traurige, ich war derjenige, der nicht hineinpaßte, der zu schnell verstimmt war.

Nur einmal erlebte ich, daß Sigi völlig hilflos war. Wir

hatten unsere Erstkommunion, wir waren acht Jahre alt, es war im Mai. Sigi trug ein vergilbtes Kleid, denn seit der Urgroßmutter hatten es alle Mädchen der Familie Strolz zur Kommunion getragen. Trotzdem war es an jenem Tag das schönste Kleid von allen, mit echter Spitze aus Seide. Sigi hatte, wie sie es so gern mochte, Bänder im Haar. Nach der Kirche gab es Mittagessen und Kuchen. Pabst, der Gendarm, spielte, wie bei allen Feierlichkeiten, fröhliche Weisen auf dem Akkordeon. Ich tanzte mit Sigi und achtete dabei sorgfältig auf ihr Kleid. Kaspar, Martin und Simon ignorierten Maria, Monika und Evi und stopften sich mit Kuchen voll. Als ich noch ein Stück holen wollte, verlor ich Sigi aus den Augen. Sie war verschwunden. Keiner merkte, daß sie fehlte, niemand regte sich auf, niemand suchte sie. Aber ich machte mir Sorgen. Zuerst suchte ich hinter dem Schulhaus, danach in unserem Stall. Dann fiel mir der Bach ein, und plötzlich war der Tag verdorben. Ich stellte mir ein Mädchen im Wasser vor. Ich fing an zu laufen, obwohl ich eigentlich gar nicht ankommen wollte – wahrscheinlich hatte ich zuviel Angst. Der Weg führte an Sigis Stall vorbei, also blieb ich stehen und sah hinein. Sigi hatte sich zum Pinkeln vor den hintersten Pferdestand gehockt, und ihre zerbrechlichen Schultern hoben und senkten sich, während sie lautlos schluchzte. Ihre Wangen waren tränennaß. Nach dem Pinkeln stand sie auf und lehnte sich gegen die Wand. Immer noch bebten ihre Schultern. Schmutziges Stroh klebte am Saum ihres Kleides. Ich wußte nicht, wie ich mich verhalten sollte; ich beobachtete sie nur. Schließlich ging ich weg, so leise wie möglich, damit sie nicht merkte, daß ich dagewesen war.

Am Tag darauf fehlte ihr gar nichts mehr. Nach dem Frühstück klopfte sie an und wollte mit mir das Tal hinauf zum kleinen Wasserfall gehen. Sie ließ sich zu allen unseren Zielen mitnehmen. Wir banden ihr ein Seil um den Bauch und führten sie an der Leine. Paß auf, ein Stein, Sigi! Jetzt die Stufe hinauf, Sigi! Einen Schritt nach rechts, Sigi! Duck dich, Sigi! Manchmal, bei diesen Spaziergängen, bellte sie uns an und lachte.

Aber nach der Erstkommunion paßte ich sehr gut auf sie auf, sooft wir in die Nähe des Baches kamen. Immer faßte ich sie am Oberarm, wenn wir uns auf die Steine am Ufer setzten, immer richtete ich es ein, daß ich zwischen ihr und dem Wasser ging, und nie ließ ich sie aus den Augen.

Sigi ist die einzige, die von unserem Juden weiß. Abends geht sie mit mir hinauf, um mit ihm zu plaudern. Mein Vater weiß, daß sie mitgeht, aber er hat nie ein Wort gesagt. Offensichtlich glaubt er, daß wir uns auf Sigi verlassen können. Er kennt sie ihr ganzes Leben lang, und er hält sich für einen guten Menschenkenner. Darauf ist er stolz. »Ich bin vielleicht nicht gebildet, aber ich kenne die Menschen«, sagte er immer zu meiner Mutter, wenn sich herausstellte, daß er jemanden richtig eingeschätzt hatte. »Das habe ich im Krieg gelernt, wie man Menschen beurteilt. Damals gab es keine zweite Chance. Glaube mir, das ist die Gabe, die einem im Leben am meisten nützt.«

Sigi meint, mein Vater fürchte sich vor sich selbst. Nichts anderes jage ihm Angst ein, aber vor seinem eigenen Schatten zucke er zusammen. Auch ihr Vater sei so gewesen, sagt sie, genauso wie alle Männer, die aus dem Ersten Weltkrieg zurückgekehrt seien. Sie hätten etwas in sich drin und fürchteten, es könnte eines Tages herauskommen. Deswegen gingen sie so viel sanfter mit uns um als unsere Großväter, sagt Sigi. Sie wollten nicht, daß etwas Schlimmes passiert. Sie gäben sich große Mühe und rissen sich zusammen. Auch der Jude reiße sich zusammen, glaubt sie, der Jude mehr als alle anderen.

Sigis Stimme ist viel hübscher als ihr Aussehen. Für ein Mädchen klingt sie etwas tief, aber wenn sie redet, muß man an Musik denken. Und das war komisch, denn sie konnte überhaupt nicht singen. Der Jude hört sie gern.

Der Jude heißt Robert Weiß. Wir sagen Herr Doktor, wenn wir ihm das Essen bringen. Wir sind sehr höflich. Bitte schön, Ihr Frühstück, Herr Doktor. Bitte schön, Ihr Abendessen, Herr Doktor. Heute gibt's leider keine Butter, Herr Doktor, aber morgen ganz bestimmt. Und Mutter sagt, auch eine Tasse Tee. Das Buch aus der Schulbücherei, Herr Doktor. Bis Donnerstag muß ich es wieder haben, in sechs Tagen also. Sie müssen mir sagen, wie es ausgeht, falls die Lehrerin fragt.

Während der Jude seine Suppe löffelt und das Brot kaut, will er immer wissen, wie unser Tag verlaufen ist. Er stellt uns Fragen über unsere Wanderung zum Nordhang. Er will wissen, was wir gesehen haben.

»Gemsen«, sagt Sigi. »Gleich sechs Stück. Wir haben sie bei den großen Felsen direkt unter der Kirchspitz überrascht. Es war wunderschön da oben heute, lauter Blumen. Wir haben Ihnen welche mitgebracht – sehen Sie, auf dem Tablett? Und das Tal war so grün, und die dunklen Tannen marschierten wie Soldaten den Hang hinauf.«

»Ach so«, sagt der Jude, »ihr habt Gemsen gesehen.«

»Man sieht sie fast nie«, sagt Sigi.

Der Jude weiß nicht, daß Sigi blind ist. Warum sollten wir es ihm sagen? Braucht denn Sigi sein Mitleid, falls er – was unwahrscheinlich ist – noch etwas davon übrig hat?

Sigi will gar nicht viel Mitleid. Sie glaubt, daß sie mehr bekommt, als sie eigentlich braucht. Sie will einfach dazugehören. »Mich schaut keiner an«, klagt sie oft. Sie will das Gefühl haben, daß man sie beachtet. »Wenn ich ganz allein in einem dunklen Zimmer bin«, sagt sie, »kommt es mir vor, als ob mich jemand nur träumt. Wenn ich abends einschlafe, ist es, als ob ich sterbe. Oder wenigstens kommt es mir so vor. Ich weiß nicht, ob ich mit offenen oder geschlossenen Augen schlafe.«

Als ich Sigi das erste Mal zur Kiste auf den Heuboden mitnahm, fürchtete ich, daß der Jude mißtrauisch würde. Ich erwartete, daß er sich still, ängstlich und diskret verhalten würde. Ich erwartete Reserviertheit, Unmut, vielleicht sogar die schmollende Weigerung, mit einer Fremden auch nur ein Wort zu wechseln. Aber nein! Sigi erzählte der Jude alles, hastig, als ob sie seine lang entbehrte beste Freundin wäre. Wenn ich die Wahrheit sagen soll: Ich war ein bißchen eifersüchtig. Er nannte ihr seinen Namen und seinen Beruf, er erzählte von seiner Militärzeit, sagte ihr den Namen seiner Frau und den Namen und Kosenamen seiner Tochter. Er beschrieb, wie er mir damals vor vielen Jahren den Bauch aufgeschlitzt und dadurch das Leben gerettet hatte. Zeig ihr doch die Narbe, Niki, sagte er.

»Ich bin sechsundfünfzig Jahre alt«, erzählte er Sigi. »Ich habe eine Menge gesehen, aber noch nicht genug, verstehst du. Ich weiß nicht, warum alles so geworden ist.«

»Das Leben dreht sich wie ein Rad«, sagte Sigi.

»Was heißt das?« fragte der Jude.

»Es heißt so in einem Kirchenlied«, sagte Sigi.

»Ach so«, sagte der Jude. »Es ist schon wahr, wir drehen uns wirklich. Ich rollte wie ein Rad in meinen Beruf hinein, und später drehte ich mich um meine Frau und meine Tochter.«

»Poldi«, sagte Sigi.

»Ja, meine Tochter Poldi, sie hat den gleichen Kosenamen wie mein Freund Leopold Goldwasser«, sagte der Jude. »Mein Kommilitone, er lebt schon lang nicht mehr. 1914, nachdem Leopold und ich das Examen gemacht hatten, mußten wir gleich einrücken. Dort wurden wir zu Chirurgen. Nicht in einem schönen Krankenhaus in Wien oder Budapest, sondern im Gebirge, zuerst in den Karpaten, dann in den Alpen.«

»Meinem Vater ging es auch so«, sagte ich. »Bloß, daß er Scharfschütze bei den Gebirgstruppen war.«

»Mein Vater auch«, sagte Sigi, »aber nicht nach der Universität. Er war auch bei den Gebirgstruppen. Ein Kaiserjäger.«

»Natürlich«, sagte der Jude. »Aber wißt ihr was? In dem Augenblick, als wir einrückten, waren wir alle schon tot. Wir waren nicht mehr lebendig. Wir waren schon gefallen. Und diejenigen von uns, die nicht erschossen oder in die Luft gesprengt wurden, fingen erst an zu leben, als der Krieg zu Ende war. Damals erst wurde uns das Leben geschenkt.«

»Mein Vater hat gesagt, der Tag, an dem der Krieg zu Ende ging, war der traurigste und glücklichste seines Lebens«, sagte Sigi.

»So hätte er sein können. So hätte er leicht sein können. Für mich war er nichts als glücklich, denn er bedeutete, daß ich wieder ein Leben hatte.«

»Hoffentlich ein gutes«, meinte Sigi.

»Ein ausgezeichnetes. So gut, wie man es sich nur wünschen kann«, sagte der Jude. »Habe ich euch schon erzählt, daß meine Tochter in Amerika ist? Sie ging 1938 hinüber. Sie war erst neunzehn und hatte gerade geheiratet. Ein schönes Mädchen. Jetzt hat sie selbst zwei Töchter.«

»Amerika«, sagte ich. »Dort möchte ich auch einmal hin.«

»Meine Tochter sagt, das Beste an Amerika sei, daß man keine Ausweispapiere mit sich führen muß, weil keiner jemals danach fragt. In Amerika wird man in Ruhe gelassen.«

»Sind Ihre Eltern auch dort? Und Ihre Frau?« fragte Sigi.

»Meine Eltern liegen in Graz auf dem jüdischen Friedhof. Er ist sehr klein. Man findet gleich zu ihrem Grab. Der Friedhofswärter könnte es euch zeigen. Meine Frau ... sie ist auf Reisen. Ja, zur Zeit macht sie eine Reise. Ich könnte jeden Augenblick eine Karte von ihr bekommen, nur weiß sie nicht, wo ich mich aufhalte.«

»Ich habe einmal eine Ansichtskarte vom Gardasee bekommen«, sagte Sigi. »Mein Onkel war einmal da und hat sie mir geschickt. Sie hängt über meinem Bett.«

Sigi und ich sitzen Rücken an Rücken im Stroh. Ich denke an ihre Karte, an den großen blauen See, an die kleinen Städte am Ufer mit den roten Dächern. Alle Dächer in Sankt Vero sind braun und bemoost, ganz mit Schindeln bedeckt, außer der Kirchturmspitze, die aus Blech ist. Wenn die Sonne darauf scheint, glänzt sie wie

Silber. Ich glaube, man würde von dem grellen Lichtschein auf dem Wasser Augenschmerzen bekommen, wenn man in der Nähe des großen Sees wohnte.

Ich sagte, es sei Zeit zu gehen. Sigi faßte mich an der Hand.

Am nächsten Tag in der Schule wurde Kaspar an die Tafel gerufen. Wieder hatte er einen steifen Schwanz, aber weil Kaspar dick war, fiel es kaum auf. Die Mädchen kicherten ohnehin, weil sein Hintern beim Gehen hin- und herwackelte. Vom Klassenzimmer aus konnte ich unseren Heuboden sehen. Seit der Jude darin wohnte, gab ich mir besondere Mühe, nicht dorthin zu starren, nicht nach Hinweisen auf seine Anwesenheit zu suchen. Jetzt merkte ich, wie Sigi ihr Gesicht dem Heuboden zuwandte, als ob sie die Fichtenbretter nicht nur sehen, sondern durch sie hindurch bis zu dem Juden in die Kiste schauen könnte. Das machte mich unruhig. Ich wollte ihr eine Warnung zuflüstern, traute mich aber nicht. Dann fiel mir ein, daß keiner in der Klasse darauf achtete, wohin Sigis Blick gerichtet war. Jeder wußte, daß ihre Augen leer waren und daß ihr Gesichtsausdruck gleich blieb, ob sie auf ein Alpenpanorama starrte oder auf eine Mauer, die nur ein paar Zentimeter vor ihrer Nase stand.

In der Pause fragte ich sie, ob ihr bewußt sei, daß sie den ganzen Vormittag auf den Heuboden gestarrt hätte. Ich habe schon so etwas vermutet, sagte sie.

»Ich dachte darüber nach, daß dem Juden noch ein sehr langes Leben bevorsteht«, sagte sie. »Ich fragte mich aber, ob es ihm auch so vorkäme, als würde er sterben, wenn er einschläft.«

Sigi suchte immer die Nähe. Einmal, gegen Ende des Krieges, brachte ich sie dazu, sich für mich auszuziehen, und versprach ihr, daß sie mich als Gegenleistung berühren dürfte. Sie war so weiß und vollkommen. Aber es gab noch einen, der Sigi zu sehen bekam und der auch sah, wie ich sie berührte, obwohl das nicht zu unserer Abmachung gehörte. Das war meine schlimmste Sünde; das wußte ich sofort. Als Sigi mich an jenem Abend berühren wollte, schlug ich ihr die Hand weg. Sie nannte mich gemein. Sie sagte, es sei unfair. Also legte ich mich ins Heu, und sie durfte mich berühren, und ich weinte sogar, weil das Gefühl so schön war; so etwas Schönes wie ihre warmen Hände hatte ich noch nie gespürt. Und dann küßte Sigi die Stelle, die sie berührt hatte. Ich wollte sterben. Sigis sanfte Art erschien mir wie ein Vorwurf, angesichts der schlimmen Dinge, die ich begangen hatte.

3. Kapitel

Sigi hat Pech: sie ist Halbwaise. Sie lebt mit ihrer Mutter in einem einstöckigen Holzhaus gleich hinter dem Friedhof. Ihre Mutter zieht rote Geranien in den Blumenkästen vor den Fenstern. Draußen vor der Treppe laufen ein paar Hühner herum und scharren nach Futter.

Daß das Bild ihres Vaters und sein rotes Grablicht auf dem Friedhof stehen, hat Sigi meinem Großvater zu verdanken. Das mit meinem Großvater machte mir eigentlich nicht besonders viel aus. Er mochte mich nie, er prügelte mich zu oft, und er erzählte schlechte Witze. Es war besser, in einem anderen Zimmer zu sein, wenn er die Socken auszog. Aber das mit Sigis Vater machte mich traurig. Er sah gut aus, und als wir noch klein waren, packte er immer Sigi mit der rechten Hand und mich mit der linken und wirbelte uns hoch in die Luft. Wir meinten zu fliegen. Er hatte rauhe Hände, aber wir wußten, er würde uns niemals fallen lassen.

Mein Großvater wollte Benzinmarken sparen. Er war ein Geizhals, der niemandem etwas gönnte, ein typischer Hamsterer. Deswegen waren er und Sigis Vater, anstatt den Lieferwagen zu nehmen, mit dem Fuhrwerk ins Tal gefahren. Nur mein Großvater hatte einen Grund zu diesem Ausflug, er sollte zwölf Säcke Mehl abholen. Sigis Vater hätte gar nicht mitfahren müssen; es ging ihn auch nichts an, er war Tischler. Anscheinend hatte er einfach Lust, eine kleine Reise zu unternehmen. Schon früh am Morgen, als sie wegfuhren, kündigte sich ein richtiger Reisetag an, ein milder, schöner Oktobertag.

Kurz vor Einbruch der Dämmerung hörten wir das Krachen, und kurz darauf sahen wir die Männer die Straße hinunterlaufen, zur ersten Biegung auf dem Weg ins Tal. Die Schule war schon lange aus, die Suppentöpfe waren bereits aufgesetzt. Sigi und ich standen vor dem Laden meines Vaters, wo ich gerade die Fenster putzte. Ich legte den Lappen ins Seifenwasser, nahm Sigi an der Hand, und dann rannten auch wir los. Wenn ich sie an der Hand führte, traute sie sich, schnell zu laufen. Als wir zum Abhang kamen, paßte ich auf, daß sie hinter mir blieb.

Ich schaue den zerklüfteten Hang hinunter bis zum Bachbett. Die Männer sind schon dabei, mühsam hinunterzuklettern. Andere knüpfen Seile zusammen und befestigen einen Flaschenzug. Ich will nichts sagen, aber Sigi besteht darauf: Sag's mir doch.

Das Fuhrwerk besteht nur noch aus Trümmern, sieht aus wie ein Haufen Brennholz. Das Pferd liegt krumm mit offenem Maul und heraushängender Zunge über einem großen Felsvorsprung. Ich kann es mir nicht erklären, wieso der Rücken so verbogen ist. Alles ist weiß, mit einer Mehlschicht bedeckt. Sie liegen einfach da, Sigi. Sie bewegen sich überhaupt nicht; sie sehen aus wie Marionetten. Die Männer versuchen jetzt, sie aufzuheben und ihnen Seile unter die Arme zu binden. Sie sind ganz schlaff, wie Handpuppen.

»Herrgottsakra, hau sie doch nicht so gegen die Bäume«, schreit Pabst, der Gendarm, den Männern zu, die

die Seile hochwinden und versuchen, meinen Großvater und Sigis Vater aus der Schlucht zu holen.

»Bringst du mich jetzt nach Haus?« sagt Sigi. Genauso sagt sie es jeden Tag nach der Schule.

Anscheinend hatte mein Großvater nicht aufgepaßt. Während das Mehl aufgeladen wurde, saß er wahrscheinlich in einem Wirtshaus unten und trank zuviel Bier; vielleicht nahm er auch noch ein paar Flaschen für den Rückweg mit – das war normal. Vielleicht hätten ihm die Zügel nicht so schlaff in der Hand liegen sollen, als ein junges Reh, das im Wald in der Nähe des Dorfes nichts zu suchen hatte, dem Pferd vor die Nase sprang. Aber wer rechnet schon mit so etwas? Wer hätte schon gedacht, daß das linke Hinterrad des Fuhrwerks, immerhin noch einen Meter vom Straßenrand entfernt, zu nah am Abgrund war. Das Pferd bäumte sich vor dem Reh auf und wich zurück. Das erfuhren wir, weil der Schmied gerade in dem Augenblick aus seiner Werkstatt herauskam, als sich das Pferd aufbäumte und das Reh davonlief. Mein Großvater, vom Alkohol benebelt, muß wohl die Zügel zu fest angezogen haben, worauf das Pferd noch weiter zurückwich. Das linke Rad geriet über den Abgrund, das Fuhrwerk wippte hin und her, die schweren Mehlsäcke rutschten zur Seite, und dann begann der lange Sturz.

Es passiert immer wieder, daß Leute im Gebirge abstürzen. Das liegt in der Natur der Berge; es ist die Strafe der Natur für jene, die sich überschätzen. Normalerweise passiert es den Bergsteigern, in der Regel Reichsdeutschen, die danebentreten und hinunterstürzen. Überall im Gebirge stehen kleine Eisenkreuze am Wegrand, die die Stellen markieren, wo man sie gefunden hat. Vor allem die Reichsdeutschen werden ganz sentimental, wenn sie sie sehen.

Niemand erhob Vorwürfe gegen meinen Großvater. Es war ja schließlich ein Unfall. Aber nach den Begräbnissen hörte man überall im Dorf die Worte: »Wenn bloß ...« Wenn bloß dies, wenn bloß das, hieß es dauernd. Sogar die Männer, die im Ersten Weltkrieg dabeigewesen waren, sagten es. Meinem Vater machten die beiden Todesfälle besonders zu schaffen. Er sagte immer, wir müßten die Schläge einstecken, auch die unverdienten, mit allem fertig werden. Und jetzt sagte auch er, wie alle anderen: »Wenn bloß...« Ich glaube, das Wennbloß – ebenso wie die Trauer und der Schmerz – galt nur Sigis Vater. Er war auf vielerlei Art der Mittelpunkt des Dorfes; auf ihn verließen sich alle, wenn man gemeinsam etwas tun mußte. Sogar Pabst, der Gendarm, holte sich bei ihm Rat. Aber einen grantigen Alten, wie meinen Großvater, vermißte niemand – außer meiner armen Großmutter. Aber auch sie wartete nicht lange und rückte den leeren Stuhl bald vom Tisch weg und schenkte seine Kleider dem Winterhilfswerk.

Sigi trauerte. Beim Begräbnis ihres Vaters weinte sie sehr – was hätte man sonst erwartet? Aber als sie sich bückte, um eine Schaufel voll Erde ins Grab zu werfen, verlor unsere Sigi das Gleichgewicht. Sie kam ins Rutschen. Als sie ins Grab glitt, schob sich ihr Kleid nach oben, und man konnte ihre Unterhose sehen. Sie war weit geschnitten und aus grauer Wolle gestrickt. Alle, bis auf den Pfarrer, der irgend etwas aus dem Gebetbuch herunterleierte, hielten den Atem an, keiner rührte sich. Sigi saß einfach da auf dem schwarzen Sarg ihres Vaters, sie hatte gleich zu weinen aufgehört. Mein Vater reichte ihr seine rechte Hand, und mit einem kräftigen Zug holte er sie heraus. Mit dem Weinen war es vorbei. Sigi stand ruhig neben ihrer Mutter, die ihr gedankenverloren die Erde vom Hintern klopfte, während wir übrigen Erde ins Grab warfen. Ich nahm eine Handvoll und spuckte darauf – das soll Glück bringen. Pabsts Freund aus Fussing spielte ein furchtbar trauriges Lied auf einer verbeulten Trompete.

Das war zwei Jahre vor der Ankunft des Juden. Anfangs weinte Sigi viel, aber dann hatte sie es überwunden. Nach sechs Monaten konnte sie den Gedanken an jenen Tag ertragen und sogar nach einer Erklärung suchen. Sie meinte, es sei nicht schwer, ein Unglück zu seinem Ausgangspunkt zurückzuverfolgen. Jeder Schulbub könne das. Es fing an, sagte sie, als mein Vater die Lust verspürte, auf die Reise zu gehen, und das Fuhrwerk bestieg. Etwas ganz Alltägliches, nichts Aufregendes oder Bedeutsames. Darüber muß man sich nicht den Kopf zerbrechen. Aber man kann nie wissen, wann genau der Punkt erreicht ist, an dem die Katastrophe unvermeidbar wird: der Wendepunkt, wie sie es nannte. So eine Wende könnte jedem zu jeder Zeit passieren. Gott wollte sie da heraushalten.

»Was kommen muß, wird kommen; wenn nicht heute, dann morgen«, sagt der Jude, als ich ihm die Geschichte erzähle. Er hat einen kleinen Vorrat solcher Sprüche, aus denen er auswählt, was gerade paßt. Diese Sprüche gehen mir auf die Nerven. Ich glaube nicht, daß er das ehrlich meint. Meistens redet er, aber manchmal behauptet er, er wolle etwas über uns hören. Ich weiß nicht mehr, wie es zur Sprache kam, daß Sigi eine Halbwaise ist, aber irgendwie kamen wir darauf, und ich erzählte die ganze Geschichte.

Wer kann es mit einem Juden aufnehmen, wenn es um Geschichten geht? Gerade jetzt, zum Beispiel, ist er dabei, seine Karriere als Mediziner der Liebe zu opfern! Stellen Sie sich das vor! Das wäre schlecht für mich gewesen, denn es hätte bedeutet, daß er mir damals auf dem Küchentisch nicht das Leben hätte retten können. Das hätte mein Wendepunkt sein können. Ich will lieber nicht darüber nachdenken, wie nahe ich daran war, mich in eine Photographie und ein rotes Grablicht zu verwandeln. Sigi meint, diese Geschichte sei die aufregendste, die wir bis jetzt gehört hätten, und drängt ihn zum Weiterreden. Wir müssen ihn nicht lange bitten.

»Ihr müßt euch vorstellen: Ich bin ein recht hübscher junger Mann«, beginnt der Jude. »Glaubt ihr mir das? Bringt ihr das fertig? Gut. Ich bin in Wien, studiere wie ein Wilder, und ich lebe. Damals in Wien lebten wir jungen Leute wirklich. Kriege kamen uns nicht einmal in den Sinn. Es war wirklich ein goldenes Leben. Wir erwarteten eine glanzvolle Zukunft. Ich bin Student: der privilegierteste Zustand im Leben, obwohl einem das erst bewußt wird, wenn es zu spät ist. Man ist nicht völlig frei. Ich kann nicht heiraten, nicht einmal daran denken. Aber eines Tages sehe ich das Mädchen, das ich haben muß, und – wie soll ich sagen? – mein Leben beginnt sich zu drehen wie das Riesenrad im Prater. Ob man ißt oder schläft, ist einem egal, wenn man so verliebt ist. Man läuft die ganze Nacht im Regen durch die Straßen und ist glücklich, nur weil man an sie denkt.«

Es stellt sich heraus, daß das Mädchen die Tochter eines Rabbiners aus Przemysl ist. Sie heißt – wie denn sonst? – Rahel. Diese schwarzhaarige Rahel hätte in Przemysl niemals ohne Begleitung das Haus verlassen dürfen; kein Mann hätte in ihre Nähe kommen dürfen. Man hätte sie überwacht, behütet. Aber jetzt ist sie in Wien und betreut die kranke Schwester des Rabbiners – und da sieht es anders aus. Sie kümmert sich um den Haushalt und die Kinder. Die Schwester des Rabbiners befürchtet keine Gefahr, wenn Rahel am frühen Nachmittag mit den Kindern im Park spazierengeht, auch wenn sie weiß, daß es ihrem Bruder nicht recht wäre. Rahel ist ein braves Mädchen, und ein Wiener Park ist so sicher wie ein Banktresor. Einer Siebzehnjährigen fällt es schwer, den ganzen Tag im Haus eingesperrt zu sein. Also spaziert Rahel durch die Parks, und am häufigsten genau durch den, den der Medizinstudent Weiß aufsucht. Tag für Tag, wenn es nicht regnet, geht er, die Bücher unterm Arm, dorthin, um seine bescheidene Jause einzunehmen.

Er sieht sie. Mein Gott, wie könnte er sie wohl übersehen? Er will ihre Aufmerksamkeit wecken. Wochenlang bleibt es bei einem schüchternen Nicken. Schließlich spricht er sie an, und sie hat keine Angst. Bald verlieben sich die beiden und geraten in einen Freudentaumel.

Natürlich ist es unmöglich.

Sie ist arm, eine strenggläubige Jüdin, sie spricht kaum Deutsch. Ihr Vater trägt einen Kaftan und handelt mit Blechgeschirr. Wahrscheinlich hat er bereits eine Heirat in Przemysl arrangiert, mit dem Sohn eines anderen Rabbiners, und wartet nur noch auf ihre Rückkehr aus

Wien. Weiß' Vater ist Primarius einer Grazer Entbindungsklinik. Er verleugnet zwar nicht, daß er Jude ist, aber ebensowenig pocht er darauf. An den hohen Feiertagen taucht er unauffällig in der Synagoge auf, ansonsten beläßt er es bei gelegentlichen bescheidenen Spenden. Niemals kommt ihm ein jiddisches oder hebräisches Wort über die Lippen. Die chassidischen Juden mit ihren langen Schläfenlocken und den unordentlichen Bärten, die er manchmal zu zweit oder zu dritt durch die Grazer Straßen eilen sieht, sind ihm peinlich. Sie erinnern ihn an verschlagene Frettchen. Genau wie ein österreichischer Katholik betrachtet er sich in erster Linie als Österreicher. »Ihr versteht also das Problem«, sagt der Jude.

»Finanziell hänge ich vollständig von meinem Vater ab«, sagt er. »Mir bleibt nur eine Wahl: Wenn ich Rahel sofort heiraten will, muß ich mein Studium aufgeben und mir eine Beschäftigung suchen. Von unseren Familien dürfen wir keine Hilfe erwarten. Wir werden zu Ausgestoßenen. Einem Juden müßte diese Situation eigentlich vertraut sein, aber damals, für einen österreichischen Juden meiner Schicht, war das nicht der Fall. Nicht für mich. Wie würden wir überhaupt zurechtkommen, Rahel und ich? Sie meint, wir schaffen das schon, aber ich habe meine Zweifel.

Eine Hoffnung besteht. In zehn Monaten mache ich mein Examen. Dann bin ich Arzt, dann kann ich praktizieren. Wenn sie sich nur bis dahin geduldet, wenn sie so lange in Wien bleiben kann ... So sieht es also aus, wir treffen uns, sooft es geht, sehnen uns danach, wenn es nicht geht, und die ganze Zeit bangen wir, daß sie nach Przemysl zurück muß.«

Es ist Zeit, Sigi und ich müssen gehen. Wir dürfen

nicht zu lange auf dem Heuboden bleiben, sonst kommen die Leute auf dumme Gedanken.

Wir laufen den steilen Hang hinunter, durch das Gatter und den Weg entlang bis zu ihrer Haustür. Dann gehen wir hinein und setzen uns neben den großen Kachelofen, um unsere Hausaufgaben zu machen. Sie braucht mir nur zuzuhören, während ich ihr ein Kapitel aus unserem Geschichtsbuch vorlese, aber ich muß auch noch einen Aufsatz darüber schreiben. Die meisten Klassenkameraden wechseln sich beim Vorlesen ab, ich bin immer bei Geschichte dran.

»Wir brauchen keine Detektive zu sein, um zu wissen, daß sie nicht wieder nach Przemysl zurückkehren mußte. Er hat uns doch schon gesagt, daß seine Frau Rahel heißt«, sagt Sigi, während meine bayerischen Truppen in Innsbruck einmarschieren und mit der Brandschatzung beginnen. »Außer, er hat diese Rahel verloren und eine andere Frau mit dem gleichen Namen geheiratet – vor Kummer. Oder vielleicht war das ein Versprecher. Vielleicht heißt sie ganz anders, und er schmachtet noch nach der armen verlorenen Rahel.«

»Ein Mann weiß doch, wie seine Frau heißt«, sage ich. »Es muß die gleiche Rahel sein. Alles andere wäre zu unwahrscheinlich.«

»So?« sagt Sigi. »Du könntest doch zum Beispiel eine andere Sigi heiraten. Wer wüßte dann, ob du von mir oder von der anderen Sigi redest, wenn du Sigi sagst? Ich meine, jemand, der nicht aus unserem Dorf ist und uns nicht kennt.«

»Ich kenne keine andere Sigi.«

»Du triffst vielleicht eines Tages eine Sigi und verliebst dich, genauso wie der Jude. Sigis gibt es überall. Es gibt viele Sigis unten in Schwaz. Das hat mir mein Vater gesagt.«

»Ich bin noch nie dagewesen, und ich hab's auch nicht vor.«

»Du mußt aber zugeben, daß es im Bereich des Möglichen liegt«, sagt Sigi.

»Wenn ich wollte, könnte ich dich jetzt kitzeln, bis du in die Hose machst«, sage ich, und ich brauche sie nicht einmal zu berühren, da fängt sie schon an zu lachen und sich zu winden.

»Du mußt aber zugeben«, stößt sie hervor, »daß Schwaz eher im Bereich des Möglichen liegt, als daß mich jemand heiratet.«

»Schon gut, Sigi. Ich werde dich heiraten.«

»Ich heirate nur einen Mann mit Schnurrbart«, sagt sie, und wir lachen so laut, daß ihre Mutter ganz verwundert ist, als sie mit unserem Kakao ins Zimmer kommt. Wir beruhigen uns. Es ist nur Ersatzkakao. Sigis Mutter sieht mein Geschichtsbuch aufgeschlagen auf dem Tisch liegen und tätschelt uns, obwohl wir beide doch schon ein bißchen zu alt dafür sind.

Am nächsten Tag muß ich meinen Geschichtsaufsatz in der Schule vorlesen. Er ist entsetzlich schlecht. Zum Einmarsch der bayerischen Verbündeten Napoleons in Tirol und zu den Plünderungen habe ich lauter falsche Jahreszahlen angegeben. Ich habe auch einen falschen Bischof von Salzburg genannt. Fräulein Mumelter gefällt das ganz und gar nicht. Sie meint, ich würde genauso schlimm wie der Kaspar, worauf er losprustet und dann rot wird, als Fräulein Mumelter auch ihn zur Tafel ruft und ihn seinen Aufsatz vorlesen läßt. Er hat schon wieder eine Erektion.

Genau an jenem Tag tauchte meine Mutter wieder aus den Tagträumen auf, in denen sie seit Kathrins Tod gelebt hatte. Mit dem bäuerlichen Kopftuch, das zu dieser Zeit sogar in Sankt Vero schon altmodisch war, sah sie immer noch reichlich verschroben aus, aber es wartete immerhin eine Brotzeit auf mich, als ich aus der Schule nach Hause kam, und sie setzte sich zu mir, während ich aß. Seit Kathrins Tod war meine Großmutter die einzige gewesen, die sich in dieser Weise um mich gekümmert hatte. Meine Mutter, die sich jahrelang für nichts anderes interessiert hatte als für das Wetter und die Frage, was sie bei ihrem Abendspaziergang anziehen sollte, fing jetzt an, mich auszufragen. Was lernte ich in der Schule? Was war mein Lieblingsfach? Geschichte? Deutsch? Religion? Das hoffentlich nicht. Und wie geht es deiner Lehrerin, Fräulein Mumelter? Spricht sie hochdeutsch? Hatte sie heute eine ihrer hübschen weißen Blusen an? Sie ist so hübsch, findest du nicht? Nimmt sie manchmal ein Parfum? Hast du sie aus der Schule weggehen sehen? Ist sie allein nach Hause gegangen?

Fräulein Mumelter lebte, wie alle Dorfschullehrer vor ihr, in einer winzigen Wohnung über dem Gemeindeamt. Es war ein geheimnisvoller Ort, man erreichte ihn über eine offene Treppe an der Rückseite des Gebäudes, das von der Schule aus ein paar hundert Meter weiter unten an der Straße lag. Soweit man wußte, war noch nie ein Schüler über die Schwelle dieser Wohnung getreten, weder in den drei Jahren, in denen Fräulein Mumelter darin wohnte, noch während der Amtszeit ihrer Vorgänger. Wir brannten natürlich darauf zu erfahren, was dort los war, was sie tat, wenn sie allein war. Wir diskutierten, wir spekulierten. Meistens fragten wir uns, wie wohl ihre Unterwäsche aussah, und stellten uns vor, wie sie im Badezuber saß und sich einseifte. Kaspar glaubte, sie würde einen echten Schwamm benützen – das war ganz was Exotisches in unserem Dorf. Er meinte, da sie von irgendwo weit her stammte, aus einem größeren Ort als Sankt Vero, würde sie solche Dinge kennen und daran gewöhnt sein. Simon und ich stellten uns eine gewöhnliche Bürste vor, wie sie im Laden meines Vaters auslagen. Kaspar fragte sich, ob sie wohl auch badete, wenn sie ihre Tage hatte. Zwei Monate lang beschnupperte er sie jeden Tag mindestens zweimal, um festzustellen, ob sie immer gleich sauber roch.

Natürlich hätte uns keine alte Jungfer und kein Mann in solche Erregung versetzt, aber die hatten wir nicht in unserer Schule. Zu uns kamen die unerfahrenen Mädchen direkt von der Lehrerbildungsanstalt, und sie blieben meistens nicht lange. Fräulein Mumelter war eine Überraschung; sie mochte Sankt Vero, sie blieb länger als jede andere junge Lehrerin vor ihr. Fräulein Mumelter war zwanzig Jahre alt, als sie zu uns heraufkam. Für eine so dünne Frau hatte sie außergewöhnliche Brüste; darüber waren wir uns einig, soweit sich elfjährige Buben zu solchen Dingen ein Urteil bilden können. Sie hatte auch schön geformte Waden; wahrscheinlich deswegen, weil sie jeden Samstag nachmittag nach Schulschluß ihre Bundhosen und die genagelten Schuhe anzog und auf schmalen Wegen in die Berge hinaufwanderte. Im Herbst, während der Brunft, mahnte man sie zur Vorsicht, da die Hirsche manchmal angriffen. Einmal wollten ihr Simon, Andreas und ich hinterherlaufen, doch nach etwa einem Kilometer hatte sie uns abgehängt, wir kamen nicht mehr nach. Pabst, der Gendarm, einer der wenigen Junggesellen im Dorf, lud sich oft selbst ein, sie auf ihren Wanderungen zu begleiten. Sie lehnte immer ab. Pabst verbeugte sich höflich. Er bewahrte weiterhin eine Schwäche für sie und wußte immer, sooft ihr Name fiel, etwas Freundliches über sie zu sagen.

Es dauerte drei Jahre, bis ihr Geheimnis verletzt wurde. Simon hatte es angezettelt. Er war ungeschlacht, aber intelligent, also hätten wir uns nicht darüber wundern müssen. Erstens hatte er Zugang zum alten Steiner-Feldstecher seines Vaters. Zweitens konnte er sich in der Sägemühle seines Onkels Ignaz herumtreiben. Nun lag diese Sägemühle etwa hundert Meter schräg hinter dem Gemeindeamt unten am Bach. Ganz außer Atem berichtete er, daß man von der Dachkammer der Sägemühle aus zwei Fenster von Fräulein Mumelters Wohnung sehen könne. Mit dem Feldstecher sei die Entfernung kein Problem; man sehe die Stube in allen Einzelheiten. Man sehe sogar den Badezuber. Er behauptete, er hätte sie nackt gesehen, mit großen weißen Brüsten, die auf und ab wippten, während sie sich schrubbte – mit der Bürste, nicht mit einem Schwamm.

Was für eine Aufregung! Was für ein Spektakel! Wir hocken neben einem Stapel Fichtenbretter, die zum Lagern aufgeschichtet sind, und jeder will als erster mit Simon hinaufgehen, um diesen unglaublichen Anblick zu genießen. Es war noch fantastischer als die Frauen in den Geschichten aus *Tausendundeiner Nacht*, die wir in dem dicken Buch gesehen hatten, das Kaspars Vater in einem Schrank verschlossen hielt. Da gab es schließlich nur Zeichnungen von Frauen, und die meisten waren verschleiert. Drohungen werden ausgetauscht, man wird handgreiflich. Zum Schluß haut Andreas um sich und versetzt Kaspar einen derart festen Hieb in den Bauch, daß der sich wie ein Käfer auf dem Boden krümmt. Daraufhin einigen wir uns; wir ziehen Strohhalme. Anfangs wollen sie mich nicht ziehen lassen; in ihren Augen gehöre ich nicht richtig zur engeren Clique. Also muß ich Kaspar auch einen Hieb in den Bauch versetzen, als Beweis, daß ich dazugehöre. Kaspar regt sich so auf, daß er Erich, den kleinsten, zu Boden drückt und sich auf ihn setzt, bis alle Strohhalme gezogen sind. Dann werden sie von Simon mit dem Lineal gemessen. Ich habe den kürzesten erwischt, also bin ich als letzter dran.

Eigentlich wollten wir alle an einem Abend hingehen, aber Simon sagte: nein. Es sei viel zu riskant, wenn wir uns alle gleichzeitig in der Dachkammer aufhielten, sein Onkel könnte uns hören. Im übrigen sei die Dachkammer zwischen der Tür und dem kleinen runden Fenster nur zwei Bretter breit. Nur zwei Personen könnten sich gleichzeitig darin aufhalten: Simon, der ja den Feldstecher besaß, und einer von uns. Also machten wir einen Plan: Sonntag, Montag, Dienstag, Mittwoch und Donnerstag. Ich war am Donnerstag dran. Wir mußten eine Ausrede erfinden und um acht Uhr von zu Hause weggehen, um zur Mühle zu kommen. Als ich an der Reihe war, sagte ich einfach, ich müßte wegen der Hausaufgaben zu Sigi hinüber. Sigi hatte überhaupt keine Ahnung davon, wir hatten ihr nichts erzählt.

Bis ich schließlich an die Reihe kam, waren die anderen längst in einem Taumel der Begeisterung. Sie hätten alles gesehen, absolut alles, behaupteten sie. Wahrscheinlich wüßte Fräulein Mumelter, daß sie beobachtet wurde, und das gefalle ihr. Sie sagten, sie bewege sich sehr langsam, damit man sie gründlich anschauen könne; sie würden sich gar nicht wundern, wenn Fräulein Mumelter sie eines Tages einlade, in ihre Wohnung hinaufzuschleichen, wo sie nackt unter ihrem weißen Nachthemd auf sie warten würde.

Aber mir war es nicht vergönnt, weiße Halbkugeln vor die Augen zu bekommen, alles zu sehen, die erträumte Einladung zu erhalten. Zur vereinbarten Zeit traf ich Simon vor dem hinteren Eingang der Sägemühle. Wir spähten nach allen Seiten, dann huschten wir hinein und kletterten die Leitern zum Dachboden hinauf. Sie waren voller Splitter; sie wurden selten benutzt. Fünf Meter vor unserem Ziel sahen wir plötzlich eine dunkle, massige Gestalt, die die ganze obere Dachkammer einnahm. Simons Onkel Ignaz lag da mit dem Fernrohr, das er zur Jagd benützte, und sagte: »Oh, oh, oh.«

Ich glaube nicht, daß auch nur einer von ihnen jemals etwas gesehen hat. Der Dampf des Badewassers hätte sicher die Fenster beschlagen, sicher hätte Fräulein Mumelter auch die Vorhänge zugezogen. Was sie angeblich gesehen hatten, war einfach erfunden.

Aber der dicke Ignaz und sein ›Oh, oh, oh‹ gingen mir nicht aus dem Kopf. Also nahm ich am nächsten Abend um halb sieben, als jeder über seinem Suppenteller hing, einen Papiersack mit Scheiße, die ich im Pferdestand unter der Kiste des Juden gesammelt hatte, und schlich mich zur Dachkammer. Man konnte ihre Fenster sehen, und man konnte sehen, daß sich jemand hinter den Vorhängen bewegte. Aber es war nichts als ein Schatten; nicht einmal, ob ein Mann oder eine Frau hinter ihnen auf und ab ging, ließ sich erkennen. Mit der Scheiße beschmierte ich die Bodenbretter und den ganzen Fensterstock.

Ich hoffe, daß der dicke Ignaz, wenn er grunzend wie ein Schwein die Kammer erreicht, direkt in die Soße hineinkriecht. Wie wird er wohl seiner Frau die Flecken erklären? Aber es geht schief. An jenem Abend steigen Simon und Kaspar hinauf, der dicke Kaspar voran. Erst als er an den ersten stinkenden Haufen vorbeigekrochen ist, merkt er, mit welchem Brei er sich Hände, Arme und Bauch beschmiert hat. Und da zuckt er zurück, Brechreiz überfällt ihn, er rutscht auf der Leiter aus und stürzt hinunter – und als er unten aufschlägt, knackt der linke Arm entzwei.

Im Lieferwagen meines Großvaters, der jetzt meinem Vater gehörte, brachten sie Kaspar nach Fussing hinunter. Wegen des Gestanks – anscheinend hatte er auch in die Hose gemacht – mußte er außen auf der Ladefläche sitzen. Der Fussinger Quacksalber, Herr Doktor Durchleuchter, der gleiche, der mich zwei Jahre später verpfuschen wird, weigert sich, Kaspar zu behandeln, bevor man ihn nicht draußen im Freien mit dem Schlauch gesäubert hat.

Der dicke Ignaz nimmt eine Birkenrute und prügelt aus Simon heraus, was sie oben angestellt haben (als ob er es nicht ohnehin wüßte). Der Glatzkopf Ignaz mit dem Doppelkinn gibt vor, das Fenster mit Brettern fest zu vernageln, aber ich glaube, er läßt ein paar schöne Ritzen frei. Alle Väter vernehmen alle Söhne eindringlich über das, was sie gesehen haben. Sie wollen Einzelheiten. Dann werden die Buben alle durchgeprügelt, und der Fall ist erledigt.

Aber Fräulein Mumelter, das untadelige Fräulein Mumelter, wird jetzt von den Dörflern mit anderen Augen betrachtet. Sie ist nicht mehr nur die Lehrerin, sondern vielleicht die Quelle neuer, beunruhigender Vorgänge – ein Unruheherd. Sie wird Zielscheibe des ganzen Neides, der Begierden und der Spannungen, die das Dorf sonst nicht unterbringen kann.

»Haben sie wirklich dem armen Mädchen nachspioniert?« fragt meine Mutter beim Abendessen.

»Wenigstens war Niki so gescheit und hat sich herausgehalten«, sagt mein Vater.

»Sie ist doch nicht der Typ, der die Vorhänge offenläßt?« fragt meine Mutter.

»Das glaube ich nicht«, sagt mein Vater.

»Meinst du nicht, daß ihre Kleider etwas freizügig sind?« bohrt meine Mutter weiter.

»Für eine Lehrerin geht das schon«, sagt mein Vater, »sie sind alle mehr oder weniger gleich.«

»Du paßt also auf, was sie anhat?« sagt meine Mutter.

»Eigentlich nicht«, sagt mein Vater. Es sieht aus, als ob er sich mit seiner Suppe unterhält.

Sigi hält die ganze Sache für unglaublich albern. »Was haben sie davon, wenn sie etwas sehen?« sagt sie. »Was ist denn so Besonderes daran? Schließlich haben sie alle die Brüste ihrer Mütter gesehen.«

»Nicht in letzter Zeit«, sage ich.

»Du Depp«, sagt Sigi.

Ein paar Tage später freute ich mich auf die Religionsstunde am späten Nachmittag. In dieser Stunde, dachte ich, würde Fräulein Mumelter Simon, Kaspar und die anderen richtig fertigmachen. Mit seinem riesigen weißen Gipsarm, der ihm bis zur Schulter hinaufreicht, sieht Kaspar erbärmlich aus; aber wahrscheinlich liegt das eher am Schmerz als an der Beschämung. Ich erwarte von ihr ein paar feurige, verletzende Sätze über böse, gierige Augen, über die Abgründe der Sünde und die schrecklichen Strafen, die solche Sünder erwarten. Sie verhält sich jedoch, als ob nichts gewesen wäre, und erzählt von der Frau des Lot. Am Ende der Stunde fällt Sigi etwas ein.

»Was ist das gesetzliche Heiratsalter?« fragt sie.

»Hat dir jemand einen Antrag gemacht, Sigi?« sagt Fräulein Mumelter, zwinkert der Klasse zu und löst, wie beabsichtigt, ein Kichern aus.

»Ich wollte es eben wissen«, sagt Sigi ungerührt.

»Sechzehn, Sigi. Du mußt dich noch ein paar Jahre gedulden«, sagt Fräulein Mumelter.

»Und wie ist es bei Juden?« fragt Sigi.

»Darüber brauchen wir uns nicht den Kopf zu zerbrechen«, sagt die Lehrerin.

»Es hat mich bloß interessiert«, sagt Sigi.

»Jetzt haben wir Sondergesetze für die Juden, Sigi. Wenn ich die Wahrheit sagen soll, bin ich mir nicht einmal ganz sicher, ob die Juden untereinander noch heiraten dürfen. Es ist jedenfalls ein Verbrechen, wenn ein Jude jemanden von uns heiratet.«

An diesem Abend besteht das Essen für den Juden aus zwei großen gekochten Kartoffeln und einem Löffel Schimmelkäse. Er ist immer etwas traurig, wenn die Kartoffeln nicht genug gesalzen sind, aber trotzdem ißt er sie mit Appetit.

»Wie alt bist du?« fragt der Jude.

»Sechzehn«, lügt Sigi.

»Heutzutage alt genug dafür, würde ich sagen.« Er klingt erschöpft. »Rahel war erst siebzehn. Also, ich sag's euch, wie es war: wir haben miteinander geschlafen; das habt ihr euch sicher schon gedacht. Es war nicht leicht. Es war nicht leicht für sie, Ausreden zu erfinden, wenn sie das Haus ihrer Tante verlassen wollte, und ich mußte sie in mein Zimmer schmuggeln. Die Zimmerwirtin hätte die Polizei gerufen, wenn ihr etwas aufgefallen wäre. Nie konnten wir die ganze Nacht beisammenbleiben, wir trafen uns nur, sooft es ging, für eine wunderschöne Stunde. Jedesmal, wenn sie zu mir kam, steckte ich eine einzelne Rose in die Vase und ließ sie stecken. Schließlich war die Vase voll mit Dutzenden vertrockneter Rosen. Aber man kann gar nichts damit anfangen, sie lösen sich so schnell auf.«

Er ist verrückt nach Rahels dickem schwarzem Haar und dem erdigen Duft ihres Körpers, der ihr unter ihren Röcken entströmt. Er will sein Gesicht in ihrem Schoß vergraben und sie einatmen.

Genau das hat er gesagt, das sind seine Worte.

Ich frage mich, wie eine schwarzhaarige junge Jüdin riecht. Bestimmt anders als Sigi oder Fräulein Mumelter. Sie rochen meistens einfach nach Seife. Ich stelle mir vor, eine Jüdin könnte orientalisch riechen, aber ich habe keine Ahnung von orientalischen Gerüchen. Vielleicht sind sie wie der Weihrauch in der Kirche, schwer und süß.

Ich versuche, mir auszumalen, wie man miteinander schläft. Ich kann mir nicht gut vorstellen, wie das eine Ding ins andere hineinkommt. Die Winkel können doch nicht stimmen. Auch nicht die Größe. Es ist ja bloß ein kleiner Schlitz. Sigi wird auf einmal unruhig, ungeduldig mit dem Juden.

»Also habt ihr schon zehn Monate lang miteinander geschlafen, und dann habt ihr geheiratet«, sagt Sigi. »Sie war schwanger, eure Väter in Przemysl und Graz haben getobt, aber es ging vorbei.«

»Wir haben nie geheiratet, Sigi«, sagte der Jude. »Es hat nicht sein sollen.«

4. Kapitel

Unser Jude ist nach Italien durchgebrannt. Er fährt wie ein Verrückter, als wäre die Polizei hinter ihm her. Er steuert einen dreizehn Jahre alten Daimler, der ihm gar nicht gehört, über den Brenner, durch Südtirol hinunter und über die lombardische Ebene nach Venedig. Er hat ein junges Mädchen dabei, das nicht seine Frau ist.

»Das einzige Mal in meinem Leben, daß ich ausgebrochen bin«, sagt der Jude. »Mein einziges Abenteuer.«

Der Jude macht Sigi verrückt. Sie will immer alles der Reihe nach erfahren. Sie liebt die geordnete Reihenfolge. Sie will möglichst bald wissen, wie alles ausgeht, ohne unnötige Verzögerung. Insbesondere will sie wissen, was aus der armen Rahel aus Przemysl geworden ist. Aber der Jude geht, wohin er will, wann es ihm paßt, und jetzt ist er mittendrin auf seiner großen Flucht nach Italien. Dies alles geschieht, ein paar Tage nachdem Sigi in der Religionsstunde Fräulein Mumelter über das Heiraten ausgefragt hat.

Immer klarer wird uns bewußt, daß wir diesem Juden einfach glauben müssen, da sich nichts nachprüfen läßt. Es gibt keine Beweise. Wir kennen niemand, der jemals in Italien war, außer Sigis Onkel, der ihr die Postkarte vom Gardasee geschickt hat, und der lebt nicht mehr. Wie wollen wir wissen, ob uns der Jude die Wahrheit sagt, wenn er uns von den kleinen Bestechungen erzählt, die er den Besitzern kleiner Hotels zahlt, damit sie den Namen im Paß des Mädchens ignorieren – sie heißt ja nicht Weiß. Oder von der Flut im Frühjahr, die das Wasser aus den Kanälen auf die Piazza San Marco hinauftreibt und die Venezianer zwingt, über Stege aus dünnen Brettern zu gehen. Oder wie er und das Mädchen sechsunddreißig Stunden lang nicht aus dem Hotelzimmer kommen – hierzu liefert er keine Erklärung, wir müssen uns einen Reim darauf machen, was zwei Menschen allein in einem Zimmer in dieser ganzen Zeit anstellen könnten. Aber mehr und mehr wird uns auch bewußt, daß es vielleicht gar nicht so wichtig ist. Schließlich spricht er von der Vergangenheit, von einer Zeit, in der wir noch nicht auf der Welt waren. Wieso sollte es uns etwas ausmachen, wenn er ein bißchen lügt? Er belügt nur sich selbst.

»Man kann nicht sagen, daß sie hübsch war«, sagt der Jude. »Sie hatte eine breite Nase, ihr Haar war ganz kurz geschnitten, ihre Hüften waren zu schmal. Ein wenig sah sie aus wie ein kleiner Bengel. Sie rauchte zuviel. Damals war das so Mode.«

Er redet von dem Mädchen neben ihm im Daimler. Den Wagen hat er von seinem Freund, dem früheren Baron von Trotta, geborgt. Der Jude sagt, damals in den Zwanzigern hätten sich viele solche Typen wie Trotta herumgetrieben: Adlige, die – Jahre danach – immer noch davon benommen waren, daß jetzt der Kaiser und das ganze Reich mit ihm in der Kapuzinergruft begraben lagen. Sie lebten ganz in der Vergangenheit, denn die Gegenwart fanden sie unbegreiflich – oder abstoßend. Er und Trotta hatten im gleichen Regiment gedient. Daraus ergaben sich einige kameradschaftliche Verpflichtungen, erklärte er. Der Daimler, zum Beispiel. Aber die Verpflichtungen bezogen sich nicht auf die Freundinnen. Nein, das Mädchen gehört ihm allein! Es ist zwar eine stereotype Situation, aber sie ist tatsächlich eine Krankenschwester, wie könnte es anders sein? Das mit Krankenschwestern und Ärzten versteht jeder. Sie passen zusammen, sind füreinander geschaffen. Jede Krankenschwester will einen Arzt heiraten, aber nicht umgekehrt. Selten. Was mich betrifft, sagt er, bei wem sonst war ich so sicher, daß ich sie überzeugen könnte, diesen verrückten Ausbruch mit mir zu unternehmen? Wer sonst würde mich auf eine imaginäre Medizinerkonferenz nach Italien begleiten? Nach Italien, das noch vor kurzem Feindesland war? Angeblich ging die Konferenz um neue Entwicklungen in der Behandlung bestimmter Wunden, insbesondere alle Arten von Nervenverletzungen. So leicht zu diagnostizieren, so schwer zu behandeln.

Sigi hält es nicht aus, daß sie immer noch nicht weiß, wen oder wann er geheiratet hat, daß sie sich nicht vorstellen kann, wen er wegen dieser Krankenschwester verlassen hat und wie es dazu kam. Der Jude hat keine Lust, sie aufzuklären. Ihre Bestürzung interessiert ihn nicht; er prescht voran. Sie möchte ihn zurückhalten.

In letzter Zeit ist Sigi reizbar, launisch. In letzter Zeit leidet sie während der Periode unter schlimmen Krämpfen. Erst seit einem Jahre hat sie ihre Regel, und sie macht sich Sorgen, daß etwas nicht in Ordnung sein könnte. Sie hat schlimme Gedanken. Hauptsächlich verübelt sie uns – und dem ganzen Dorf – immer noch, daß wir damals Fräulein Mumelter nachspioniert haben. Sie ist der Meinung, daß dieses heimliche Spähen die schlimmste Sünde von allen sei. Es sei wie eine Vergewaltigung, das Schlimmste, was Fräulein Mumelter oder sonstwem passieren könnte. Aus irgendeinem Grund gibt sie allen die Schuld, nicht bloß Kaspar und Simon. Sie meint, der gebrochene Arm sei noch eine zu milde Strafe. Kaspar hätte sich das Genick brechen sollen, sagt sie. Die Leute sind der Meinung, daß Kaspar und Simon das Dorf blamiert und eine Strafe verdient hätten, aber die meisten glauben auch, daß sie dafür schon genug gebüßt hätten; Sigis Ansichten finden sie etwas rigoros.

Der Skandal ließ meine Mutter aufleben. Sie hatte sich in letzter Zeit ohnehin etwas übertrieben für Fräulein Mumelter interessiert. Tagsüber schlief sie nur mehr selten. Sie ging öfter aus dem Haus. Sie fing wieder an, mit Leuten zu reden, die sie jahrelang ignoriert hatte; sogar mit ihrer Cousine Christine, mit der sie sich bei der Taufe meiner kleinen Schwester Kathrin überworfen hatte. Christine war damals nicht an den oberen Tisch plaziert worden; der Platz reichte eben nicht für alle. Nun war Christine beleidigt. Gegenüber Tante Maria nannte sie meine Mutter ein Miststück, was man Mutter gleich darauf hinterbrachte. Dann redeten die beiden jahrelang kein Wort mehr miteinander. Jetzt trat meine Mutter wieder in das Leben des Dorfes ein, und das hieß, daß sie den Dorfklatsch wieder erfuhr und weitergab.

Aber damit nicht genug. Meine Mutter backte einen Mohnkuchen und brachte ihn eines Sonntags nach der Kirche Fräulein Mumelter höchstpersönlich in die Wohnung. Sie wurde, womit sie gerechnet hatte, zum Kaffee eingeladen und hatte so eine halbe Stunde Zeit, die Lehrerin zu studieren. Natürlich hatte sie sie schon kennengelernt, als sie neu im Dorf war und allen Eltern einen

Anstandsbesuch abstatten mußte. Sie hatte sie auch seitdem bei verschiedenen Schulveranstaltungen gesehen, aber wahrscheinlich nicht besonders beachtet. Beim Abendessen berichtete Mutter, Fräulein Mumelter sei zwar hübsch aufgemacht, aber zu sehr von sich eingenommen, eigentlich ein bißchen snobistisch, ob mein Vater das nicht auch fände?

Er nickte nur.

»Bei einem so jungen Mädchen würde man eine feinere Haut erwarten«, sagte meine Mutter.

»Sie sollte ihr Gesicht mit Gurken einreiben und dann mit Rupfen abschrubben«, sagte meine Großmutter.

»Glaubst du, daß die Buben mit dem Feldstecher wirklich etwas gesehen haben?« sagte meine Mutter und sah meinen Vater an.

»Kaum«, sagte mein Vater und rutschte auf dem Stuhl hin und her, als ob er aufstehen wollte.

»Es heißt, sie läuft am Abend nackt in der Wohnung herum«, sagte meine Großmutter. »Kein Wunder, daß sie schauen wollten.«

»Das glaube ich nicht, Mutter«, sagte mein Vater. »Das ist bloß ein Gerücht.«

»Wir wissen nicht, was sie dort treibt«, sagte meine Mutter.

»Was geht es uns an? Muß jeder wissen, was du in deinem Schlafzimmer machst?« sagte mein Vater.

»Nichts, worüber ich mich schämen müßte«, sagte meine Mutter.

»Natürlich nicht«, sagte mein Vater. Dann stand er auf.

Um diese Zeit begann mein Vater, am Morgen immer früher aufzustehen. Noch bei Dunkelheit, bevor meine

Mutter oder meine Großmutter sich rührten, hörte ich ihn den Ofen anheizen. Er ging in der Küche auf und ab, drei Schritte hin, drei Schritte her, während er darauf wartete, daß das Wasser kochte. Er war jetzt immer auf der Hut, wenn wir miteinander zum Stall hinübergingen und ich dem Juden das Frühstück in einem alten Mehlsack brachte. »Das schlimmste Gefühl an der Front war«, sagte er eines Tages, »daß es da jemanden gab, den du nicht gesehen hast, einen Heckenschützen, der dich aus der Ferne beobachtete. Du warst ihm ausgeliefert, sobald es ihm paßte. Du hast nie gewußt, wann deine Stunde schlägt. Es gab keine Vorwarnung.«

Das machte mir Angst. Es war etwas vollkommen Neues. Mein Vater hatte noch nie vom Krieg geredet.

Jetzt fing er an zu überlegen, wer ihn alles beobachten könnte, wer ihm etwas verübelte, wer ihn nicht mochte oder neidisch auf ihn war. Er kam schnell auf ein halbes Dutzend Männer und zwei oder drei Frauen, denen er zutraute, sie würden ihn gerne bei irgendeiner ungesetzlichen Tat erwischen. Ihre Namen wollte er nicht nennen, aber ich wußte, daß wir sie gut kannten; es gab keine Fremden im Dorf. Selbst wenn sie keine Ahnung von dem Juden hatten, konnte es sein, daß sie nach einem anderen, kleineren Vergehen suchten: daß man an den vorgeschriebenen Tagen die Fahne nicht hißte, daß man rationierte Waren ohne Marken hergab, daß man mit den Schmugglern aus Italien Geschäfte machte. Von jetzt an müssen wir besser aufpassen, sagte er. Wir müßten immer auf der Hut sein. Ich dürfte mich nicht zu lange auf dem Heuboden aufhalten, ich dürfte niemanden auf den Stall aufmerksam machen. Ich machte mir Sorgen, warum er glaubte, mir das jetzt sagen zu müssen, wo ich doch nie dergleichen getan hatte. Ich wollte nicht glauben, daß mein Vater nervös oder ängstlich sein könnte. Er meinte, es sei besser, wenn Sigi dabei wäre. Es sehe natürlicher aus, wenn wir zu zweit zum Spielen in den Stall gingen.

Ich will meinen Vater fragen, warum wir diesen Juden behalten. Schon nach dem ersten Monat meinte ich, wir hätten unsere Schulden für den Blinddarm abbezahlt. Ich wußte nicht genau, wie man so etwas berechnete, aber ihn einen Monat lang zu verstecken und ihm reichlich Essen zu geben – das schien fair. Aber die Monate sind vergangen, ein halbes Jahr ist vergangen, und unser Jude ißt immer noch seine Bratkartoffeln mit Speck, während mein Vater gebeugt herumläuft, als ob er in einem Schützengraben wäre, bedroht von einem unsichtbaren Gewehr.

Deshalb will ich fragen, warum. Aber ich traue mich nicht. Mein Vater hat nie erkennen lassen, daß er sich verpflichtet fühlte, seine Entscheidungen zu begründen. Warum sollte er jetzt damit anfangen? Und selbst, wenn er mir zum Beispiel zur Antwort gäbe: »Weil es das Richtige ist«, wie könnte ich wissen, ob das die Wahrheit ist? Es wäre so wie die Erzählungen des Juden. Man könnte es nicht nachprüfen. Es könnte so leicht das Falsche sein. Wir können noch nicht wissen, wie es einmal ausgehen wird. Und wenn er sagen würde: »Weil uns der Jude beschützen wird, wenn es soweit ist« – würde mir das etwas sagen? Wie sollte mein Vater auf die Idee kommen, daß wir in der Zukunft Schutz bräuchten. Schutz vor wem? Wer würde uns dafür belohnen, daß wir einen Juden versteckten? Niemand schert sich um die Juden, das ist klar.

Und schließlich sind wir dabei, den Krieg zu gewinnen. Der Mann im Radio, Herr Josef Markhof, hat es gesagt. Das ist ein Mann, auf den wir uns verlassen können. Als ich neun Jahre alt war, hatten wir erst dann Gewißheit über diese Anschlußgeschichte, als wir es von Josef Markhof im Radio hörten. Wir sahen niemals deutsche Truppen; dafür war unser Dorf zu klein. Aber die alte vertraute Stimme, die Stimme eines guten Onkels, brachte die Nachrichten zu uns ins Haus. Die Stimme war nicht sehr tief, klang aber etwas väterlich, so daß wir das Gefühl hatten, er spräche vertraulich zu uns. An jenem Abend klang Herrn Markhofs Stimme ganz wie sonst, völlig alltäglich. Dadurch wußten wir mit Sicherheit, daß Österreich jetzt nur noch ein Teil Deutschlands war.

Nie kamen deutsche Soldaten zu uns herauf. Pabst war unser Gendarm vor dem Anschluß, und er blieb es auch danach. Der Bürgermeister war immer noch der Bürgermeister. Am Tag nach dem Anschluß begann meine Großmutter zu hamstern: Schweineschmalz, Zucker, Mehl und Salz. Sie füllte das Schmalz in große Blecheimer und bewahrte sie im Keller auf. »Man kann nie wissen«, sagte sie. »Im letzten Krieg hat es fast nichts gegeben.« Jetzt gibt es doch keinen Krieg, sagte ich ihr. Und in jenem Sommer war auch kein Krieg. Die Briefmarken und das Geld, das hatte sich geändert, aber sonst nichts – außer dem Umstand, daß die jungen Burschen, die zum Militärdienst einrückten, nicht so wie früher schon nach einem Jahr wieder daheim waren, denn in jenem Herbst fing der Krieg gegen Polen an und dann der Krieg gegen den Rest der Welt.

Wir haben so viele Feinde. Diejenigen, vor denen ich

wirklich Angst habe, sind nicht die Amerikaner oder die Russen oder die Reichsdeutschen, die ich nie gesehen habe. Die ich nicht mag, das sind die mit der braunen Uniform, wie die Freunde von Sigis Vater. Was sie machen, gefällt mir nicht, wie sie andere herumkommandieren, wie sie herumbrüllen und nach Bier riechen. Wenn man so einen sieht, geht es einem wie bei einem bösen Hofhund. Man hofft, er ist noch fest an der Kette.

Drei Tage nach dem zweiten Todestag von Sigis Vater kamen acht solche Männer in zwei kleinen graugrünen Kübelwagen von Schwaz heraufgefahren. Sie hielten vor dem Wirtshaus, gingen hinein, bestellten sich etwas zum Trinken, kamen wieder heraus, schnallten die Gürtel ihrer gelbbraunen Uniformen wieder enger, kämmten sich das Haar und setzten die Mützen auf. Dann machten sie den Kofferraum des einen Wagens auf und holten ein großes Hakenkreuz aus rotgefärbten Nelken heraus. Im Gleichschritt marschierten sie die fünfzig Meter bis zum Friedhof hinauf, legten das Ding auf das Grab von Sigis Vater und blieben eine halbe Minute lang davor stehen. Dann marschierten sie zum Wirtshaus zurück. Eine Weile danach gingen Sigi und ich hin, um uns das Hakenkreuz anzusehen. Auf dem weißen Seidenband, das hie und da rote Farbflecken abbekommen hatte, stand in gotischen Buchstaben: »Einem alten Kämpfer«. Ich las es Sigi vor.

Dann ging ich ein paar Schritte weiter zu den Bildern meiner Brüder und meiner Schwester. Der Nachmittag war sonnig, nur ein wenig kühl. Noch hatte man die Grablichter nicht angezündet, also hatte ich keine Angst. Ich schaute die Bilder an und dachte mir, wie seltsam es ist, wenn man die toten Geschwister so lebendig und so frisch vor sich sieht. Sigi zog gerade einige Nelken aus dem Hakenkreuz heraus, um sie ihrer Mutter zu bringen, als die braunen Männer wieder aus dem Wirtshaus traten. Man hörte sie rülpsen. Einer von ihnen sah, was Sigi tat, spurtete die Straße herauf und brüllte: »Macht, daß ihr wegkommt! Verdammte Brut!« Wir blieben einfach stehen, wir wußten nicht, was wir tun sollten. Es war, als ob sich ein bissiger Hund von der Kette losgerissen hätte. Die anderen braunen Männer standen, die Hände am Gürtel, auf der Straße oder lehnten an ihren Wagen.

Der auf uns zurannte, sah jünger aus als die anderen; wir hatten ihn noch nie im Dorf gesehen. Er stürzte in den Friedhof und packte Sigi am Arm. Sie stolperte. Aber gerade in diesem Augenblick tauchte der dicke Ignaz auf, von ich weiß nicht woher, und lief durch das schwarze Eisentor herein. Ich erinnere mich nicht, daß ich ihn vorher in der Nähe bemerkt hatte. Plötzlich stand er hinter dem braunen Mann, und mit seinem fleischigen Arm umfaßte er dessen Hals. Der dicke Ignaz drückte zu, der Mann gab Sigis Arm frei. Die anderen Männer kamen zum Friedhof herüber. Der dicke Ignaz sagte leise: »Sie ist seine Tochter« und ließ los. Der Mann schüttelte sich wie ein Hund, massierte den Hals und stammelte: »Entschuldigung.« Dann gab er seinen Freunden ein Zeichen und ging auf die Straße hinaus. Sie blieben stehen und warteten auf ihn. Er sagte etwas, das wir nicht verstanden, und sie fingen an zu lachen. Dann stiegen sie in ihre Kübelwagen und fuhren davon. Der dicke Ignaz blieb bei uns, bis sie hinter der Kehre unten verschwanden, dann ging er zur Sägemühle zurück. Er sagte kein Wort.

Sigi spuckte. »Wer hat mich gepackt?« wollte sie wissen. »Niemand darf mich anfassen. Das erlaube ich nicht. Was hat Onkel Ignaz gemacht? Ich habe ihn gehört. Hat er den Mann weggezogen, der mich gepackt hat? Ich hätte es gehört, wenn sie gerauft hätten.« Ihre Hände waren voll mit roter Farbe.

Sigis Vater und der dicke Ignaz waren in unserem Dorf die einzigen Männer in der braunen Uniform gewesen. Ignaz hatte seine 1941 weggeräumt und wurde nie wieder darin gesehen. Es gab viele Kriegsveteranen wie Sigis Vater und Ignaz, die in den späten Dreißigern in die Partei eintraten. Hauptsächlich, so sagten sie, aus Abscheu gegen die Republik, nicht aus Liebe zu Adolf und seinen Reichsdeutschen. Es sei besser, unter einem Dach zu sein, wenn es stürmt, auch wenn es drinnen stinkt. Das hörte ich einmal Sigis Vater zu meinem Vater sagen. Herr Strolz versuchte immer wieder, meinen Vater zum Eintritt in die Partei zu bewegen. »Lukasser«, sagte Sigis Vater oft, »die Welt ist ein gefährlicher Ort. Männer wie wir müssen zusammenhalten.« Und mein Vater sagte jedesmal, daß er mit der Politik nichts zu tun haben wolle. Seine Politik bestand darin, sich nicht in fremde Angelegenheiten einzumischen.

»Ach, Martin«, sagte dann Sigis Vater, als ob er meinte, mein Vater sei über den Lauf der Welt falsch informiert.

An manchen Abenden saßen Sigis Vater, der dicke Ignaz und ein paar der braunen Männer von unten im Tal um unseren Küchentisch. Es roch säuerlich nach Bier, eine blaue Rauchwolke hing unter der Lampe, und die Stimmen wurden mit jedem Glas lauter. Ich schlich aus meinem Zimmer hinunter und sah ihnen zu. Zum Schluß saßen dann nur noch Sigis und mein Vater beisammen; sie stützten sich gegenseitig mit den Armen und nuschelten Sätze, die sie nie zu Ende brachten.

Dann führte Großmutter meinen Vater die Treppe hinauf, zog ihm die Schuhe aus und legte ihn ins Bett, während meine Mutter so tat, als ob sie schliefe. Sie steckte mich zum zweiten Mal ins Bett und sorgte dafür, daß ich noch einmal das Abendgebet sprach, das ich schon beim ersten Mal aufgesagt hatte. Ich weiß nicht, wie Herr Strolz nach Hause kam oder wie es ihm dort erging. Vielleicht stellte auch seine Frau sich schlafend und zwang ihn, die Nacht in seinen Kleidern auf dem Boden zu verbringen.

Am Montag, nachdem meine Mutter sie aufgesucht hatte, brachte mich Fräulein Mumelter vor der Klasse in Verlegenheit. Es kann nur Absicht gewesen sein. »Niki Lukasser!« sagte sie gleich in aller Frühe vor allen anderen. »Gestern brachte mir deine Mutter einen sehr guten Mohnkuchen; ich habe dir ein Stück aufgehoben.« Alle starrten mich an. Mit steifem Schwanz zur Tafel zu gehen, wäre nicht schlimmer gewesen. Kaspar machte einen Kußmund. Er sah aus wie ein fetter Fisch.

Abgesehen von dem schweren Gips, der ihm von der Schulter bis zum Handgelenk reichte und schon langsam speckig wurde, schien er seinen Sturz gut verkraftet zu haben. Sein Verhalten hatte offensichtlich keinen Schaden genommen. Nicht einmal Fräulein Mumelters Gegenwart machte ihn verlegen. Ich hätte es nicht ausgehalten. Sie behandelte ihn und Simon nur ein wenig korrekter als zuvor. Tatsächlich erwähnte sie nie etwas vor der Klasse. Was hätte sie tun können? Sie konnte sich von dem, was lief, ein Bild machen. Jeder wußte, daß Kaspar in Ungnade gefallen war, und trotzdem galt er als eine Berühmtheit. Er hatte immerhin eine Heldentat begangen, selbst wenn sie gleichzeitig als widerlich empfunden wurde. Alle Mitschüler hatten ihr Autogramm auf den Gips geschrieben – bis auf Sigi.

Nach der Pause drängten wir uns alle vor der Tür des Schulhauses. »Pfui, Kaspar stinkt«, sagte Sigi. »Kaspar ist ein Schwein, Kaspar ist eine Sau.« Sie fing an zu grunzen. Es klang ganz echt. Alle lachten. Die Kleinen grunzten auch mit.

»Halt's Maul, Sigi«, sagte Kaspar. Er stieß ihr seinen Gipsarm in die Rippen. Ich dachte an den dicken Ignaz, aber meine Arme waren nicht lang genug für Kaspars dicken Hals. Also lief ich hin und boxte ihm, so fest ich konnte, auf die Nase. Er kam nicht einmal aus dem Gleichgewicht – dazu war er zu schwer – aber das Blut schoß heraus. Er fing an zu brüllen. Fräulein Mumelter eilte heraus, legte Kaspar ins Gras und hielt ihm ihr Taschentuch unter die Nase. Es war im Nu voll Blut. Ich war auf Ärger gefaßt, aber sie erkundigte sich nicht einmal, wie Kaspar zu seinem Nasenbluten gekommen war, und niemand – nicht einmal Kaspar – wollte sie aufklären. »Ich habe es gehört«, flüsterte mir Sigi zu. »Ich habe gehört, wie du zugeschlagen hast. Es war prima.«

Die Hand tut mir noch immer weh. Aber mir macht es nicht viel aus. Sigi lehnt sich an meine Schulter, und der Jude spaziert in der Abenddämmerung die Riva degli Schiavoni entlang und hat seinen Arm fest um die schlanke Taille seiner schmalhüftigen Krankenschwester gelegt. Sie ist so groß wie er, hat dunkle Haare, fast so kurz wie seine. Das Abendlicht ist blau, das Wasser im Kanal so schwarz wie ihre Augen. Ein letzter Sonnenstrahl schimmert von der riesigen Kirchenkuppel auf der anderen Seite des Kanals. Sie kommen an der Seufzerbrücke vorbei, und seine Hand gleitet auf ihre Hüfte hinunter. Er spürt die Bewegung ihrer Hüften. In diesem Moment weiß er, daß er sich in sie verliebt hat und nie wieder nach Innsbruck zurück will. Er muß unbedingt mit diesem Mädchen in Venedig bleiben. Sie werden spazierengehen; in den kleinen Trattorias, die sie in den dunklen unbekannten Ecken der Stadt entdecken, werden sie Zuppa di pesce essen, sie werden sich die ganze Nacht lieben. Sigi wird rot.

»Er vergißt sich«, flüstert sie. Sie liebkost ihr Gesicht.

»Ja«, sage ich aufgeregt und warte auf eine Beschreibung, auf Einzelheiten. Es gibt so vieles, was wir für unser Leben gern wissen wollen. Aber nein. Dem Juden wird bewußt, mit wem er spricht, und er hört auf.

5. Kapitel

Manchmal rege ich mich auf. Ich sitze an unserem alten Holztisch und löffle meine Suppe, meine Eltern reden von alltäglichen Sachen. Dann passiert es.

Man sieht den Mond. Warum steht er überhaupt da oben? Warum werfe ich hier unten einen dünnen Schatten, während ich spüre, wie die kalte Nachtluft in meine Lunge eindringt? Man sieht den Juden in seiner Kiste. Diese Dinge wirbeln mir im Kopf herum. Aber beim Abendessen reden meine Eltern ganz ruhig davon, wie viele Nadeln, Stoffballen oder Büchsen Pfirsiche noch im Lager sind. Wann wird es wieder eine Zuteilung geben? Mein Vater lobt die Suppe, dieselbe Grießnockerlsuppe, die wir schon seit ewigen Zeiten zwei- bis dreimal in der Woche essen. Auch meine Großmutter will anbringen, was sie heute erlebt hat. Ein Streit zwischen dem dicken Ignaz und einem Fremden auf der Straße hat sie so abgelenkt, daß sie beinahe eines der guten Bettücher angesengt hätte.

Ich muß vom Tisch aufstehen. Immer öfter habe ich das Gefühl, daß ich mein Leben nur träume. Es macht mir Angst. Und in letzter Zeit fürchte ich, mein Vater werde nicht imstande sein, mir das zu sagen, was ich unbedingt wissen muß. Er wird mich nicht mehr so leicht beruhigen können wie früher. Daß es meine Mutter niemals könnte, das war mir schon immer klar.

Traurig und verträumt, wie ich bin, rege ich Sigi dazu

an, mich aufzumuntern. Sie versucht, mich abzulenken. Ich soll ihr ein neues Buch vorlesen, mit ihr spazierengehen. Dann fällt ihr eine Behandlung ein, die mich endgültig kurieren soll. »Das Leben ist eine Probe«, sagt sie. »Der Mensch wird auf die Probe gestellt. Jetzt sind wir alt genug. Wir haben die Wahl, das Richtige oder das Falsche zu tun, und wir müssen sehen, daß wir das Richtige wählen. Darum geht es, wir müssen die Probe bestehen.«

Und wenn es darum geht, was ist dann der Zweck? Wer prüft uns, und nach welchen Richtlinien werden wir benotet? Ich fühlte mich auf jeden Fall betrogen. Von Sigi hätte ich mir etwas Besseres erhofft. Ihre Erklärung kam mir fast so armselig vor wie die Erklärung des Pfarrers. Es ist Gottes Plan – das war seine Antwort auf alles, von Zahnschmerzen bis zu dem schrecklichen Tod von drei Männern, die beim Holzfällen verunglückt waren (sie wurden von den schweren Ästen einer großen Tanne erschlagen). Der Pfarrer sagte voller Stolz, er hätte während seiner ganzen Schulzeit und im Priesterseminar keine Philosophen gelesen, nur theologische Schriften. Es muß ihm das Lernen erleichtert haben: ›Es ist Gottes Plan‹ ist nicht schwer zu merken und läßt sich endlos wiederholen wie das Ave Maria.

Und wenn es einen Plan gibt, dann gibt es kein Warum.

Aber dann dachte ich: Sigi hat vielleicht keine Antwort, aber das heißt nicht, daß sie nicht selbst die Antwort für mich sein könnte.

Eines Abends sagt Sigi zu dem Juden: »Wir werden nie mehr hier heraufkommen, wenn Sie uns nicht sagen, was aus Rahel in Wien geworden ist.« Ich denke mir, das wäre für mich eine ziemlich schlimme Drohung, wenn man mich ganz allein in eine Kiste genagelt hätte. Ich wundere mich, daß sie mit dem armen Doktor Weiß so mitleidlos umgeht. Er wundert sich auch. Fast eine volle Minute lang schweigt er. Dann sagt er schroff: »Schon gut, Sigi.« Und dann erfahren wir ganz plötzlich, daß er am nächsten Morgen in aller Frühe an die Front abfährt.

Er wußte, daß dieser Tag kommen würde, er hat es mit Rahel durchgesprochen. Sie haben sich darauf geeinigt, daß sie in seinem ersten Urlaub heiraten werden, mit oder ohne Segen ihrer Eltern. Sie ist schon achtzehn. Er ist jetzt Arzt und Leutnant außerdem. Er ist tüchtig. Er hat auch etwas Geld, nicht viel zwar, aber für den Anfang müßte es reichen. Früher war Rahels Liebe der Mittelpunkt seines Lebens. Aber unbemerkt hat sich etwas verändert. Wenn sie zu ihm kommt, geschieht kein kleines Wunder mehr. Wenn sie sich nach einer Stunde der Leidenschaft trennen, fällt ihm auf, daß er erleichtert ist, allein in seinem Zimmer zu sein. Es fällt ihm auf, daß ihn in letzter Zeit ihr Geruch auf seinem Kopfkissen stört.

»Tu's nie, bevor du verheiratet bist«, flüstert mir Sigi zu. Glaubt sie, daß das Rahels Fehler war? Ich nicht. Mir kommt es vor, als ob es die Leute tun, wann immer es geht. Erst letzten Sommer bekam Monika Fischnaller drei Häuser weiter oben einen kleinen Buben, und sie war mit niemandem verheiratet. Die Leute tun es sowieso. Ich überlege mir, was man dabei spürt. Auch würde ich gern den Pfarrer fragen, ob er glaube, daß Monika Fischnallers Kind zum Plan Gottes gehört. Aber ich tu's nicht. Er würde mir eine Ohrfeige geben.

»Zu irgendeinem Zeitpunkt eures Lebens werdet ihr dahinterkommen, was ich damit sagen will. Wir können nichts dafür, wir wollen es auch nicht, aber das, was wir bisher gefühlt haben, ist nicht mehr vorhanden. Eines Tages ist es einfach weg«, sagt der Jude. »Ich bin nicht stolz darauf.«

Worauf er nicht stolz ist, erfahren wir jetzt: Rahel erfindet eine Ausrede, um aus dem Haus zu gehen und ihn in aller Frühe auf dem Bahnhof zu treffen. Es ist riskant, aber sie muß das Risiko auf sich nehmen, wie schon immer im letzten halben Jahr. Klar, sie hat Angst. Sie trägt ihren schönsten Hut. Sie klammert sich mit beiden Händen an den Bügel ihrer Handtasche. Ihre Augen sind trocken, aber ihre Unterlippe bebt, als ob sie noch ein Kind wäre. Er spricht ihr, so gut er kann, Mut zu. Er streichelt ihre Wange, tätschelt ihr Kinn und küßt sie, bis das Beben aufhört. Er denkt an die anderen Stellen, die er geküßt hat. Er bemerkt, daß ihm das rechte Knie zittert. Er schwört, er werde ihr jeden Tag schreiben.

Er tut es nie. Kein einziges Mal. Er antwortet auf keinen einzigen ihrer Briefe, die ein ganzes Jahr lang Woche für Woche wie Herbstlaub auf ihn herabfallen.

»Ich kann nicht mit Sicherheit sagen, was eigentlich passiert ist«, sagt der Jude. »Es hatte mit dem Krieg nichts zu tun. Für mich war der Krieg nichts als eine strenge Prüfung meiner ärztlichen Fähigkeiten. Ich sammelte praktische Erfahrung. Ich wurde geschickter, machte das, was ich gelernt hatte, immer besser. Man kann nicht sagen, daß es eine angenehme Zeit war, aber es hat mich oft zutiefst befriedigt. Es war, psychologisch gesehen, unkompliziert.

Von Anfang an hatten Rahels Briefe eine ungute Wirkung auf mich. Die kindische Erwartung, die sie darin zeigte, machte mich wahnsinnig. Das naive Vertrauen, mit dem sie unsere Zukunft ansprach, gab mir das Gefühl, daß mein künftiges Leben bereits unausweichlich eingeengt war. Rahel, die mir einmal wie ein Geschenk erschien, wurde mir langsam zur Last.«

»Sie haben sich nicht getraut, es ihr zu sagen? Sie haben einfach nie geantwortet?« empört sich Sigi. »Wie konnten Sie nur? Das war doch eine große Gemeinheit.«

»Ich habe schon gesagt, daß ich nicht stolz darauf bin«, antwortet der Jude. Es klingt, als ob er mit einem Erwachsenen spräche.

»Sie haben vorhin gemeint, Sie könnten nicht sagen, was passiert ist. Weil nämlich gar nichts passiert ist«, sagt Sigi.

»Nein; es hat sich etwas geändert«, sagt er.

»Sie haben dafür gesorgt, daß es sich änderte.«

»Nicht mit Absicht.«

»Es geht nicht anders«, sagt Sigi. »Geben Sie es zu, Sie sollten sich zutiefst schämen. Sie hätten eigentlich Selbstmord begehen müssen.«

»Es war einfach ein Stück Leben, mehr nicht«, sagt der Jude.

»Sie haben ihr Leben ruiniert.« Sigi läßt nicht locker. »Sie haben sie nie aufgesucht, wenn Sie in Wien auf Urlaub waren. Sie haben sie nie wieder gesehen?«

Oh, diese Stille. Es kann nichts Gutes dabei herauskommen, dachte ich mir.

»Niemals«, gesteht der Jude.

»Mist«, sagt Sigi. »Ich will jetzt heimgehen, Niki.«

Ach, meine zornige Sigi! Es hatte ihr nichts ausgemacht, als der Doktor mit seiner Krankenschwester nach Venedig durchbrannte. Sie erhob keine Einwände, daß er Frau und Kind zurückließ. Aber Rahel auf dem Bahnhof, Rahel, die die Briefe schreibt und die an eine Zukunft glaubt, die sie nie erleben wird – Sigi ist beleidigt. Sie nimmt es persönlich. »Ein Abenteuer mit einer Krankenschwester – wen kümmert das?« sagte Sigi heftig. »So was machen die Männer immer. Dann und wann hauen sie ab. Das ist normal. Aber sie kehren zu ihren Ehefrauen zurück. Rahel sollte seine Frau werden. Es war eine Liebesgeschichte, und er hat sie kaputtgemacht.«

»Dafür, daß du keine Erfahrung hast, kennst du dich ganz gut aus«, sagte ich. Dann fragte ich mich, ob ihr Vater vielleicht etwas Derartiges angestellt hatte? Ich wußte es nicht.

»Kann schon sein«, sagte Sigi. »Kann schon sein, daß ich mich auskenne.«

Das hätte ich gern gewußt. Aber je älter ich wurde und je mehr ich lernte, desto undurchsichtiger wurde alles. Auf dem Heimweg versuchte ich mir vorzustellen, wie der Jude in einem Zelt bei Kerzenlicht einen Brief von Rahel in der Hand hielt. Er hat den ganzen Tag operiert, er ist erschöpft. Vielleicht hat er Angst davor, den Brief zu öffnen. Vielleicht legt er ihn auf einen Stoß zu den anderen Briefen, alle ordentlich mit einem Strick zusammengebunden, aber nie gelesen. Dann stürzte das Gebilde, ich weiß nicht warum, zusammen, und alles ordnete sich neu.

»Glaubst du, er erzählt es uns nur so?« sagte ich.

»Vielleicht schrieb er ihr in Wirklichkeit jeden Tag. Vielleicht beantwortete sie seine Briefe nie. Vielleicht war sie weg, als er in Wien auf Urlaub war und sie sehen wollte. Er dreht durch. Ist sie nach Przemysl zurückgekehrt? Hat sie einen anderen geheiratet? Sie hätte an der Grippe sterben können, und keiner hätte es ihm mitgeteilt. Sie ist einfach verschwunden. Vielleicht hat er sich jahrelang nach ihr gesehnt. Ein Mann mit einem gebrochenen Herzen.«

»Oh, nein«, sagt Sigi. Sie legte ihre Finger auf die Lippen. »So kann es nicht gewesen sein.«

»Wahrscheinlich gibt es ihm ein besseres Gefühl, wenn er sich so an die Geschichte erinnert. Wenn sie ihm das Herz gebrochen hätte, könnte er es nicht ertragen, die Wahrheit zu sagen«, meinte ich.

»Nein«, sagte Sigi, »ich bin sicher, er war es, der ihr das Herz brach. Ich habe so ein Gefühl. Es war gemein, was er dem armen Mädchen antat. Ich freue mich, wenn ich ihm ein schlechtes Gewissen bereitet habe. Und jetzt glaube ich, daß er tun wird, was wir wollen. Um es wieder gutzumachen.«

Es ist schon ein paar Wochen her, seit ich Kaspar die Nase gebrochen habe. Jetzt spricht er wieder mit mir. Es ist fast so, als ob es nie passiert wäre. Aber ich traue ihm nicht. Er und Simon, glaube ich, haben etwas vor. Sie planen Rache. Ich bin auf der Hut vor Fallen und vor Angriffen aus dem Hinterhalt. Um Scheunen und Häuserecken mache ich einen weiten Bogen, damit man mich nicht anspringen kann. Bisher hat niemand auf mich gelauert, aber Aufpassen kostet nichts. An manchen Tagen nehme ich sogar einen alten Spazierstock meines Großvaters mit.

Es wird Winter. Oben auf den Bergen liegt schon viel Schnee, aber bei uns noch nicht. Die Jäger bringen alle paar Tage ein Reh ins Dorf. Mein Vater treibt Schwarzhandel. Er verkauft Wildbret im Laden, ohne Marken. Zu anderen Jahreszeiten bekommen wir selten frisches Fleisch. Meistens gibt es nur Würste und Speck, Ware, die sich länger hält. Aber jetzt essen wir fast jeden Abend frisches Wild. Meine Großmutter bereitet es mit einer dunklen Soße zu, mit Knödeln und Preißelbeeren. Diese Mahlzeiten im Herbst sind ein richtiges Festessen. Ich habe immer Hunger. Ich stopfe mich voll, und trotzdem fühlt sich mein Magen leer an, wenn ich schlafen gehe. Ich nehme kein Gramm zu.

Mein Vater schickt mich einmal in der Woche mit einer Portion Wild zu Sigi hinüber. Etwa einmal im Monat bringe ich ihnen einen Sack Mehl. »Sag deinem Vater danke schön von mir«, sagt Sigis Mutter jedesmal. An manchen Sonntagen laden wir Sigi und ihre Mutter zum Mittagessen ein. Das Kochen übernimmt meine Großmutter. Wir fangen mit einer Nudelsuppe an, dann kommen die besseren Sachen: Fleisch, Schweinsfüße oder ab und zu Kutteln mit Zwiebeln und Kartoffeln; und jetzt eben Wildbret. Wir können nicht genug davon kriegen. Sigis Mutter schneidet ihr das Fleisch, aber sonst kommt Sigi allein zurecht.

Ich glaube, Sigis Mutter hat nicht viel Geld. Man spricht von einer Rente, aber jeder weiß, daß Kriegsrenten nicht hoch sind. Die Männer im Dorf klagen schon seit Jahren darüber. Das und das Wetter, der Zustand der Weiden und die jüngsten Einfälle des Bürgermeisters bilden die Hauptgesprächsthemen. »Die sollten endlich etwas für die Veteranen tun«, sagte mein Großvater, sooft er am Abend beim Bier saß. Das war sein Trinkspruch, man wartete darauf. Es hieß, die Braunen hätten Geld gesammelt, aber mein Vater sagte, das reiche nicht einmal für den Wintervorrat an Kartoffeln und Schmalz. Sigi wächst jetzt aus ihren Kleidern heraus. Die Ärmel werden zu kurz, die Blusen zu eng um die Brust. In der letzten Zeit hat Fräulein Mumelter Sigi und einigen anderen älteren Mädchen geraten, für die Schule Pullover über den Blusen zu tragen.

Sigi, seit kurzem also mit Pullover, ist entschlossen, den Juden nach ihrem Willen zu lenken. Beim nächsten Mal verlangt sie sofort, er solle ihr von seiner Verlobungszeit und der Heirat berichten. Sie klingt so zuversichtlich, aber Doktor Weiß hat eine Überraschung für sie parat. Er weigert sich. Er sagt: »Alles zu seiner Zeit.« Seine Stimme klingt energisch, und Sigi traut sich nicht zu insistieren. Er klingt auch müde. Oder könnte es sein, daß er von uns enttäuscht ist? Wer weiß? Vielleicht haben wir Erinnerungen an Rahel geweckt, auf die er lieber verzichtet hätte.

»Könnt ihr euch an meinen Vater, den Primarius, erinnern?« fragt er. »Ihr könnt euch vorstellen, was das bedeutet: streng, diszipliniert, arrogant. Eigentlich hätte ich etwas anderes studieren sollen, wenn ich auf eine friedliche Jugendzeit Wert gelegt hätte. Er zwang mich nicht, Medizin zu studieren. Er war sogar der Meinung, etwas mit Kunst wäre das Richtige für mich. Er sah sich als denjenigen, der den Sprung nach oben vollzogen hatte. Mein Großvater war Galanteriewarenhändler, nichts Elegantes, und hatte einen kleinen Laden in Klagenfurt.

Mich aber reizte das Medizinstudium – das war eine Herausforderung, die ich mit Erfolg annahm. Mein Vater war sogar etwas überrascht, glaube ich. Aber dann kam das Militär.

Das Militär ist nichts als ein Turnverein im großen. Man will um jeden Preis gewinnen, und wenn man ein paarmal gewonnen hat, hält man sich für unschlagbar. Deshalb ist die unausweichliche Niederlage so grauenhaft. Meine persönliche Arbeit blieb aber die gleiche, ob wir siegten oder besiegt wurden. Manchmal hatte ich sogar mehr zu tun, wenn wir am Siegen waren.

Débridement. Darin wurde ich Experte, Wißt ihr, was Débridement ist? Natürlich wißt ihr das nicht. Also: Wenn ein menschlicher Körperteil durch einen Schuß, einen Stich oder eine Explosion beschädigt wird, ist das Gewebe oft so zerfetzt, daß das Blut nicht mehr hindurchfließen kann. Es sieht aus wie Brät, bevor man es in Wursthäute stopft. Aber wenn man das Fleisch eines verwundeten Soldaten einfach wieder in die Haut zurückstopft, stirbt er an Wundbrand. Deshalb muß man das ganze zerfetzte Fleisch wegschneiden. Es kommt in einen Eimer, der Sanitäter bringt es weg und wirft es auf den Abfallhaufen. Dann kommen die Krähen. Das ist Débridement. Ich bin Experte.«

»Und jetzt«, sagt Doktor Weiß, »bin ich müde. Ihr könnt nach Hause gehen.«

Noch nie zuvor hat er uns weggeschickt. Immer haben wir bestimmt, wann wir gehen wollten. Wir sind beunruhigt. Auf dem Heimweg schweigen wir, aber ich habe ein ungutes Gefühl, und ich glaube, Sigi geht es auch so. Ich lasse ihre Hand los und lege ihr den Arm um die Schultern. Es ist nicht leicht, so nebeneinander zu gehen.

Unsere Hüftknochen stoßen aneinander. Meine Hüfte ist knochiger, ich spüre die Stöße stärker. Aber ich will ihre Nähe. »Ich glaube, ich war zu grob«, sagt sie, als wir bei der Haustür angekommen sind. »Vielleicht muß ich es wieder gutmachen.«

Sie küßt mich auf die Lippen, unser allererster Kuß. »Ich würde dich gerne einmal sehen können«, sagt sie, als sie hineingeht.

Es ist die Jahreszeit, in der jeder schöne Tag für lange Zeit der letzte sein kann. Der November ist vorbei; wir haben schon die ersten Dezembertage. Die Luft ist klar und trocken, aber wer weiß, wie lange? Die meisten fragen meinen Vater, andere urteilen nach den Raupenhaaren oder nach dem Moos an den Baumstämmen. Mein Vater, glaubt man im Dorf, habe einfach ein Gespür für das Wetter. Meistens stimmen seine Prognosen. Gewitter sagt er unfehlbar voraus. Aber zur Zeit ist er verwirrt oder vielleicht nur abgelenkt. Man bekommt keine eindeutige Antwort aus ihm heraus. Trotzdem kann er die Wolken besser deuten als die Stimmungen meiner Mutter. Das große Unwetter am Heiligen Abend sagte er voraus, aber nicht den Skandal, den sie bald danach verursachte – Pech für Fräulein Mumelter, die die ganze Wucht ihres Ausbruchs traf.

Seit der Sache mit dem Feldstecher schien Fräulein Mumelter einigen Leuten suspekt, als ob sie für das schlechte Benehmen Kaspars und Simons irgendwie verantwortlich wäre. Ich weiß nicht, weshalb man auf so eine dumme Idee kam. Aber so sind die Leute eben. Allerdings waren es hauptsächlich die häßlichen alten

Schachteln in den Dreißigern und Vierzigern, die ein paar Kinder hatten und Ehemänner, die vielleicht zu tief ins Glas schauten und zu früh einschliefen. Bei ihnen war es wohl Neid und Bitterkeit. Aber sie waren es nicht allein. »Jetzt ziehen sie im Wirtshaus über sie her«, sagte mein Vater. »Das ist ein schlechtes Zeichen.«

In letzter Zeit überraschte mich mein Vater immer wieder. Er ließ mich spüren, daß er mich für fast erwachsen hielt. Ich hatte nicht gewußt, daß er etwas merkte. Ich freute mich, wenn er offen mit mir redete. Das war eine kleine Entschädigung dafür, daß unsere alten Vertraulichkeiten verlorengegangen waren. In letzter Zeit hatte er Schluß gemacht mit einigen alten Gepflogenheiten. Früher nahm er mich auf den Arm und drückte mich an sich, jetzt nicht mehr. Es kam mir vor, als wollte er mich überhaupt nicht berühren. Er zuckte zurück, wenn ich meinen Arm um ihn legen oder seine Hand halten wollte. Also boxte ich ihn manchmal in die Rippen und lief davon. Es war nur als Ausdruck der Zärtlichkeit gemeint. Er lachte dann immer.

Was er dieses Mal gesagt hatte, machte mich traurig. Zwar war ich wegen des Kuchens immer noch etwas böse auf Fräulein Mumelter, aber ich wollte nicht haben, daß die Männer sie verleumdeten oder ihr nachspionierten. Ich mochte sie zu sehr. Ich dachte mir böse Bemerkungen aus, die ich anbringen könnte, wenn ich jemanden schlecht von ihr reden hörte, Bemerkungen, die denjenigen sofort zum Schweigen bringen würden. Damit hatte ich keinen großen Erfolg. Mir fiel nichts Besseres ein als »Sie reden wie eine läufige Sau«. Aber die Männer brachen nur in Gelächter aus, als ich es eines Tages dem Briefträger Dietz an den Kopf warf (er stand vor dem

Wirtshaus und machte sich einen Spaß daraus, einen Brief an Fräulein Mumelter zu beschnuppern). Sogar Dietz lachte mit.

Am meisten brodelte die Gerüchteküche am Abend hinter verschlossenen Türen. Die Eltern kannten keine Diskretion. Es war widerlich. Sie erzählten sich den ganzen Klatsch vor ihren Kindern, die selbstverständlich am nächsten Tag alles an ihre Klassenkameraden weitergaben. Die Aufmerksamkeit wuchs. Fräulein Mumelter wurde genau beobachtet. Was man über sie sagte, war an sich nicht so schlimm. Niemand hängte ihr ein Vergehen an, niemand konnte ein Beispiel nennen. Es ging um ihren »Einfluß« – das war das Wort, das man immer wieder hörte. Ob sie einen guten »Einfluß« auf die Kinder ausübe, fragte man sich.

Ich habe nie gehört, daß mein Vater Fräulein Mumelter verteidigte. Er weigerte sich jedoch zuzuhören, wenn über sie gesprochen wurde. Im Laden, wenn ein Kunde auf sie zu sprechen kam, ging er nie darauf ein, sondern redete nur über Geschäftliches. Beim Abendessen wollte meine Mutter manchmal den neuesten Klatsch über die Lehrerin berichten, aber mein Vater sagte dann immer: »Bitte nicht vor Niki.« Das brachte sie zum Schweigen. Trotzdem bin ich sicher, daß sie alles ausspuckte, sobald ich aus dem Zimmer war.

Die Stimmung im Dorf war giftig geworden.

Dann passierte etwas, das bei allen, außer meiner Mutter, Fräulein Mumelter und ihren ›Einfluß‹ in Vergessenheit geraten ließ. Als der erste Schnee fiel, entfaltete sich Kaspars Rache. Sie war nicht beabsichtigt, und sie richtete sich nicht gegen mich. Und trotzdem war er ohne eigenes Zutun imstande, es allen heimzuzahlen: mir und allen anderen, die jemals Furzgeräusche gemacht hatten, wenn er auf der Schulbank saß, oder ihm einen Schneeball ins Gesicht warfen, oder ihm die Kleider stahlen, wenn er wie ein kleiner Walfisch im See herumschwamm, oder die jemals, wie Sigi, unfreundliche Bemerkungen über Ferkel gemacht hatten.

Gibt es Zufälle im Leben, oder hat alles eine Ursache? Ich weiß nicht, wie man sich das erklären soll. In jenem Winter gab es bestimmt eine Ursache unseres Leidens. Die Ursache war Linde, Kaspars häßliche ältere Schwester.

Linde war so spindeldürr, wie Kaspar dick war. Abgesehen davon, daß ihre Nasen gleich ausgesehen hatten, bevor ich sie Kaspar krumm geschlagen hatte, hätte man die beiden nicht für Geschwister gehalten. Ihre Beine waren dünn wie Stecken, und nicht einmal am Sonntag, wenn alle Mädchen im Dirndl und dicke Busen zu sehen waren, konnte man bei ihr auch nur die geringste Erhebung feststellen. Als der Jude zu uns kam, war sie achtzehn und arbeitete in der Glasfabrik unten im Tal. Sie stellten irgend etwas für Flugzeuge her. Niemand durfte darüber reden, aber man sagte, es seien Bombenzielgeräte. Während der Woche wohnte sie in einem Arbeiterwohnheim, sonntags kam sie ins Dorf herauf. Die Männer und Frauen aus der Fabrik wohnten in getrennten Baracken. Abends galt Ausgehverbot. Aber irgendeiner wollte Linde, trotz steckendünner Beine und Ausgehverbot.

Eines Sonntags brachte sie etwas mit: Läuse, so jung und frisch, daß sie ihr noch gar nicht aufgefallen waren. Und was tat dieses unschuldige Ding? Sie zog sich aus und kroch zu einem Nachmittagsschläfchen in Kaspars

Bett. Das machte sie immer. Kaspars Zimmer lag im zweiten Stock und war tagsüber ruhiger als ihr eigenes.

An jenem Sonntagabend schlief Kaspar friedlich in seinem Bett ein.

Filzläuse halten sich immer dort auf, wo Haare wachsen. Schamhaare hatte Kaspar noch nicht – zumindest nicht im letzten Sommer, als ich ihn nackt am See gesehen hatte –, also wachte er am nächsten Morgen mit Läusen am Kopf auf. Er merkte aber noch nichts. Er verhinderte nicht, daß Simon ihm die Wollmütze während der Pause abnahm und sie sich selbst aufsetzte. So etwas wird schnell zu einem Spiel. Andreas schnappte Simon die Mütze weg, Erika nahm sie Andreas ab, andere setzten das Spiel fort. Am nächsten Tag borgte Katharina Erikas Kopftuch, um nach Hause zu laufen, weil sie ein Buch vergessen hatte. Am Tag darauf fühlte ich mich unwohl und legte meinen Kopf auf die Schulbank; als Kopfkissen nahm ich mir Katharinas Kapuzenpullover. An jenem Abend, als wir Rücken an Rücken auf dem Heuboden saßen, um Doktor Weiß zuzuhören, legte Sigi ihren Kopf an meinen. Und bis zum Ende der Woche hatte jedes Schulkind im Dorf auf die eine oder andere Weise Filzläuse bekommen.

Was für Verdächtigungen! Man überlegte, ob man den Doktor von Fussing heraufbestellen sollte, um die älteren Mädchen auf ihre Jungfräulichkeit zu untersuchen. Man fürchtete, eine von ihnen könnte von einem durchreisenden Fremden oder einem Fronturlauber verführt worden sein. Was für Verhöre! Die Älteren mußten schwören, daß sie noch nie Geschlechtsverkehr hatten. Bei uns Buben waren die Verhöre weniger direkt. Hatten wir uns mit anderen in eine Scheune verkrochen und die Kleider ausgezogen? Hatten wir jemanden berührt? Hatte es bei Doktorspielen oder ähnlichem intime Berührungen zwischen Buben und Mädchen gegeben? Balgereien oder sonstigen Unfug? Nein, nein, nein, beteuerten wir. Nur das Spiel mit Kaspars Mütze.

Die Eltern nahmen befriedigt zur Kenntnis, daß ihre Kinder nichts Schlimmes angestellt hatten, und gingen dazu über, die hygienischen Verhältnisse in allen anderen Häusern des Dorfes zu kritisieren. Die Empörung wuchs. Alte Verdächtigungen und verborgener Groll kamen wieder zum Vorschein. Auf der Straße stritten sich die Leute darüber, was alles zur Sauberkeit gehöre. Die Mütter warfen sich gegenseitig vor, Drecksäue zu sein.

Uns aber brannte kein Schimpfwort und kein Vorwurf so arg wie das Petroleum, mit dem unsere Mütter uns das Kopfhaar und, gegebenenfalls, die Schamhaare wuschen. Ich mußte nackt im Waschzuber stehen, einen nassen Lappen vor den Augen, während mir meine Mutter Petroleum in die Kopfhaut schrubbte. Dazu nahm sie die Bürste, mit der sie normalerweise die Böden säuberte. Großmutter hielt es für richtig, die Prozedur selbst zu überwachen. Sie wollte auch meine Schamteile mit der Bürste behandeln, aber zum Glück entschied sich meine Mutter für einen Lappen aus Sackleinen.

Schließlich wurde Linde entlarvt. In ihrem Fall brachte Petroleum nicht den gewünschten Erfolg. Vielleicht nahm sie nicht genug davon. Also suchte sie Hilfe bei dem Fussinger Doktor, dem gleichen, der mich später verpfuschte. Er streute ihr ein Puder auf die betroffenen Teile. Als er das nächste Mal nach Sankt Vero kam, erzählte er es dem Pfarrer – im Vertrauen, versteht sich. »Filzläuse an den Geschlechtsteilen«, flüsterte er. »Zweifellos durch Geschlechtsverkehr.« Zumindest gab es der Pfarrer so wieder, als er Lindes Mutter und Vater zu einem vertraulichen Gespräch über ihre Tochter und deren Treiben bestellte. Am Tisch der Familie Hufnagel wurde dieser Besuch hitzig diskutiert. Am nächsten Tag in der Schule erzählte Kaspar in allen Einzelheiten von Lindes Filzläusen. Darüber lachte das halbe Dorf, während sich die andere Hälfte empörte, sie sei eine Schlampe, die sich schämen sollte, je wieder in Sankt Vero aufzutauchen. Der Pfarrer erklärte wieder einmal in seiner Predigt, alles gehöre zu Gottes Plan. Er sagte, wir hätten es in der Hand, aus diesem schrecklichen Vorfall eine Lehre zu ziehen.

Erst im Frühling fingen gewisse Leute wieder an, miteinander zu reden.

An einem Sonntag kurz vor Weihnachten kommen Sigi und ihre Mutter zu uns zum Mittagessen. Nach dem Essen bleiben die Erwachsenen sitzen, während wir uns davonstehlen. Wir gehen zu ihr, weil Sigi in der großen Truhe kramen will, in der die Sachen ihres Vaters aufbewahrt sind. Die Truhe ist zu groß und paßt nicht in die Dachkammer, also steht sie oben auf dem Treppenabsatz unter einem Fenster, wo es schön hell ist. Beim Öffnen riechen wir die Mottenkugeln. Sie schützen die gelblichbraune Uniform und auch den Rock mit den Ordensbändern über der linken Brusttasche. Er besaß mehr davon, als ich bei ihm vermutet hatte. Auf der einen Seite der Truhe liegen Papiere: die Heiratsurkunde, Entlassungsschein, Schulzeugnis, Geburtsurkunde. Ist das die Summe eines Menschenlebens? Nichts als vier Stück

Papier. Dann gibt es einen kleinen Stapel Bücher, ein Dutzend Bände vielleicht, Kriegserinnerungen, ein paar Romane, ein paar berühmte Klassiker, deren Namen mir bekannt sind, auch wenn ich niemanden kenne, der sie gelesen hat. Sigi will heimlich ein Buch für Doktor Weiß mitnehmen. Während sie sich überlegt, was sie wählen soll, bemerke ich ganz unten in der Truhe einige Photographien.

An jenem Abend bringen wir dem Juden, zusammen mit dem Essen, ein Buch. »Faust«, sagt er und fängt an zu lachen. Dann erzählt er von dem Morgen, an dem er an die Front fuhr. Er hat offensichtlich in letzter Zeit darüber nachgedacht. Rahel erwähnt er nicht. Er breitet seltsame Erinnerungen vor uns aus: Welche Hüte die Frauen trugen, wie die Dienstmänner unter ihren Lasten fluchten, den öligen Geruch der Dampflokomotiven. Er malt uns das Bild von einem bedeutsamen Tag seines Lebens.

»Und ich mußte sogar einen Säbel tragen. Ich mußte mich noch lächerlicher machen, als ich es ohnehin durch die Liebe geworden war.« Er lacht. Dann schweigt er einen Augenblick.

»Gut«, sagt er endlich. »Danke, daß ihr mir immer wieder zuhört. Und danke für das schöne Buch, Sigi. Und jetzt sage ich dem alten Mephisto: Halt!«

Ich verstehe nicht, was er meint. Ich zerbreche mir den Kopf über ein Photo, das ich auf dem Boden der Truhe gesehen habe: Sigis Vater in der Militäruniform, seinen Arm fest um die Taille meiner Mutter gepreßt. Nur die beiden sind darauf. Sie sieht aus wie sechzehn, sie schmiegt sich an ihn, und sie lächelt wie die Sonne.

6. Kapitel

Der Jude will sterben«, sagt Sigi. Sie versucht gerade Pferdeäpfel gegen die Stalltür zu kicken, obwohl sie ihre einzigen guten Stiefel trägt. Meistens trifft sie daneben. »Nach allem, was wir für ihn tun, will er einfach Schluß machen.«

Sehen Sie, was aus einem kleinen Wort entstehen kann? Doktor Weiß sagte »Halt«, und schon kam Sigi auf so etwas. Ich hätte das Ganze vergessen. Das war halt so ein Spruch, ohne große Bedeutung, dachte ich mir. Aber Sigi kam davon nicht los. Mir leuchtete nicht ein, daß jemand nichts als eine Photographie und ein kleines rotes Grablicht auf dem Friedhof sein wollte. Ich konnte mir nicht vorstellen, daß sich überhaupt jemand nach der kalten Erde sehnt. Aber Sigi schon.

Immerhin zog sie erst dann ihre Schlüsse über den Geisteszustand des Doktors, als sie Fräulein Mumelter zu Rate gezogen hatte. Sie hatte sich einfach gemeldet und die Lehrerin gefragt, was, bitte schön, sich zwischen Faust und Mephisto zugetragen habe. »Niki liest es mir gerade vor«, erklärte sie.

»Ach, ein Schatz der deutschen Literatur, vom großen Goethe«, sagte Fräulein Mumelter und bedachte mich mit einem süßen Lächeln. Kaspar versetzte mir einen Rippenstoß. »Mephisto«, sagte sie, »versprach Faust, ihm alle wunderbaren Erlebnisse zu verschaffen, die er sich nur wünschte, einfach alles, ohne Einschränkung. Es gab aber eine Bedingung: Sobald Faust seinen Herzenswunsch erfüllt sah, mußte er ›Halt!‹ rufen. Und in diesem Moment würde Mephisto Fausts unsterbliche Seele holen.

Faust war so schlau, so sicher, daß er Mephisto übertölpeln könnte und ihm nie seine Seele ausliefern müßte«, fuhr Fräulein Mumelter fort. Dann legte sie ihre rechte Hand an den Halsansatz, wie immer, wenn sie sich anschickte, einen moralischen Spruch zu formulieren.

»Jetzt kommt's gleich«, flüsterte Kaspar.

Andreas grinste. Sein Grinsen erinnerte mich an eine Eidechse, die sich der dicke Ignaz eine Zeitlang in einem Glaskasten in seinem Büro hielt. Angeblich stammte sie aus Brasilien. Sie hat den Winter nicht überlebt.

»Niemand«, sagte Fräulein Mumelter und ließ ihren Blick über die Klasse schweifen, »niemand kann den Teufel übertölpeln.«

»Was will denn die Sigi?« flüsterte mir Kaspar zu. »Ihr lest doch nicht dieses Buch.«

»Natürlich«, sagte ich. »Ich bin schon auf Seite fünfzehn.«

»Quatsch«, sagte Kaspar. »Was geht sie der Teufel an? Was machst du eigentlich mit ihr die ganze Zeit? Hast du sie schon einmal dazu gebracht, oben im Stall das Hemd auszuziehen?«

Ich schlug ihm das Lineal gegen das Schienbein. Er schrie auf.

»Bist du krank, Kaspar?« fragte Fräulein Mumelter. »Oder planst du einen aufregenden Pakt mit Mephisto?«

»Nein«, sagte Kaspar, »mein Bein ist mir eingeschlafen.«

Die Klasse lachte. Wir lachten fast immer, wenn Kaspar etwas sagte, selbst wenn es um die Lösung einer Rechenaufgabe ging. Er war nicht schlecht im Rechnen. Er wollte auch nicht lustig sein. Niemand konnte erklären, was so lustig war, aber jeder mußte lachen. Wenn Kaspar sagte: »Die Länge der Hypotenuse beträgt zwölf Zentimeter«, lachten wir uns alle kaputt. Aber Kaspar redete vom Anfang bis zum Ende so, als ob man ihm respektvolle Aufmerksamkeit entgegenbrächte.

Also steht Sigi in ihren guten Stiefeln hier vor dem Stall. Der Rauch der vielen Holzöfen riecht fast stärker als der Misthaufen direkt vor uns. Die Sonne ist untergegangen, aber die ersten Sterne stehen noch nicht am Himmel, der jetzt sein dunkelstes Blau zeigt, bevor er in das Dunkel der Nacht übergeht. Was in der Ferne liegt, hat verschwommene Konturen angenommen. Sigis bleiches, unscheinbares Gesicht wirkt geisterhaft. Ich verstehe es selber nicht, weshalb mir plötzlich angst wird, wenn ich daran denke, was ihr widerfahren könnte.

»Er hat bestimmt noch nicht seinen Herzenswunsch erfüllt bekommen«, sagt Sigi und kickt die Luft. »Das war nur Sarkasmus. Mein Vater sagte, schlaue Juden sind oft so. ›Halt‹ bedeutet nur, daß er es nicht mehr aushält. Er hat die Nase voll.«

»Vielleicht sollte das ein Witz sein«, wende ich ein. »Wahrscheinlich meinte er, wir würden ihn nicht verstehen.«

»Das nennst du einen Witz«, sagt Sigi. »Er will sterben.«

Sigi ist vollkommen überzeugt, daß es der Jude wirklich ernst meinte, als er ›Halt!‹ sagte. Sie weigert sich zu glauben, es könne ein Scherz gewesen sein, und ist entschlossen, den Juden aus seiner Verzweiflung zu reißen. Man muß ihn von seinen krankhaften Gedanken an Selbstzerstörung ablenken. Sie heckt Pläne aus. Ablenkung, das ist es. Man muß dafür sorgen, daß seine Gedanken bei seinen eigenen Geschichten bleiben, daß er sein Leben wieder in allen Einzelheiten durchlebt und dabei die langsame, langweilige Gegenwart vergißt. Und wir werden ihm auch unsere Geschichten schenken, sagt sie. Ihn in das Leben des Dorfes hineinziehen, damit er dazugehört.

»Wieso sollte das einen Mann wie ihn interessieren? Er ist weit gereist, er hat viel gesehen. Sankt Vero ist gar nichts«, sage ich.

»Jetzt ist er nicht auf Reisen«, sagt Sigi.

Unser Unternehmen fängt schlecht an. Ich habe ein paar Bilder der Juden mit den Pelzmützen, die dem Kaiser ihre Segenswünsche aussprechen, aus dem alten Schulbuch gerissen und will sie dem Juden bringen. Ich hoffe, sie könnten ihn an seine Jugendzeit erinnern. Immerhin hat er im Jahre 1915 den Kaiser persönlich bei einer Parade in Wien gesehen. Und da er an der Front in Galizien war, hat er wahrscheinlich auch solche Juden gesehen. Ich schob die Blätter durch das Loch in der Kiste. Ich hörte, wie Doktor Weiß sie aufhob und durchblätterte. »Die blöden Jidden«, murmelte er.

»Stell dir die Arroganz dieser Leute vor, Niki«, sagte er. »Sie glaubten, daß ihr Gott sie beschützen würde. So stolz und so dumm. Die blöden Jidden. Nur der Kaiser hätte sie noch retten können. Wir werden nichts mehr von ihnen hören, sicher nicht.«

Doktor Weiß erzählte uns, daß all diese Ostjuden nach dem Ersten Weltkrieg verschwanden. Als die Grenzen neu gezogen wurden, waren sie plötzlich Polen oder Russen. Als er ›Polen‹ und ›Russen‹ sagte, klang es, als spräche er von Ländern hinter dem Mond: düstere, primitive Gegenden wie der Kongo oder Borneo. Haben die Roten die Hüte und Kaftane, den Sabbat und die alten Geschäftspraktiken toleriert? Und die Polen? Doktor Weiß hatte seine Zweifel. Er hatte große Zweifel. Von den Deutschen gar nicht zu reden.

»Das Ende des Kaiserreichs bedeutete, daß diese Juden in Vergessenheit gerieten, sie merkten es nur nicht. Für uns bedeutete es ein Vakuum«, sagte er. »Wir wußten nicht mehr, wohin wir gehörten. Jahrelang konnten wir nicht an die Zukunft denken, weil wir sicher waren, daß es keine geben würde. Als der Krieg vorbei war, schien die Zukunft plötzlich wieder möglich zu sein. Daß es wenig zu essen gab und daß die Umstände schwierig waren, das machte uns nichts aus. Trotzdem kamen wir uns verloren vor. Und jetzt ist es soweit, daß auch wir in Vergessenheit geraten.«

Gerade jetzt gibt es auch in Sankt Vero wenig zu essen, und die Umstände sind auch schwierig, dachte ich mir. Meine Eltern und alle anderen, der dicke Ignaz und Pabst, der Gendarm, sagen es die ganze Zeit. Im Laden wird viel geschimpft, wenn es keinen Zucker oder kein Schmalz gibt. Aber mir kommt es nicht schlimm vor. Ich habe nicht das Gefühl, daß ich etwas entbehren muß, ich habe auch keine Angst. Ich habe genug zu essen, ich schlafe in einem Bett. Ich meine, man kann in jungen Jahren mehr aushalten als im späteren Leben – vielleicht, weil man weniger zu verlieren hat. Man hat auch noch nicht so lange gelebt, daß man wie die Älteren auf die Unveränderlichkeit der Dinge Wert legt. Das war wohl auch der Grund, weshalb der junge Doktor Weiß nach dem Krieg sein Leben genoß. Und wahrscheinlich ist es der Grund, weshalb er es jetzt verabscheut. So legt es sich Sigi zurecht. »Davon bin ich fest überzeugt«, sagt sie.

Am Samstag, nachdem Sigi Doktor Weiß das Buch gebracht hatte, schickte mich mein Vater zur Familie Stocker mit zehn Büchsen Sardinen, einem Liter Speiseöl und 250 Gramm Himbeermarmelade. Ich werde immer wieder für solche Botengänge eingespannt. Das ist meine Aufgabe. An manchen Samstagen begleitet mich Sigi. So ist es auch heute. Als ich bei den Stockers anklopfe, kommt niemand zur Tür. Also gehe ich mit Sigi um das Haus herum zur Scheune, wo der Schneepflug, das Werkzeug und die Lebensmittelvorräte aufbewahrt werden. Ich schaue durch die halboffene Tür. Drinnen ist es dunkel, aber ganz hinten vor der Wand sehe ich Maria Stocker sitzen. Sie ist schon fünfzehn und seit einem Jahr mit der Schule fertig, ein großgewachsenes Mädchen, fast schon erwachsen. Ihren Rock hat sie bis zur Taille hinaufgeschoben, die eine Hand hat sie in ihre Bluse gesteckt; so reitet sie auf einem großen Mehlsack wie auf einem Pferd. Sie rutscht hin und her, die Hand in ihrer Bluse scheint etwas zu kneten. Ich sehe, wie sich die Muskeln ihrer dünnen Oberschenkel zusammenziehen und entspannen. »Was gibt's?« flüstert Sigi. Sie kann sich nicht erklären, weshalb ich hier unbeweglich in der Tür stehenbleibe und kein Wort sage. Maria hört uns nicht. Jetzt drückt sie ihren dünnen Hintern fest auf den Sack. Ihre Bewegungen werden ungestüm. Sie wirft sich immer wieder nach vorn. Plötzlich leuchtet sie, sie gerät ins Zittern, sie wimmert wie eine Katze und fällt dann über dem Sack zusammen. Das sieht beunruhigend aus. Ich möchte sie beim Namen rufen und fragen, was ihr fehle, aber als Sigi sie hört, zieht sie mich von der Tür zurück.

»Haben sie's gemacht?« fragt Sigi, als wir außer Hörweite sind. Sie vermutet Marias Vater und Mutter in der Scheune und bildet sich ein, Marias Mutter habe gestöhnt. Sie bohrt ihre Finger in meinen Arm. »Hat er ihn in ihr drin gehabt? Hast du es sehen können?«

Ich erzähle ihr, was ich alles gesehen habe. Sie sagt nichts als »Ah«.

Als mich mein Vater fragt, warum ich die Sachen nicht abgeliefert hätte, sage ich ihm, es sei niemand daheim gewesen.

Sigis Frage »Haben sie's gemacht?« geht mir nicht aus dem Kopf. Sie läßt mir keine Ruhe. Ich muß mir ausmalen, wie Marias Eltern auf den Mehlsäcken liegen: eine ungenaue Vorstellung von ziellosen Bewegungen, deren Sinn ich nicht verstehe. Dann stelle ich mir den dicken Ignaz und seine Hilde vor, wie sie sich gegeneinanderschieben. So wird es wohl funktionieren, man schiebt sich gegeneinander. Wie der Stier die Kuh besteigt, habe ich schon gesehen, aber ich kann mir kaum vorstellen, wie das Ding eines Mannes tief in die Frau hineindringt. Ich sehe Hildes riesige Brüste herunterhängen und wie Ignaz sie zusammenquetscht, wie wenn man eine Kuh melkt. Dann male ich mir Kaspars Eltern aus, wie sie sich nackt, Bauch an Bauch, gegeneinander schieben. Mein Gott, was für ein Gewicht die arme Frau aushalten müßte. Das Bett müßte zusammenkrachen!

Und dann versuche ich, an meine Eltern zu denken. In meinem Kopf fällt eine Tür zu. Ein- oder zweimal in meinem Leben habe ich sie nackt gesehen – zufällig natürlich –, aber es hat keinen Eindruck hinterlassen. Ich kann überhaupt nicht sagen, was meine Mutter für einen Busen oder Hintern hat oder wie mein Vater aussieht. Ich ertrage den Gedanken nicht, daß mein Vater mit einem großen erigierten Schwanz dasteht und daß meine Mutter das will. Ich bekomme schon Bauchweh, wenn ich diese Gedanken nur am Rand berühre. Ich weiß, daß sie es getan haben; sie haben so viele Kinder gemacht. Aber für mich ist das ein klinischer Vorgang. Sie können es doch nicht immer noch machen. Sie können sich doch nicht spät in der Nacht lieben, wenn Großmutter und ich schlafen und nichts hören. Und meine Mutter hätte nie gestöhnt.

Dann fällt mir wieder meine Mutter auf der Photographie in Sigis Truhe ein. Ich stelle mir dieses Mädchen vor, das es mit Sigis Vater macht, als sie noch jung waren. Sie sehen frisch aus, sauber, füreinander geschaffen. Plötzlich sehe ich dieses Mädchen, wie sie ihre Bluse aufknöpft, ihren Rock hebt. Ich sehe Sigis Vater, wie er lacht und seine Hose aufknöpft. So viel kann ich mir ausmalen, aber wenn ich so weit bin, stimmt das Bild nicht mehr. Es hätte doch unmöglich passieren können. War es zu einer Zeit, als sie meinen Vater noch nicht kannte? Nein, sie kannten sich schon immer. Wer in Sankt Vero aufwächst, kennt jeden. War mein Vater an der Front und Sigis Vater gerade auf Urlaub? Waren sie Rivalen? Oder interessierte sich mein Vater erst dann für meine Mutter, als er aus dem Krieg nach Hause kam? Immerhin heirateten sie erst im Jahre 1920. Sigis Vater, meine Mutter. Ob wohl Sigi etwas über die beiden weiß, die sich so schön aneinander schmiegen? Werde ich wohl eines Tages mit Sigi so etwas machen? Das wäre nicht in Ordnung, aber es wäre ganz leicht.

Als mich diese Gedanken umkreisen, komme ich mir mehr und mehr vor wie Kaspars dummer Hund Bobbi. Bobbi zeichnet sich durch stumme Beharrlichkeit aus. Jedesmal, wenn jemand die Wagenräder abspritzt, versucht Bobbi, in den Wasserstrahl zu beißen. Er lernt nie, daß er ihn nicht festhalten kann. Immer aufs neue springt er das Wasser an und schnappt danach, bis er sich schließlich erschöpft hinlegen muß. Immer wieder muß ich an Marias angespannte Oberschenkel denken, an den trägen, abwesenden Blick – als ob sie einen wunderschönen Traum hätte. Ich möchte gern einmal sehen, was sie gesehen hat. Ich sehe sie in der Nacht, wenn ich schlafe, auf ihrem Sack reiten. Sie weiß, daß ich ihr zuschaue, aber es macht ihr nichts aus. Sie dreht sich sogar um und sieht mich an. Sie leuchtet.

Ich muß die Geschichte von Maria bis in jede Einzelheit erzählen. Ich muß erzählen, wie ich einen Blick auf ihre blonde Muschi werfen konnte, während sie auf dem Sack ritt. Ich muß beschreiben, wie ihre glatten dünnen Hinterbacken sich zusammenzogen, wie sie sich aufbäumte. Ich muß sogar ihr Wimmern nachahmen.

Alles für Doktor Weiß. Ich hätte mir lieber die Zunge wundgebissen, bis sie blutete. Aber Sigi bestand darauf. Sie sagte, wir müßten alles tun, um ihn aus seiner Traurigkeit zu retten. Ich müßte die Geschichte von Maria erzählen. Das werde ihn richtig amüsieren, sagte sie. Sie versprach, mir auf jede mögliche Weise zu helfen.

»Ich habe es auch ausprobiert«, sagt Sigi, sobald ich dem Juden die Geschichte zu Ende erzählt habe.

»Halt's Maul!« platzt es aus mir heraus. Diese Art Hilfe habe ich nicht erwartet. So etwas darf sie nicht einmal sagen, wenn es wahr ist, was ich bezweifle.

»Gestern nacht versuchte ich es mit meinem Kopfkissen. Ich hatte keine Unterhose an. Eigentlich ist nichts geschehen. Ich bin nur da unten ein bißchen naß geworden. Jedenfalls kein Grund zum Wimmern. Ich werde Maria fragen, was sie angestellt hat.«

»Sigi, Sigi, Sigi«, sagt der Jude. »Ich will diese Dinge nicht wissen. Das sind Privatsachen. Du solltest niemandem davon erzählen, und schon gar nicht mir.«

»Ja, halt deinen Mund, Sigi«, sage ich.

»Er ist aber ein Arzt«, sagt Sigi.

Doktor Weiß lacht so laut, daß ich sofort Angst bekomme, jemand könnte uns hören. »Das kenne ich schon«, sagt er. »Aber jetzt bin ich ein Mann in einer Kiste, der von Stunde zu Stunde älter und zerbrechlicher wird. Die Art, wie sich junge Mädchen entdecken, das ist etwas, worüber ich im Augenblick nicht nachdenken will. Versteht ihr das? Diese Entdeckungen sollte die Jugend nur untereinander bereden.«

»Ich hatte eben Lust, Ihnen das zu erzählen«, sagt Sigi. »Ich wollte, daß Sie es erfahren. Ich hoffte, Sie könnten uns vielleicht etwas darüber sagen. Es ist schwer, wenn man nichts Genaues weiß.«

»Mit der Zeit wird euch alles klar werden«, sagt Doktor Weiß. »Das ist eben der Lauf der Welt.«

Ich hatte meinem Vater gesagt, daß der Jude um einen Schnaps gebeten habe. Mein Vater gab mir eine Halbliterflasche. Ich brachte sie Doktor Weiß. Jetzt, glaube ich, höre ich ihn trinken, stelle mir vor, wie sein Adamsapfel auf und nieder hüpft. Werden auch ihm die Augen wäßrig wie mir, wenn ich einen Obstler probiere? Ist egal. Bald klingt seine Stimme höher und weniger bestimmt.

»Da habt ihr den Lauf der Welt«, sagt er nach einer Weile. »In Wien wartete nichts auf mich, als der Krieg vorbei war. Also fuhr ich heim nach Graz, heim zu meinen Eltern. Sie hatten eine große Wohnung in der Jungfrauengasse. Ihr hättet uns sehen sollen: mich, meine Mutter und den Primarius. Zum Abendessen saßen wir feierlich angezogen um den großen Mahagonitisch, der mit Damasttischdecke und Silberbesteck gedeckt war, und vor uns auf den Tellern lag nur ein kleines Häufchen Erdäpfel und Rüben, nicht einmal Butter gab es dazu. Wir hatten sogar ein Dienstmädchen, das uns diesen Matsch servierte. Ihr hättet gelacht. Erdäpfel und Rüben, Abend für Abend, und es reichte nicht einmal.«

Er lacht.

»Aber das Leben«, sagt er, »das Leben findet immer einen Ausweg.«

»Es funktioniert«, flüstert mir Sigi zu.

Während des strengen Winters und des verregneten Frühjahrs von 1918/19 gab es in Graz keine Stelle für Doktor Weiß, den ehemaligen Militärarzt. Es gab keinen Tagesplan, den er auszuführen hatte, keine Tagesordnung. Dienstag oder Freitag – es war alles gleich. In jeder österreichischen Stadt gab es ein Café Central, und dorthin begab sich Doktor Weiß jeden Nachmittag zu einer

Tasse schlechten Kaffees und einer billigen Zigarre. Viele andere Gäste seines Alters saßen da, wahrscheinlich aus ähnlichen Verhältnissen und in einer ähnlichen Situation. Man sprach einander nicht an, man stellte sich nicht vor. So gehörte es sich bei ehemaligen Offizieren, die den Krieg verloren hatten. Jeder durfte seine eigene Privatsphäre mit sich herumtragen.

Am frühen Abend pflegte Doktor Weiß eine Bar in der Nähe seines Elternhauses aufzusuchen, um sich vor dem Abendessen einen Schnaps zu genehmigen. Meistens saß ein Mädchen dort, das das gleiche tat. Sie hatte rotes Haar. Die Gepflogenheiten des Kaffeehauses galten nicht für Frauen in einer Bar, also stellte sich Doktor Weiß vor. Sie hieß Rosi Kornfeld, war dreiundzwanzig Jahre alt und wohnte zwei Häuser weiter, in einer großen Wohnung im ersten Stock.

Eines Abends, während er seine Kartoffeln und Rüben verzehrte, kam er auf das Mädchen zu sprechen.

»Das Waisenkind«, bemerkte seine Mutter. »Pah!« stieß der Primarius verächtlich hervor. »Die Kornfelds. Sie haben nicht zu uns gepaßt. Angeblich war er so etwas wie ein Kriegsgewinnler. Er hatte eine Fabrik. Eines Tages traf ihn der Schlag. Niemand weiß, was danach aus der Mutter geworden ist.«

»Pah«, wiederholte der Primarius. Dann wandte er sich seinen Rüben zu.

»Das Mädchen ist zu flott«, sagte seine Mutter, »flotter, als ihr guttut. Sie wird ein schlimmes Ende nehmen, darauf kannst du dich verlassen.«

»Man hätte vielleicht erwartet, daß Rosi Kornfeld ein molliges, schlampiges, leicht verletzliches Mädchen geworden wäre«, sagt Doktor Weiß. »Sie war aber kultiviert. Sie hatte die zierlichsten Fesseln und schmale Hände. In der Armbeuge sah man dünne blaue Adern, an der rechten Schläfe trat ihr Puls hervor. Sie konnte noch so viel Schnaps trinken, niemals wurde ihre Rede undeutlich, obwohl ihre Stimme immer etwas heiser klang.

Als ich fragte, sagte das Waisenkind ›ja‹.«

Nachdem sie ›ja‹ gesagt hatte, verkündete Doktor Weiß seinen Eltern jeden Abend nach dem Essen, er wolle sich im Kaffeehaus mit seinen alten Kriegskameraden treffen. Aber er kam nie im Kaffeehaus an. Für einen bescheidenen Betrag hatte er ein Abkommen mit Rosis Hausmeisterin getroffen. Er klopfte sanft an Rosis Tür, so sanft, daß ihre Nachbarn nichts hörten, und schon lag er in ihren Armen. Beim ersten Mal war er verblüfft, wie selbstverständlich sie sich bei hellster Beleuchtung ihrer Kleider entledigte und sich aufs Kanapee legte. Er drückte seine Überraschung aus. Und sie sagte: »Aber du bist doch ein Arzt.«

Kurz vor Mitternacht verließ er dann auf Zehenspitzen Rosis Wohnung, ging leise zwei Häuser weiter nach Norden und stieg die Treppe zur elterlichen Wohnung hinauf. Dann schlief er den Schlaf der Gerechten, wie er meinte, oder wenigstens den Schlaf der Selbstzufriedenen. »Ihr werdet schon merken, der Unterschied ist nicht so groß«, sagt er.

Und hier an dieser Stelle erfuhren wir den Lauf der Welt: Eines Abends, etwa drei Monate nach dem Beginn der Affäre, schlüpfte Doktor Weiß in Rosis Wohnung, nahm ein schlankes Mädchen in die Arme, umfaßte mit seiner rechten Hand eine Brust und merkte plötzlich, daß es nicht die Brust war, die er kannte. Das Mädchen schrie auf. Rosi, die sich auf dem Kanapee räkelte, lachte.

»Robert«, sagte sie, »ich hätte dich gern meiner Cousine vorgestellt, aber, wie ich sehe, kennt ihr euch schon. Wollt ihr, daß ich euch allein lasse?«

»Aber Rosi«, sagte die Cousine. Ihre Haut war dunkler als Rosis, aber Doktor Weiß sah, wie sie errötete. Er entschuldigte sich wortreich.

Zwei Wochen lang lebt Doktor Weiß enthaltsam. Dann beendet die Cousine ihren Besuch und geht zurück nach Innsbruck, wo sie Architektur studiert. Er nimmt glücklich seine Affäre mit Rosi wieder auf, die sich, wenn schon nichts anderem, so doch wenigstens dem Studium der Liebe hingibt. Fast jede Nacht treiben sie ihre Spiele. Sie trinken Wein aus einem Glas. Er liebt das kleine rosa Muttermal auf ihrer rechten Hüfte, das, wie er meint, die Form einer Rose hat. »Und genauso süß duftet«, sagt er.

»Er ist betrunken«, flüstert Sigi.

Drei Monate nach der Abreise der Cousine aus Graz wird Doktor Weiß eine Stelle in der Chirurgie des Innsbrucker Krankenhauses angeboten. Er muß annehmen, darüber gibt es nichts zu diskutieren. Rosi hat Verständnis. Sie macht es ihm leicht. Nie spricht sie von einer Heirat oder davon, daß sie mitgehen möchte. Sie scheint selbst Lust auf Abwechslung zu haben.

Das Waisenkind macht keine Schwierigkeiten und läßt ihn ziehen – mit besten Wünschen und einem kleinen Aktphoto von sich als Abschiedsgeschenk.

Nach der Ankunft in Innsbruck schaut er bei Rosis Cousine vorbei. Sie ist mit einem jungen Architekten verlobt. Ein halbes Jahr später, als im Stadttheater der ›Kirschgarten‹ gegeben wird, trifft er sie zufällig während der Pause im Foyer. Wie er bald erfährt, ist sie nicht mehr verlobt. Ein halbes Jahr danach heiratet er sie in Innsbruck. Rosi war eingeladen, schickte aber nur Blumen.

»Wie hieß sie?« fragt Sigi. Sie ist so gespannt, daß sie nicht ruhig sitzen kann.

»Rahel«, sagt der Jude, »wie sonst?«

»Das habe ich gewußt!« sagt Sigi.

»Und jetzt«, sagt Doktor Weiß, »rufe ich: Halt!«

»O nein«, sagt Sigi, »Ihr Herzenswunsch ist noch nicht erfüllt worden.«

»Woher weißt du denn das?« sagt Doktor Weiß.

»Glauben Sie, wir sind dumm, nur weil wir noch jung sind?«

»Also kennt ihr meinen Herzenswunsch? Versteht ihr meine tiefsten Sehnsüchte? Ihr habt euch darauf geeinigt, daß ich unter Weltschmerz leide?«

»Ich weiß, daß sich niemand danach sehnt, in einer Kiste zu sitzen, bloß den eigenen Geruch um sich zu haben, und sich mit mir und Niki zu unterhalten«, sagt Sigi. »Auf jeden Fall sind Sie nicht alt genug zum Sterben.«

»Jeder ist alt genug zum Sterben«, sagt der Jude. »Jeder.«

»Aber was haben Sie gerade gesagt? Daß das Leben immer einen Ausweg findet?« sage ich.

»Die Welt ist anders geworden. Vielleicht ist das nicht mehr die Welt, in der ich leben will.«

»Es ist egal, was Sie wollen«, sagt Sigi. »Sie haben Verpflichtungen.«

»Wem gegenüber? Meine Familie ist weiß Gott wo. Alles ist kaputt. Wem bin ich verpflichtet?«

»Uns!« schreit Sigi.

»Du nimmst dir zuviel heraus, kleines Mädchen«, sagt der Jude. In seiner Stimme liegt eine Härte, die wir noch nie gehört haben. »Darf ich dich eines Besseren belehren? Ich habe Niki nur operiert, weil ich damals in der Nacht das Jammern und Stöhnen nicht mehr aushalten konnte. Ansonsten war es nur wieder einmal ein Bauernbub, dem ein früher Tod vorherbestimmt war. Wenn schon? Was hätte mir das bedeutet? Ich sag's dir: gar nichts.«

»Das glaube ich nicht«, sagt Sigi. Doktor Weiß ignoriert sie.

»Es war so einfach, deinen Blinddarm herauszuschneiden, Niki. Das hätte ich auch betrunken geschafft. Um die Wahrheit zu sagen, ich war auch in jener Nacht etwas betrunken. Schneiden, Klammern, Nähen – simsalabim! Raus mit dem fauligen Blinddarm, und endlich zurück ins Bett zum Schlafen. Trotzdem habe ich aufgepaßt, daß die Narbe so klein wie möglich ausfiel. Wenn die Narbe klein ist, sind die Patienten immer zufriedener.«

Der nächste Tag war der schlimmste meines Lebens. Der Schlaf hatte mich nur noch unruhiger gemacht. Im Traum sah ich Maria nackt auf ihrem Mehlsack; der Jude schlich sich an mit dem Skalpell in der Hand und sagte: »So machen wir es mit den Bauernkindern. Schneiden, Klammern, Nähen.« Ich wollte aufwachen und konnte nicht.

Dann, beim Frühstück, goß mir Großmutter sauer gewordene Milch über den Grießbrei. Als ich mich beschwerte, schnupperte sie daran und erklärte, es sei nicht gar so schlimm. Also mußte ich ihn essen. Den ganzen

Vormittag hatte ich ein saures, rauchiges Gefühl im Magen. Ich hatte keine Lust auf mein Pausenbrot.

Wir behandelten das rechtwinklige Dreieck. Kaspar hatte schon ›Hypotenuse‹ gesagt und alle zum Lachen gebracht. Plötzlich hielt Fräulein Mumelter mitten im Satz ein und blickte über unsere Köpfe hinweg zur Tür. Alle drehten sich um. Da, in der Tür, stand meine Mutter. Sie starrte die Lehrerin an. Sie sah ganz normal aus, die Haare ordentlich aufgesteckt, die Wolljacke um die Schultern gehängt.

»Fräulein Mumelter«, rief sie. »Ich weiß, was du treibst, du Hure!«

Dann verschränkte sie die Arme über der Brust. Kaspar kicherte. Sonst war Stille. Fräulein Mumelter legte ihre Hände flach auf den Tisch. Meine Mutter machte keine Anstalten, sich von der Stelle zu rühren. Sie stand einfach da. Mir brannten die Ohren. Mein Kopf fühlte sich dick an wie ein Luftballon. Dann hörte ich Fräulein Mumelter leise sagen: »Niki, würdest du bitte deinen Vater holen?«

Am liebsten hätte ich mich gar nicht bewegt, aber mir kam es ratsam vor zu tun, was sie verlangte. Ich stand leise auf und ging seitwärts auf die Tür zu. Ich hatte Angst, meiner Mutter zu nahe zu kommen. Ich hatte das Gefühl, mich einem wilden Tier zu nähern. Die letzten paar Schritte rannte ich und schlüpfte an ihr vorbei. Ich glaube nicht, daß sie mich überhaupt bemerkte. Als ich draußen war, lief ich schnell zum Laden.

Mein Vater trat in der Tür des Klassenzimmers an meine Mutter heran und faßte sie sanft am Ellenbogen. »Gehen wir jetzt, Elisabeth«, sagte er. Sie sah ihn an, als wäre er ein Fremder, aber sie ließ sich wegführen und ging mit ihm nach Hause zurück. Mein Vater schickte mich zu Pabst, dem Gendarm, mit der Bitte, den Doktor in Fussing anzurufen. Er kam noch am gleichen Abend und gab ihr irgendeine Spritze. Er ließ uns ein kleines Gläschen mit Pillen da, die die Mutter dreimal am Tag einnehmen sollte. Mehrere Tage lang schlief sie fast ununterbrochen, und als sie wieder zu sich kam, wollte sie nicht zugeben, daß sie sich an den Vorfall erinnerte. Aber das ganze Dorf behielt ihn im Gedächtnis.

7. Kapitel

Manchmal, wenn ich im Bett liege, das weiße Federbett bis unters Kinn hochgezogen, leicht atmend, lasse ich mich über die Schwelle zur Nacht treiben und stelle mir den ›Juden in der Kiste‹ vor. Es kommt mir vor wie ein gemaltes Bild, ein Kunstwerk mit Titel, etwas Unwirkliches. Da gibt es einen lebendigen Menschen, der es gewöhnt ist, in der Sonne herumzuspazieren – der es sogar gewöhnt ist, die geheimen Stellen des Körpers zu erforschen –, jetzt ist er gefangen, durch vier Holzwände seiner Sehkraft beraubt. Seine Welt ist eingeengt auf den beschränkten Blick durch ein Astloch auf Sigi und mich, wenn wir an der richtigen Stelle sitzen. Einen Augenblick lang sehe ich den Juden in der Kiste ganz klar vor mir, und gerade dann, wenn ich meine, die Bedeutung zu begreifen, schlafe ich schon. Das Bild verfolgt mich nie bis in meine Träume.

Aber Maria Stocker kommt oft darin vor, mit ihrem hochgerafften Rock, ihrem abwesenden Blick. Und jetzt immer öfter auch Sigi, aber auf eine ganz andere Weise. Maria ist stürmisch, Sigi zart. Für mich leuchtet Sigi anders. Wenn ich von Sigi träume, wache ich beruhigt auf; träume ich von Maria, dann bin ich verwirrt. Dann gibt es die immer wiederkehrenden Gestalten: Vater und Mutter, den dicken Ignaz, die Braunen aus Fussing, Soldaten, die ich nie gesehen habe – und Fräulein Mumelter. Sie hat mich erkannt, sie hat mich besonders ausgewählt.

Ich kann sie nicht deutlich sehen; ich spüre nur, daß sie nackt ist. Ich bin sicher, daß sie noch nie jemand so gesehen hat. Sie wartet nur auf mich. Wir berühren uns nicht. Sie zeigt sich mir nur, und das genügt mir. Manchmal stelle ich mir vor, daß ich ein Gedicht für sie schreibe und daß sie mir vor allen in der Klasse sagt, wie schön es sei.

Ich spüre, wie meine Träume außer Kontrolle geraten. Großmutter sagt, ich sähe aus, als hätte ich Alpträume. Jeden Tag komme ich mir fremder vor, wenn ich in den Spiegel schaue.

Ich habe auch so ein seltsames Gefühl, als ob alles verkehrt laufe, alles um mich herum offen sei, daß es keinen sicheren Ort gebe. Das gleiche Gefühl hatte ich schon einmal, als ich auf der Kirchspitz am Rande des Abgrunds stand: Nichts lag zwischen mir und dem Sturz ins Bodenlose als mein Gleichgewichtssinn und ein günstiger Wind.

Der Jude kann mir nicht helfen. Er sagt mir: Ja, natürlich kann der Himmel herabstürzen. Natürlich können die schlimmsten Dämonen leibhaftig vor dir erscheinen. Natürlich können Dinge passieren, müssen sogar passieren, die schrecklicher sind, als du sie dir je vorgestellt hast – und wenn sie schon nicht dir passieren, dann irgendeinem anderen. Man muß sich eben einreden, daß man dieses Wissen nicht besitzt, sagt er. Sonst könnte man keine einzige sorglose Stunde erleben, man würde wahnsinnig.

Großmutter ist ständig hinter mir her. Ich soll öfter beten und, wie sie, zweimal in der Woche zur Beichte gehen, ob ich es nötig habe oder nicht. Aber ich habe nicht einmal Lust, diesem heuchlerischen Pfarrer zu erzählen, was es bei uns zum Mittagessen gab, und schon gar nicht meine geheimen Gedanken.

Ich fange langsam an zu verstehen, warum ich Angst habe. Ich sehe, daß mit meinem Vater etwas nicht in Ordnung ist. Martin Lukasser gilt als gestandener Mann, er hat Gewicht im Dorf, man muß ihm Beachtung schenken. Er hat zwar immer noch Gewicht, auch arbeitet er immer noch so viel wie sonst, und bei den Dorfversammlungen ist er nach wie vor ein guter Redner. Aber er wird durchscheinend und mager. Er treibt wie der Schnee im Wind. Er wirkt irgendwie abwesend. Der Tag ist nicht mehr fern, fürchte ich, an dem ich durch ihn hindurchsehen kann. Ich höre, wie die Leute sich fragen, was dem Martin fehle. Krebs? Hoffentlich nicht, sagen sie.

Es ist nicht Krebs. Es ist die Last der Welt. Es ist meine Mutter, der Jude, es sind meine toten Geschwister und ich.

Also läßt er den Juden fallen, wirft ihn über Bord. Er tut so, als ob es bei uns auf dem Heuboden keinen Menschen gäbe. Er erwähnt ihn mit keinem Wort. Ohne mich und Sigi wäre Doktor Weiß vergessen worden und verhungert. Mein Vater schaut mich spöttisch an, wenn ich ihn um Schnaps oder Ähnliches bitte, als ob er vermute, daß ich es für mich will. Doktor Weiß ist ausschließlich zu meiner Aufgabe geworden. Ihm ist es aber nicht bewußt, auf wen er sich verlassen muß.

Mein Vater glaubt fest an den Wert des guten Rufes. Nichts im Leben ist wertvoller, sagt er mir immer wieder, als die gute Meinung der Nachbarn. Tu nie etwas, Niki, das die Leute dazu bringt, schlecht von dir zu reden.

Wie muß mein Vater es empfunden haben, als meine Mutter damals in die Schule kam? Sie tat das Schlimmste, sie blamierte die Familie vor allen Leuten. Aber er hat ihr deswegen nie einen Vorwurf gemacht, kein einziges Wort. Er ist aufmerksam, will ihre Wünsche erfüllen und ihr das Leben leichter machen. Er ist liebenswürdig. Doch diese Liebenswürdigkeit mindert in meinen Augen seine Autorität. Ich hätte es vorgezogen, wenn das erst später geschehen wäre.

Das Ansehen meines Vaters hat immerhin noch nicht so stark gelitten, daß sich die Leute trauen, ihre Gedanken über meine Mutter offen auszusprechen. Aber ich weiß, daß sie zu Hause beim Abendessen über den Vorfall reden. Sie sagen, daß meine Mutter spinnt, daß sie den Verstand verloren hat. Aber vielleicht, sagen sie, ist sie nicht vollkommen verrückt. Vielleicht hat dieser Hund Lukasser tatsächlich etwas mit der Lehrerin. Sie hat die Titten und den Arsch dafür, keine Frage.

Die Kinder in der Schule gehen mir nach dem überraschenden Auftritt meiner Mutter tagelang aus dem Weg, als hätte ich die Röteln oder die Ringelflechte und wäre ansteckend. Niemand will in meiner Nähe sein oder mit mir reden. Was könnten sie auch sagen? »He, Niki, hat dein Vater der Mutter schon eine Zwangsjacke gekauft?« »He, Niki, baut ihr jetzt eine Gummizelle in euer Haus ein?«

Ich sitze da und kann mich nicht auf meine Aufgaben konzentrieren, ich träume die ganze Zeit von Fräulein Mumelter, obwohl ich es als demütigend empfinde, in ihrer Gegenwart zu sein. Ich wünsche, Sigi könnte zu uns ziehen. Ich möchte neben ihr im Bett liegen. Ihr regelmäßiges Atmen würde mich beruhigen. Wenn ich einen bösen Traum hätte, könnte sie mich festhalten. Oder umgekehrt. Aber Sigi behauptet, sie träume nie.

8. Kapitel

Die Vorstellung von Fräulein Mumelter als ungebundener, liebestoller Frau, die den Dorfbewohnern nach dem Auftritt meiner Mutter immer plastischer vor Augen trat, machte allen verheirateten Frauen in Sankt Vero Angst. Immer wieder bekreuzigten sie sich. Ihre Männer hielten sie ans Haus gefesselt, für jeden Schritt verlangten sie Rechenschaft von ihnen. Am Abend kam niemand mehr ins Wirtshaus. Sogar der dicke Ignaz schlurfte wie ein geprügelter Hund durchs Dorf. Unschuld war keine Verteidigung. Alle wurden für schuldig befunden – unreiner Gedanken zumindest. Meine Mutter hatte einen so großen Stein in einen so kleinen Teich geworfen, daß die Wellen des Unmuts weite Kreise zogen. Die Männer verübelten es meinem Vater, daß er nicht imstande war, seine Frau unter Kontrolle zu halten. Noch mehr verübelten sie ihm, daß er vielleicht derjenige war, der die Mumelter bekam, obwohl einige schworen, dem Lukasser fehle der Saft. Die Frauen fingen an, anderen die Jugend und alles Geschlechtliche zu verübeln.

Zunächst, wie es schien, kam es niemandem in den Sinn, daß Fräulein Mumelter möglicherweise gar keine Hure war. Erst Tage später, als deutlich wurde, daß meine Mutter keine Erinnerung an den Vorfall und auch überhaupt nichts gegen die Lehrerin hatte, wurde man langsam nachdenklich. Das halbe Dorf sah, wie meine

Mutter Fräulein Mumelter zuwinkte und ihr ›Grüß Gott‹ zurief, als die Lehrerin eines Morgens das Schulhaus betrat, und die andere Hälfte erfuhr die Neuigkeit noch vor dem Mittagessen. Überall war die Rede von einem ›hysterischen Anfall‹ und von der ›armen Lukasserin‹. Trotzdem wollte man die junge Lehrerin nicht ganz ungeschoren lassen. Eine so attraktive Frau läßt man nicht in Ruhe. Man wollte noch ein bißchen länger beim fragwürdigen ›Einfluß‹ verweilen.

Unser Bürgermeister Ausserhofer habe eine feine Nase für die Empfindungen im Dorf, sagte mein Vater und erzählte, wie er fünfmal hintereinander mit fünf verschiedenen Versprechungen gewählt worden sei. Was er diesmal roch, war die Enttäuschung darüber, daß sich ein Skandal nicht bis zur Reife entwickelt hatte. Er wußte, was zu tun war. Er berief eine Dorfversammlung ein.

Am festgesetzten Abend um sieben Uhr marschierten die Eltern ins Schulhaus und zwängten sich in unsere Bänke. Fräulein Mumelter blieb natürlich in ihrer Wohnung. Auch meine Mutter blieb zu Hause. Wir Schüler durften nicht teilnehmen, aber Sigi, Kaspar, Simon, Andreas und ich brachten Gläser von daheim mit und drückten die Ränder gegen die dünne Wand unter dem Südfenster des Schulzimmers; unsere Ohren hielten wir an die Unterseite der Gläser. Wir hörten alles so deutlich, als ob wir uns in der Garderobe versteckt hielten – was Kurt Kammer (zwei Klassen unter uns) versuchte, wofür er aber erwischt und verprügelt wurde.

Der Bürgermeister machte große Worte und redete um den heißen Brei herum. Er brachte es fertig, nicht ein einziges Mal die Namen ›Lukasser‹ und ›Mumelter‹ in den Mund zu nehmen. Diese erstaunliche Leistung brachte er dadurch zustande, daß er für alles, was getratscht worden war, die Wendung »und so weiter« wählte. Schließlich genügte es, nur noch das Wort »Vorfall« auszusprechen und die Versammlung einzuladen, frei ihre Meinung dazu zu äußern. Es gab schwachen Applaus, als er sich setzte.

Zuerst sprach der Pfarrer. Er hörte sich so gern reden. »Ich möchte nur eines sagen. Ich will mich kurz fassen und zur Sache sprechen, ohne Umschweife – also erwartet bitte keine Predigt, denn ich stehe hier nicht auf der Kanzel. Ich spreche hier nicht als euer geistlicher Ratgeber, sondern nur als Freund des Dorfes«, sagte er.

Nun hatte er sich warmgelaufen. »Ich habe Fräulein Mumelters Religionsstunden viele Male überprüft, und ich muß euch sagen, ich tat es mit großem Interesse, denn das ist mein Spezialgebiet, das brauche ich euch nicht zu sagen. Ich fand alle Stunden tadellos. Und was den Charakter und die Person Fräulein Mumelters betrifft, so kann ich nur vermuten, daß ihr Gewissen, im Hinblick auf den Vorfall, völlig rein ist.

Und ich möchte euch doch alle daran erinnern«, schloß der Pfarrer, »daß Fräulein Mumelter nicht Neros Frau Poppäa ist, wenn ich bitten darf.«

»Sie ist die Frau von niemandem, das ist das Problem! Deswegen wirft sie ein Auge auf unsere Männer«, stieß Frau Stocker hervor.

»Auf deinen ganz sicher«, sagte Frau Egger, Simons Mutter.

»Auf meinen genausogut wie auf jeden anderen«, sagte Frau Stocker erbost.

»Nein, nein, nein, ihr habt mich falsch verstanden«, sagte der Pfarrer.

»Es geht doch darum, ob sie es mit irgendeinem Mann hier getrieben hat, oder nicht?« sagte der dicke Ignaz. Es gab Pfiffe, einige Frauen riefen ›Pfui.‹ »Und wenn schon, wo ist der Beweis? Wer gibt es zu? Na, los. Ich kenne niemanden hier, mit dem sie's getrieben hat. Wenn es nicht so ist, warum geben wir uns überhaupt damit ab? Sie macht ihre Arbeit, oder?«

»Das war gut, Alter«, flüsterte Sigi. Auch ich mochte ihn in diesem Moment. Dann fiel mir die Sache mit dem Fernrohr ein, am Abend vor Kaspars Sturz. Ich spuckte aus.

»Ob sie's getan hat oder nicht, spielt keine Rolle, solange die Leute glauben, daß sie's getan hat. Oder tun würde«, sagte Herr Egger.

»Ich muß schon sagen, der Unterricht ist besser geworden, seitdem das Fräulein hier ist. Ich war schon immer der Meinung, sie weiß, was sich gehört«, sagte Frau Tscharnigg, die Mutter von Andreas.

Das ganze Dorf wußte, daß sie zweifelsohne genau die Richtige war zu beurteilen, was sich gehörte. Ein paar Jahre zuvor hatte Tscharnigg ein Stück Land oben auf dem Berg zu einem unverschämten Preis an die Elektrizitätsgesellschaft verkauft und seiner Frau zu Weihnachten einen Fuchsmantel geschenkt. Angeblich lief sie zu Hause den ganzen Tag im Pelzmantel herum, trug nichts darunter und zerrte ihren Mann mindestens zweimal am Tag ins Bett.

»Hast du damals ihre Titten gesehen? Waren sie recht schlapp?« fragte Kaspar.

»Leck mich am Arsch«, sagte Andreas.

»Mag sein, daß sie eine gute Lehrerin ist, aber ihre Röcke sind zu kurz«, sagte Frau Stocker.

»Nicht so kurz wie die von der Maria«, sagte Frau Tscharnigg.

»Sie ist doch noch ein Kind«, sagte Frau Stocker.

»Schau sie dir gelegentlich einmal an«, sagte Frau Hutter, die Mutter von Monika, die als erste in unserer Klasse Schamhaare hatte und sie allen zeigte, den Buben wie den Mädchen.

»Meine Damen, meine Damen. Darum geht es nicht«, sagte der Bürgermeister.

»Wirklich? Maria sieht aus, als ob sie einen Mann genauso nötig hat wie eine andere, die wir hier nicht nennen wollen«, sagte Andreas' Mutter.

»Was soll denn das heißen?« sagte Frau Stocker.

»Das ist doch alles Scheiße«, sagte der dicke Ignaz. »Niemand hat auch nur die geringste Spur eines Beweises. Laßt doch um Gottes willen die Lehrerin in Ruhe. Und steckt die Maria in einen längeren Rock, bevor ihr irgend jemand ein Kind macht. Lernen die Kinder hier etwas oder nicht?«

»Paß auf, was du sagst!« sagte Frau Stocker.

»Mir scheint, sie lernen eine Menge«, sagte Sigis Mutter, »sogar Sigi.«

»Vielen Dank«, murmelte Sigi.

»Ja, sie sind recht tüchtig«, sagte der Pfarrer.

»Simon ist am tüchtigsten beim Wichsen«, sagte Kaspar.

»Leck mich«, sagte Simon.

Es wurde noch viel über unseren Wissensstand hin und her geredet. Einige Eltern fingen an, mit ihren Kindern anzugeben. Niemand erhob den Anspruch, daß sein Kind unter Fräulein Mumelters Führung dümmer geworden sei. Der dicke Ignaz meckerte weiter über

Beweise und mußte viele Pfuis einstecken. »Wasch dir das Maul, Ignaz!« rief Frau Egger. Frau Tscharnigg wieherte.

Den Bürgermeister hatte sein Gefühl nicht im Stich gelassen. »Ich nehme an«, sagte er, als sich der Lärm etwas gelegt hatte, »daß wir uns alle darüber einig sind, daß der Vorfall unglücklich war, aber daß es wirklich keinen Anlaß gibt, etwas zu unternehmen. Daß sie tatsächlich unschuldig ist. Daß wir alle froh sind, wenn sie ihre Stelle weiterhin behält. Wollen wir darüber abstimmen? Gut.«

»Also bleibt sie«, sagte der Bürgermeister nach einer kurzen Pause. Er hatte es fertiggebracht, kein einziges Mal ›Fräulein Mumelter‹ zu sagen. Wir hörten, wie sie die Stühle zurückschoben und aufstanden.

»Einen Augenblick, bitte«, rief der Bürgermeister. »Ich habe eine ganz wichtige Nachricht. Das Wehrbereichskommando in Salzburg hat mir mitgeteilt, daß die Wehrmacht eine Truppe von Flugmeldern nach Sankt Vero schicken wird. Sie haben die Aufgabe, nach Bombengeschwadern Ausschau zu halten, die vom Süden über die Berge kommen, und ihre Flugrichtung nach Innsbruck, Salzburg und so weiter zu melden. Es soll sich um einen wichtigen Auftrag handeln. Wir müssen die Soldaten einquartieren, etwa vier oder fünf Mann. Wenn sich jemand freiwillig melden will, soll er morgen zu mir ins Gemeindeamt kommen. Wenn sich nicht genug Freiwillige melden, muß ich die Leute dort einweisen, wo Platz ist.«

»Kriegen wir etwas bezahlt?« fragte der dicke Ignaz.

»Natürlich, ein Tagegeld und so weiter«, sagte der Bürgermeister.

Man redete hin und her, wieviel Mark ein Tagegeld

wohl ausmachte. Wer wollte schon Soldaten aufnehmen, die höchstwahrscheinlich mit ihren Stiefeln die Bettwäsche ruinierten? Dann setzte der allgemeine Aufbruch ein, und die Anwesenden wanden sich aus den engen Bänken und bewegten sich zur Tür. Wir entkamen in die Dunkelheit, Andreas und Simon in die eine Richtung, Kaspar in die andere, Sigi und ich hintenherum und an den Scheunen vorbei zu ihrem Haus.

»Ich würde gern Fräulein Mumelters Haar hochheben und meine Nase an ihren Hals drücken. Ich würde sie so gern riechen«, sagt Sigi, als wir auf ihre Haustür zugehen.

»So?« frage ich, hebe Sigis dicken Zopf hoch und berühre die zarte Haut, die darunter liegt. Ich rechne damit, daß sie zurückzuckt, aber sie steht ganz still da, während ich schnuppere. Sie riecht wie frische Butter.

»Ja, genau so«, sagt Sigi, löst sich aus meinen Armen und stolpert, wie so oft, so daß sie schließlich in einen matschigen Schneehaufen neben der Stiege fällt. Sie macht ein etwas überraschtes Gesicht, wie immer, wenn sie unerwartet hinfällt. Aber sie lacht, als ich ihr beim Aufstehen helfe und ihre rechte Hand an das Schloß der Haustür führe.

»Ich finde das Schloß schon allein«, sagt sie.

»Ich weiß«, sage ich.

Ich stehe da und passe auf, bis sie die Tür hinter sich geschlossen hat. Wir haben dem Juden vor der Versammlung das Essen gebracht, also kann ich direkt nach Hause gehen, sobald Sigi sicher im Haus ist. Ich beeile mich, um den roten Lichtern auf dem Friedhof zu entkommen, die von Sigis Seite aus einen Lichtschimmer auf die Totenschädel und Knochen des offenen Beinhauses werfen. Die Knochen werden hier aufgeschichtet, wenn die Familiengräber zu voll geworden sind. Ein Grab, wissen Sie, kann nur ein paar Tote aufnehmen. In zwanzig oder dreißig Jahren werden meine Brüder herausgeholt werden müssen, um meinen Eltern Platz zu machen. Sie werden auf den Haufen kommen wie andere auch, nur werden sie kleiner sein als die meisten.

Ich bin ganz froh, daß ich gleich nach Hause gehen kann, nicht zuerst zum Heuboden hinauf muß. Das Verhältnis zum Juden ist anders geworden, seit er gesagt hat, es sei ihm damals egal gewesen, ob ich lebe oder sterbe. Ich habe keine große Lust mehr, mit ihm zu reden. Er ist finster geworden, schroff. Wenn ich ihm das Essen gebracht habe und den Heuboden verlasse, habe ich auf eine Weise Angst, die ich vorher nicht gekannt habe. Er hat mir etwas von meinem Glauben an das Leben genommen. So kommt es mir vor. Er hat mir etwas gestohlen, das ich brauche.

Sigi sagt, das sei bloß eine Laune gewesen. Sie meint, der Jude sei betrunken gewesen, als er damals über diese Geschichte mit dem Bauchaufschlitzen geredet habe. Er habe allen Grund, reizbar zu sein. Dagegen läßt sich nichts sagen. Außerdem, sagt Sigi, habe er auf seine Weise versucht, sich zu entschuldigen oder zumindest eine Erklärung zu geben.

Das muß ich eigentlich einsehen.

»Weißt du, warum ich damals in der Nacht, als ich deinen Blinddarm herausoperierte, betrunken und gereizt war? Natürlich kannst du es nicht wissen«, sagte Doktor Weiß. Es war der Abend des Tages, an dem meine Mutter im Schulhaus erschienen war und Fräulein Mumelter angebrüllt hatte. »Ich betrinke mich jedes Jahr an diesem Abend, das geht seit 1917 so. Es ist der Jahrestag der Tat in meinem Leben, die ich am meisten bereue. Die häßlichste Tat.«

Damals, 1917, sagte er, waren die Soldaten müde geworden, deprimiert. Einige hätten sich Verwundungen zugefügt, um von der Front wegzukommen. Das war riskant. Man konnte vors Kriegsgericht kommen. Und keine Schußwunde ist ungefährlich.

Eines Nachts schoß sich ein Soldat in den Fuß. Nein, er war kein engelsgesichtiger slowenischer Bauernbub, der sich nach seinen Kühen und seiner Mutter verzehrte. Er war ein harter Bursche, an die Dreißig, der schon vor dem Krieg mit der Polizei zu tun gehabt hatte; womöglich saß er auch schon einmal im Gefängnis. Er hätte gescheiter sein müssen.

»Es war nichts als Dummheit«, sagte Doktor Weiß. »Erstens hielt er das Gewehr so nahe hin, daß sein Stiefel voller Pulverspuren war. Das war der erste Beweis, daß ihn kein Scharfschütze erwischt hatte. Dann kam dazu, daß er sich nicht in die Zehen geschossen hatte – das wäre eine saubere Wunde gewesen. Er schoß sich direkt durch den Rist. Die Kugel zerschmetterte den ganzen Fuß.

Dieser Idiot wollte offensichtlich eine schwere Wunde haben, eine, die ihm garantierte, daß er nicht wieder zusammengeflickt und zur Front zurückgeschickt wurde. Irgendwie schaffte er es, bis zum Ende seiner Wache dazubleiben; erst dann meldete er dem Offizier, daß er verwundet sei. Wie er den Schmerz ertragen konnte, werde ich nie begreifen. Als er endlich zur Sanitätsstation kam, war der Fuß schon ein blutiger Klumpen. Die Ärzte taten ihr Bestes, dann schickten sie ihn nach hinten ins Lazarett, wo ich Dienst tat.«

Den Soldaten hatte man ans Bett gefesselt. Ein paar Tage vergingen. Es war eine sehr böse Wunde, voller Splitter. Bei der Verhandlung vor dem Kriegsgericht saß er im Rollstuhl. Man sprach ihn schuldig und verurteilte ihn zum Üblichen, in sieben Tagen, bei Sonnenaufgang. »Man hielt es für wirkungsvoll«, sagte Doktor Weiß. »Man wollte den Verurteilten Zeit geben, über ihre Verbrechen nachzudenken.«

Am Abend nach der Urteilsverkündung untersuchte Doktor Weiß den Fuß des Soldaten. Den Wundbrand roch er schon, bevor der Verband abgenommen wurde. »Es ist schlimmer als der Geruch des Todes«, sagte er. Er sagte dem Major, der Mann würde innerhalb von drei Tagen tot sein, wenn nichts geschehe. Der Major besprach sich mit dem Oberst, der das Lazarett leitete. Der Oberst ordnete an, den Soldaten noch ein paar Tage am Leben zu erhalten, damit er, wie das Kriegsgericht entschieden hatte, ordnungsgemäß von einem Peloton hingerichtet werden konnte.

»Sie wiesen mich an, ihm den Fuß zu amputieren.« Doktor Weiß schwieg einen Augenblick. »Und ich hab's getan. Er hat sich bei mir bedankt. Er wollte nicht glauben, daß sie einen Mann hinrichten würden, dem man den Fuß abgenommen hat. Also lebte er noch die paar Tage, bis man ihn erschoß. Ich war dabei. Er sah sehr überrascht aus«, sagte der Doktor. »Mein Gott, er hatte es verdient, er war ein harter Bursche. Trotzdem, jedes Jahr an diesem Abend trinke ich mir einen Rausch an. Und das wird bis zu meinem Tod so weitergehen.«

»Sie hätten sich einfach weigern können«, sagte ich, als er fertig war. Sigi gab mir einen Rippenstoß. Mir war es egal. Ich war immer noch böse auf den Juden.

»Ja, du hast recht«, sagte Doktor Weiß. »Ich hätte mich einfach weigern können.«

Das war alles, was er sagte.

Ich war enttäuscht. Ich wollte streiten, ich wollte eine Auseinandersetzung. Aber später, als mir bewußt wurde, was dahintersteckte, bewunderte ich ihn gerade wegen dieses Schweigens. Und obwohl ich noch Haß empfand, war ich erleichtert und dankbar, daß er nicht lachte, als Sigi jede demütigende Einzelheit des Anfalls meiner Mutter herunterrasselte und erzählte, wie sie die Frauen des Dorfes in Aufregung und die Männer in Zorn versetzt hatte.

»Manche Menschen verlieren, wenn sie unter starken psychischen Druck geraten, eine Zeitlang den Zugang zur Realität«, sagte Doktor Weiß. »Sie haben nicht die Absicht, etwas zu zerstören oder jemanden in Verlegenheit zu bringen. Sie wissen buchstäblich nicht, was sie tun, weil sie vorübergehend die Fähigkeit verloren haben, die Welt so zu sehen wie wir anderen.«

Als wir ihm von der Dorfversammlung Bericht erstatteten, lachte er laut heraus. »Diesen Ignaz hätte ich gern in Aktion gesehen«, sagte er. »Ich könnte mir vorstellen, daß euer Fräulein tatsächlich eine Schlampe ist und daß der dicke Ignaz derjenige ist, der das genau weiß.«

Auf diese Weise machte er alles wieder kaputt. Er war so unsensibel. Er hätte uns nicht kränken müssen. Jetzt war es Sigi, die sich ärgerte. »Sie begreifen gar nichts«, sagte sie. »Sie würde niemals etwas mit einem so derben Mann wie Ignaz zu tun haben wollen.«

»Das behauptest du, Sigi«, sagte er. »Aber du wirst dich noch wundern.«

So was Selbstzufriedenes, hätte ich gerne gesagt. Wer ist denn in der Kiste, Doktor? Wer ist so verbittert? Zum ersten Mal wurde ich beim Zuhören ungeduldig. Ich glaubte langsam, daß seine Geschichten von diesem und jenem in Wien und diesem und jenem in Venedig gar nicht interessanter waren als das wirkliche Leben hier bei uns.

Obwohl ein Tag so ziemlich wie der andere schien, drehte und verwickelte sich das Leben um uns herum. Jeder konnte das sehen.

Mein Vater und der dicke Ignaz waren dabei, einen heimlichen Ausflug über den Berg zu einem Treffen mit ihrem italienischen Freund vorzubereiten, der sie mit Kaffee und Zucker versorgte. Frau Egger erschien eines Tages mit einem blauen Auge auf der Dorfstraße. Kaspar und Simon entdeckten Maria Stocker in der Scheune, wo sie genau wie damals auf den Mehlsäcken ritt. Sie waren schrecklich aufgeregt. Fräulein Mumelter erhielt seit einiger Zeit alle paar Tage Post aus Schwaz. Die Handschrift sah nach einem Mann aus, darüber waren sich alle einig, denen der Briefträger die Umschläge zeigte. Meine Mutter fing plötzlich an, jeden Tag zum Mittagessen die Lieblingsgerichte meines Vaters zu kochen, Knödel und Sauerkraut zum Beispiel. Und Sigi kam in dieser Zeit Fräulein Mumelter näher, als sie es je erträumt hatte. Nun, vielleicht träumte sie von noch näheren Berührungen, aber mir sagte sie nichts davon, und ich wollte nichts davon wissen. Es wäre auch zu verwirrend, wenn man noch dazu an alle anderen Ereignisse in dieser Zeit denkt.

An einem Samstagnachmittag stattet Fräulein Mumelter Sigis Mutter einen Besuch ab. Sie sitzen auf der Eckbank am Küchentisch und nippen am Ersatzkaffee. Es gibt keinen Kuchen. Sigi und ich hocken auf dem Treppenabsatz und lauschen. »Es entwickelt sich«, hören wir Fräulein Mumelter zu Frau Strolz sagen, »ein kleines Problem. Nicht mit der Schule an sich, nein. In dieser Hinsicht leistet Sigi viel, noch mehr, als wir für möglich gehalten hätten.«

»Ich habe mir gedacht, wir sollten uns vertraulich darüber unterhalten«, fährt Fräulein Mumelter fort. »Ich will mich kurz fassen: es geht um Sigis Kleider.«

»Sigis Kleider?« sagt Frau Strolz.

»Ich muß Ihnen sagen, sie sind ihr zu klein«, sagt Fräulein Mumelter leise.

»Zu klein?«

»Wie Sie wissen, ist Sigi jetzt in der Pubertät. Sie entwickelt sich zur Frau. Wenn ich die Wahrheit sagen darf«, sagt Fräulein Mumelter, »die Buben in der Klasse fangen schon an, ihre Brust anzustarren, weil ihre Blusen zu eng sind, und wegen der kurzen Röcke schauen sie ihr auch aufs Hinterteil und auf die Beine. Ich wollte Sie fragen, ob man Sigi nicht mit ein paar Sachen in passender Größe ausstatten könnte.«

Sigi bemüht sich so sehr, ihr Kichern zu unterdrücken, daß aus ihren leeren Augen kleine Tränen sickern. Wenn sie so mit Tränen schimmern, kann ich mir nie vorstellen, daß sie damit nichts sieht. Sie sehen so lebendig aus. Sie leuchten so schön grün. Mir kommt es vor, als würde sie nur aus Nervosität kichern. Ich glaube, es kränkt sie, daß man so von ihr spricht.

»Ja, Fräulein, die Zeiten sind etwas schwer«, sagt Sigis

Mutter. »Es ist nicht so einfach, die Sachen zu kaufen, die sie braucht. Ich würde es ja gerne tun, aber ...«

»Bitte, Frau Strolz, ich verstehe Sie. Ich hätte einen Vorschlag. Sie haben sicher ein paar Sachen im Schrank, die man für sie ändern könnte. Ich selbst besitze ein schönes Wollkleid, das mir zu klein geworden ist. Mit ein paar Änderungen könnte es Sigi passen.«

»Das können wir nicht annehmen, Fräulein.«

»Bitte. Sonst müßte ich es dem Winterhilfswerk schenken.«

Also steht es fest, daß Sigi neu eingekleidet wird. Ich bringe meine Mutter dazu, einen Lodenrock beizusteuern, der, seit ich mich erinnern kann, in Seidenpapier eingewickelt in der Truhe liegt. Dazu schenkt sie ihr ein paar halbwegs gut erhaltene Baumwollblusen.

Am nächsten Samstag steht Sigi mitten in der Küche auf einem umgestülpten Holztrog. Sie trägt einen weißen Unterrock, der sicher sauber, aber trotzdem mit den Jahren grau geworden ist. Er reicht ihr nur bis zu den Oberschenkeln. Ihren Zopf hat man hochgesteckt.

Sigi findet es spannend. Sie will gut aussehen. Ihre Finger gleiten über die Stoffe, sie findet, daß sie sich gut anfühlen. Sie fragt nach den Farben. Die Auskunft ›blau‹ allein befriedigt sie nicht. Man muß ihr sagen, daß es das bestimmte Blau ist, das man an klaren Augusttagen bei niedrigem Wasserstand an seichten Stellen des Bachbetts sieht. Auch den Schnitt kann sie sich nur ungenau vorstellen, obwohl sie spürt, daß alles lockerer sitzt als in letzter Zeit. »Wir lassen vorne noch ein bißchen Platz«, sagt irgendwann Sigis Mutter, während sie das Kleid absteckt. »Du kannst ja nur größer werden, Sigi.«

»Muß das sein?« fragte Sigi.

»Ich fürchte schon«, sagte Fräulein Mumelter. »Du wirst dich aber freuen.«

Als Fräulein Mumelter den Lodenrock meiner Mutter zurechtsteckt, streifen ihre Hände Sigis Hinterteil und die Oberschenkel. Es kann nicht Absicht sein; es kommt nun einmal vor, wenn man Kleider anprobiert. Sigis kleine Brustwarzen treten hervor. Ich sehe, wie sie sich gegen den dünnen Stoff des Unterrocks abzeichnen. Ihr Gesicht glüht. Sie dreht an dem schmalen silbernen Ring, den sie immer an ihrem kleinen Finger trägt.

»Niki«, sagt Sigis Mutter, »du kannst doch nicht den ganzen Tag hier herumhängen.« Sie sieht nicht einmal auf von der frisch geänderten Bluse, die sie gerade bügelt. »Dein Vater wird sich ärgern. Geh doch rüber in den Laden und mach dich nützlich.«

Ich komme mir verbannt vor. Eigentlich sollte ich meinem Vater helfen, aber ich gehe nicht zum Laden zurück, ich gehe in Sigis Scheune. Sonnenstrahlen bilden staubige Säulen, genauso wie in der Kirche. Ganz hinten ist eine große alte Futterkiste, vollkommen leer. Ich will herausfinden, wie sich der Jude vorkommen muß. Ich mache die Futterkiste auf, klettere hinein und lasse den Deckel herunter. Sie ist so groß, daß ich sowohl sitzen als auch liegen kann. Ich lege mich hin.

Wir haben einen warmen Frühlingstag im Jahre 1944. Ich bin gerade vierzehn geworden. Ich sehe nichts außer einigen dünnen Streifen staubigen Lichts, die helle Flecken auf mich werfen. Ich spüre die Maserung des Holzes; es ist trocken, spröde. Es riecht nach warmem, von der Sonne gedörrtem Stroh und Hafer. Es ist gar nicht schlecht hier drinnen. Es ist friedlich. Ich denke an

Sigi in ihrem kleinen Unterrock, und irgendwie wird sie zu Fräulein Mumelter in einem Unterrock. Ich möchte das Bild festhalten, aber ich bin schläfrig, die Gedanken gehen ineinander über und verblassen. Dann schlafe ich. Im Schlaf bin ich allein im Schulzimmer. Ich gehe zur Tafel und fange an zu schreiben, weiß aber nicht, was ich schreiben will. Plötzlich merke ich, daß ich alle Probleme gelöst habe: mit meinem Vater und meiner Mutter, mit dem Juden, mit Sigi und Fräulein Mumelter, sogar mit dem Krieg und allem. Es ist alles so einfach, eins folgt dem anderen wie bei einem Uhrwerk. Ich muß ein Idiot sein, daß ich es nicht früher gesehen habe. Aber sobald ich aufwache, fällt alles wieder in sich zusammen, und überhaupt nichts mehr ist klar.

Ich brauche eine Weile, bis ich merke, daß ich in der Kiste bin. Ich sehe auf Großvaters Taschenuhr. Ich kann gerade noch die Zeiger erkennen. Ich habe nur eine Stunde geschlafen. Ich beschließe, daß ich mindestens noch eine Stunde dort bleiben muß. Schon nach wenigen Minuten fangen meine Beine an zu zucken, so wie in den Nächten, wenn man in gespannter Stimmung schlafen geht. Es kommt mir vor, als ob mir Staub und Spinnen aufs Gesicht fallen, aber wenn ich drüberwische, ist nichts da. Mein Kopf fühlt sich größer an als normal, und ich komme mir klein darin vor. Ich höre, wie mir das Blut in die Ohren strömt. Mir ist zu warm. Ich sage mir: In fünfundvierzig Minuten kann ich hinausklettern und die Berge rundherum aufsteigen sehen.

Ich halte es keine fünf Minuten mehr aus. Ich schiebe den Deckel hoch, springe heraus und laufe. Der Himmel sieht bedrohlich aus. Kein einziger Gipfel ist zu sehen, nur Kolonnen dunkler Tannen, die in den Nebel hinauf marschieren. Aber das ist mir genug. Es ist viel besser als die verdammte Kiste.

Eines Morgens hängt eine Bekanntmachung vor dem Gemeindeamt. Sie kündigt an, daß am 1. Juni vier Soldaten und ein Feldwebel ins Dorf kommen und wie folgt einquartiert werden:

Stocker: ein Feldwebel
Egger: ein Soldat
Kammer: ein Soldat
Hutter: zwei Soldaten
Unterschrift: Ausserhofer, Bürgermeister

Also bekommt Maria Stocker einen, und Monika Hutter bekommt zwei. Ich bin froh, daß Sigi keinen bekommen hat, obwohl ihre Mutter das Geld ganz gut gebrauchen könnte. Aber daß Soldaten überhaupt kommen, ärgert mich und macht mich unruhig.

Die Einheit kommt in einem grünen Fahrzeug an, das wie ein Krankenwagen aussieht. Ihre Ausrüstung wollen sie in unserem Lagerraum aufbewahren. Ich beobachte sie beim Ausladen von drei großen, hölzernen Stativen und drei Lederkoffern, die wie Trompetenkästen aussehen. Bald finde ich heraus, daß sie riesige Scherenfernrohre enthalten, die noch größer sind als die der U-Boot-Kapitäne auf den Photos in der Zeitschrift *Signal*. Die Soldaten tragen natürlich ihre Uniformen, aber keine Mützen bei der Arbeit, und ihre Frisuren erregen unsere Aufmerksamkeit. Der Feldwebel trägt einen Stoppelhaarschnitt, aber die jungen Soldaten haben nur an den Seiten und hinten einen kurzen Schnitt, oben bleiben die Haare lang. Noch nie zuvor haben wir eine solche Frisur gesehen. Wir Buben tragen meistens einen Semmelschnitt. Innerhalb einer Woche wird jeder Bub im Dorf versuchen, seine Mutter dazu zu bringen, ihm die Haare auch so zu schneiden. Andreas und Kaspar fangen damit an. Meine Mutter weigert sich.

Mein Vater geht freundlich mit den Soldaten um. Er lädt den Feldwebel sogar zu einem Obstler ein, sobald die Geräte verstaut sind, und bringt ein paar eigene Kriegserlebnisse an. Der Feldwebel hört geduldig zu. Ich glaube, daß ihm während seiner miltärischen Laufbahn immer wieder Zivilisten ihre Kriegsgeschichten erzählt haben. Er findet sie vermutlich langweilig, aber erträglich, solange der Schnaps dazu spendiert wird.

Als sich die Soldaten auf ihre Quartiere verteilt haben, wird mein Vater nervös. Daß Truppen im Dorf sind, auch wenn es sich nur um ein paar Flugbeobachter handelt, beunruhigt ihn sehr. »Habt ihr schon einmal ein Flugzeug hier in der Gegend fliegen sehen?« fragt mein Vater alle seine Nachbarn, die in den Laden kommen, um das Neueste von den Soldaten zu erfahren. »Wie kommen sie darauf, daß sie jetzt plötzlich hier auftauchen könnten? Komisch. Die Strecke ist doch viel zu weit für die Flugzeuge.«

Am Ende war es nicht zu weit.

Am Abend muß ich Doktor Weiß von dieser unheilvollen Nachricht in Kenntnis setzen. Daß wir jetzt hier im Dorf Soldaten haben, möchte ich ihm am liebsten gar nicht sagen. Er hat viele Fragen. Er will wissen, welche Rangabzeichen, Ausrüstung und Waffen sie haben. Aber anscheinend ist Doktor Weiß nicht besonders beunruhigt durch das Erscheinen der Soldaten; schließlich hätten sie kein Interesse an ihm, weil sie von seiner Existenz nichts wüßten. Sie würden es gar nicht für möglich halten, daß er hier sein könnte, meint er. »Vor der Polizei, nicht vor dem Militär, muß man immer auf der Hut sein«, sagt er. »Sie sind alle miteinander verschlagene Typen. Sie glauben, daß unter jedem Bett ein Mörder und in jedem Schrank ein Vergewaltiger steckt.«

Dann hält er aber noch eine Überraschung für uns bereit.

»Menschen, die fliegen, sind wahnsinnig«, sagt er völlig unvermittelt. »Sie machen verrückte Sachen. Zu normalen Zeiten würde man sie alle ins Irrenhaus sperren.«

»Diese Männer sind keine Flieger«, sagt Sigi.

»Ah«, sagt Doktor Weiß, »aber diejenigen, nach denen sie Ausschau halten, sind es.«

9. Kapitel

Jetzt ist's Zeit für den Tauschhandel, Martin«, sagt der dicke Ignaz. Er hat eine gemeine, unverschämte Art, den Namen meines Vaters auszusprechen, nur merkt mein Vater es nicht. »Zeit, daß wir die Ware über die Grenze bringen.«

Wir haben aber bereits die Grenze passiert, auch die Ware haben wir schon. Wir stehen am Eingang eines Tunnels, den Soldaten im letzten Krieg durch einen Berggipfel gesprengt haben. Wir sind so hoch oben, daß wir hier, wo kein Laut zu hören ist, eine leise Musik vernehmen. Bei Nacht ist es der verlassenste Platz auf Erden. Kein Baum, kein Strauch, kein Grashalm und keine Blume. Nur blasser, gelblicher Fels, so still, nur die kalte Nachtluft umströmt uns wie ein Fluß oder ein Bach. Und der flüchtige Schatten eines Raben segelt unter der Mondsichel.

Wir dürfen kein Streichholz anzünden, selbst das Glimmen einer Zigarette könnte uns verraten. Jedes kleine Licht würde man meilenweit sehen; es gibt manchmal Grenzkontrollen.

Ein Italiener steht mit uns am Eingang des Tunnels. Er heißt Gision. Sein Name zeigt, daß er aus dem Norden stammt, ein Älpler wie wir, kein Spaghettifresser aus der Ebene. Ich bin mit dabei, weil ich jetzt fünfzehn Kilo rauf und runter schleppen kann, neun Stunden in jeder Richtung. Das sind immerhin fünfzehn mehr, als mein

Vater und Ignaz ohne mich tragen könnten. Soviel bin ich wert: fünfzehn Kilo. Wenn man das mit Kaffee aufwiegt, eine ganze Menge. Das Maultier des Italieners ist noch mehr wert, glaube ich.

Mit diesem Gision macht mein Vater schon mindestens zehn Jahre lang Geschäfte. Der dicke Ignaz ist mit dabei, seit er die Braunen verließ. Ein bißchen Schmuggeln, nichts Schwerwiegendes. Mein Großvater schmuggelte schon, und angeblich auch schon sein Großvater, genauso wie alle Lukasser, seit der erste nach Sankt Vero kam. Das soll, wie mein Großvater sagte, 1633 oder 1634 gewesen sein. Heute nacht haben wir folgendes Geschäft gemacht: italienischer Kaffee und Zucker und Büchsenpfirsiche für uns, für Gision reinen Alkohol und Zündhölzer, sechs Stangen Dynamit und eine Kiste mit 0,3 Jagdmunition, die Ignaz sich mit seiner Jagdlizenz besorgt hatte. Gision belädt sein Maultier. Also, was meint der dicke Ignaz, als er sagt, es sei Zeit? Warum sitzt er hier auf dem kalten Felsen herum und wiegt das Jagdgewehr in seinen fleischigen Händen? Gewöhnlich hat er es nur im Herbst bei sich, wenn eine Chance besteht, eine Gemse auf dem Heimweg mitzunehmen.

»Wie wäre es mit einem Juden, Gision?« fragt mein Vater.

Ich bin entsetzt – mein Vater verrät Doktor Weiß an zwei Außenstehende. Ich will ihm die Hand auf den Mund drücken, damit er nicht weiterredet, aber ich bin zu sehr verblüfft.

»Zu schwer zum Tragen«, sagte Gision.

»Ganz im Ernst. Ich habe einen Juden.«

»Schön. Dann behalte ihn doch. Was soll ich mit einem Juden?«

»Ihn in eine Stadt bringen, sonst nichts. Eine Gefälligkeit.«

»Martin, das kann ich nicht machen. Wißt ihr denn gar nichts in eurem gottverdammten Land? Alle unsere Städte sind jetzt von deutschen Truppen besetzt. Er müßte oben in den Bergen bei den Partisanen bleiben.«

»Dann nimm ihn doch mit zu den Partisanen«, sagte Ignaz.

»Wieso? Wozu soll er gut sein? Wieder ein Esser mehr.«

»Er ist Chirurg«, sagt mein Vater. »War beim Militär. Weiß, wie man Wunden behandelt.«

»Ah, klingt nicht schlecht. Ein Chirurg«, sagt Gision, läßt das Maultier los und setzt sich zu uns. »Ein Militärarzt, sagst du? Wie lang ist er schon bei euch?«

Mein Vater erklärt, was mit dem Juden los ist, wie er ankam, wie wir ihn seitdem versteckt halten.

»Anständiges Essen?« fragt Gision.

»Das gleiche wie wir«, sagt mein Vater.

»Wie lang ist er in der Kiste?«

»Rund sechzehn Monate.«

»Das ist schlecht, ganz schlecht. Niemals draußen, keine Bewegung?«

»Nein, es ist zu riskant.«

»Wir können ihn nicht nehmen«, sagt Gision nach einer kleinen Pause.

»Warum nicht? Er ist doch Chirurg. Er könnte euch helfen«, sagt Ignaz.

»Uns helfen? Hier oben wäre er in einer Woche tot. Der Mann ist sechzehn Monate lang keinen Schritt gelaufen. Ihr glaubt doch nicht wirklich, er könnte mithalten.«

»Scheiße«, sagte der dicke Ignaz. Das wiederholte er in regelmäßigen Abständen auf dem Weg zurück ins Tal. »Wir hätten es vor sechzehn Monaten versuchen sollen.«

»Vor sechzehn Monaten gab's keine Partisanen dort«, sagte mein Vater.

»Und vor sechzehn Monaten gab es auch keine Deutschen in den italienischen Städten.«

Oben war die Mondsichel und unter meinen Schuhen der steinige Pfad. Ich überlegte, wie ich den dicken Ignaz umbringen könnte. Ich könnte es hier oben auf dem Berg tun, hier könnte man einen Unfall vortäuschen. Ich hatte das Gefühl, daß unser Jude verraten worden war, daß Ignaz jetzt eine Bedrohung für uns alle bedeutete und daß er verschwinden müßte. Ich hielt Ausschau nach tückischen Stellen, wo ich ihm einen Stoß geben oder ein Bein stellen könnte, damit er in den Abgrund stürzte. Aber er wog doppelt soviel wie ich, er ging mit sicherem Tritt vor mir her, er war erfahren. Wie leicht könnte er mich töten! Schon mit einer Hand. Er müßte nicht einmal sein Gewehr in die Hand nehmen, das jetzt mit dem Lauf nach unten quer über seinem Rücken hing.

»Du hättest dich überhaupt nicht einmischen brauchen, Ignaz«, sagte mein Vater.

»Wirklich? Wie du davon geschwätzt hast, daß ihr den verdammten Juden habt, hast du mich festgenagelt. Ich hänge jetzt mit drin, ob ich es will oder nicht. Habe ich recht?«

»Ja, du hast recht«, sagte mein Vater.

»Natürlich habe ich recht. Also brauchst du nicht mir die Schuld geben, wenn ich einen Ausweg für uns finden will.«

»Nein, du bist nicht schuld«, sagte mein Vater.

Als wir unser Haus schon sehen konnten und uns trennten, gab mir dieser blöde Ignaz einen Klaps auf den Hintern! »Gut hast du's gemacht, Niki«, sagte er. Es war eigentlich mehr ein Tätscheln. Ich reagierte nicht. Ich stand nur da, sprachlos und verlegen.

Es wurde mir bewußt, daß ich jetzt, nach unserem Versuch, oben auf dem Berg bei den gelblichen Felsen, in der kalten Nachtluft, unseren Juden zum Gegenstand eines Tauschhandels zu machen, ein Stück weitergekommen war. Die Welt hatte sich nicht verändert, aber ich nahm einen anderen Platz in ihr ein. Ich hatte eine Grenze überschritten – davon war ich überzeugt. Von nun an würde ich meinem Vater mit einem anderen Bewußtsein gegenüberstehen. Er hatte gesehen, wie ich neun Stunden lang mit einem fünfzehn Kilo schweren Rucksack marschiert war; er hatte gesehen, daß ich die Verhandlungen beobachtet hatte; er wußte, wie sehr es mich beunruhigte, daß Ignaz Mitwisser war. Er wußte, daß ich nun bereit war, seine Entschlüsse in Frage zu stellen. Er würde mir nicht böse sein. Ich nahm an, daß ihm die Veränderung genauso klar war wie mir.

Den nächsten Tag verbrachte ich mit Schlafen. Gegen Abend, vor dem Essen, trieb ich mich im Laden herum, bis niemand mehr kam. Dann ging ich zu meinem Vater hin und sah ihm ins Gesicht. Er war dabei, Büchsen- und Flaschenöffner auszupacken. Erst nach ein paar Sekunden sah er mich an. »Ignaz weiß es also?« fragte ich.

»Warum fragst du? Du hast es doch gehört«, erwiderte mein Vater.

»Seit wann?«

»Seit Weiß herkam, oder kurz danach.«

»Warum?«

»Ich wollte mit dieser Sache nicht ganz allein sein.«

»Du warst nicht allein. Wir waren da.«

»Schon, aber ich brauchte einen Verbündeten außerhalb der Familie.«

»Wer weiß es noch?«

»Niemand.«

»Auch Hilde nicht?«

»Ignaz sagt, nein.«

»Warum hast du mir nichts gesagt?«

»Je weniger Leute etwas wußten, desto besser. Falls etwas passiert.«

»Du vertraust Ignaz?«

»Ja«, sagte mein Vater, »bis zu einem gewissen Grad.«

»Ich halte das für riskant«, sagte ich.

»Du weißt nicht, wovon du redest«, sagte mein Vater. »Und das ist immer ein guter Grund, den Mund zu halten.«

Ich drehte mich um und verließ den Laden. Sobald ich draußen war, mußte ich weinen, und ich haßte mich deswegen.

Ich erzählte es Sigi. Sie war natürlich von der ganzen Geschichte angewidert, auch wenn sie lachte, als ich ihr von Ignaz' Klaps berichtete, und mich sogar fragte, ob es schön gewesen sei. Das kleine Miststück! Ich mußte schwören, dem Doktor nichts davon zu sagen, daß wir versucht hatten, ihn an die Italiener zu übergeben. Wenn ich nur fünfzehn Kilo wert sei, meinte Sigi, viel weniger als ein Maultier, dann hätte unser Jude in der gegenwärtigen Zeit wahrscheinlich überhaupt keinen Marktwert. Und diese Erkenntnis würde ihn kaum beglücken.

Also sagen wir ihm nichts. Und schließlich ändert sich auch nichts. Obwohl sich Soldaten im Dorf aufhalten und ein Jude auf unserem Heuboden lebt, verbringen wir den Sommer so wie immer. Ich helfe meinem Vater im Laden und im Stall, Andreas hilft im Wirtshaus seiner Eltern, Simon arbeitet unten in Fussing in der Spenglerei seines Onkels. Als einziger macht Kaspar etwas Neues: Er arbeitet bei Ignaz im Sägewerk, schleppt und stapelt die Bretter. Aber an vielen Junitagen und dann noch einmal im August müssen wir alle beim Heuen helfen.

»Beim Heuen?« sagt Doktor Weiß. Die Heuernte hat gerade begonnen, kurz nach unserem Ausflug über den Berg. Jetzt bleibt es bis nach neun Uhr hell, und die Sonne geht schon um drei Uhr morgens auf. Sogar in seiner Kiste kann der Jude die neue Jahreszeit riechen. Er gäbe alles in der Welt dafür, mit uns auf die Wiesen hinausgehen zu können. Ich spüre das ganz deutlich, aber ich kann ihm nicht helfen.

»Ich würde lieber Walzer tanzen«, sagt der Doktor. »Ich wünschte, ich könnte draußen im Freien Walzer tanzen. Früher war ich ein begeisterter Tänzer, besonders nach einem oder zwei Glas Wein. An meinem Hochzeitstag habe ich stundenlang getanzt.«

»Sie haben es wahrscheinlich furchtbar schlecht gemacht«, sage ich.

»Sicher«, gibt der Doktor fröhlich zu. »Aber es hat mir Spaß gemacht.«

»Hier im Dorf tanzt man die ganze Nacht durch«, sagt Sigi. »Eigentlich haben sie auch keine Wahl, weil es der Brauch ist, daß man dem Hochzeitspaar das Schlafzimmer stiehlt und vors Haus stellt.«

»In Innsbruck ist es ein bißchen anders«, sagt Doktor Weiß. »Unsere Hochzeit haben wir nicht so groß gefeiert, nur mit ein paar Freunden. Nach dem Standesamt gingen wir in ein Wirtshaus zum Essen. Dort spielte ein Geiger auf, der vermutlich schon in den Achtzigern war, aber er war unermüdlich. Er wollte nicht mehr aufhören. Wir tranken Heurigen. Wir tanzten. Wir tanzten unter den Lindenbäumen im Biergarten. Rahels Atem duftete nach reifen Äpfeln. Ihre Hand war vollkommen kühl und trocken.

Unsere Hochzeitsreise bestand aus einer Nacht im Schloß Arnstein. Wir bewohnten eine Suite mit Blick auf das Inntal. Ich schlief überhaupt nicht. Ich stand stundenlang am Fenster und sah zu, wie das Mondlicht das Tal durchquerte. Dann legte ich mich wieder neben Rahel hin und hörte auf ihren Atem. Ich betrachtete ihr Gesicht im Mondlicht. Ihr Mund war leicht geöffnet, die Zähne waren klein und sehr weiß.

Als Rahel aufwachte und sah, wie ich sie anstarrte, zog sie sich die Decke über das Gesicht. Sie war in jeder Hinsicht schüchtern, und sie blieb es auch während unserer ganzen Ehe«, sagt Doktor Weiß. »Anfangs versuchte ich diese Schranke zu durchbrechen. Eine Zeitlang kam es mir wie eine Schranke vor. Dann wurde mir klar, daß die körperliche Scheu zu ihr paßte. Wahrscheinlich hätte ich sie nicht mehr verstanden, wenn sie anders geworden wäre.«

»Wie konnten Sie jemand verstehen, der sich vor Ihnen versteckt?« fragt Sigi.

»Ich unternahm nicht den Versuch, das zu sehen, was versteckt war. Ich konzentrierte mich auf das, was nicht versteckt war und ließ das unangetastet, was mir nicht zugänglich war«, sagt der Doktor.

Ich glaube, der Doktor hat zuviel Zeit zur Verfügung. Seine Gedankengänge werden ungenau. Er verliert die

Präzision des Chirurgen. Sigi ist anderer Meinung. Sie meint, er offenbare uns, weil er uns vertraue, eine Seite seines Wesens, die niemand sonst kennengelernt hat. Darauf sei sie stolz, und sie erfahre so viel dabei. Worüber?

»Über die Art, wie Männer und Frauen miteinander umgehen«, sagt Sigi.

»Wie die Juden miteinander umgehen«, sage ich.

»Es gibt keinen Unterschied«, sagt sie. »Und über die Liebe.«

Von mir ist nicht die Rede. Nicht einmal eine Andeutung macht sie. Nun, in diesem Fall möchte ich nichts mehr über die Liebe hören. Die Liebe ist nichts für mich. Es gibt jetzt schon Gerüchte über Maria Stocker und einen der jungen Soldaten, einen Rheinländer namens Alois. Wenn sie sich überhaupt treffen, soviel ist sicher, dann kann es nicht in Stockers Scheune sein, weil Simon und ich den Platz nach Möglichkeit im Auge behalten, damit wir nichts verpassen.

Aber gibt es nicht viele, viele Stunden, in denen man etwas anstellen kann? Es muß unendlich viele Gelegenheiten dazu geben. Das wird mir immer bewußter. Ich spüre, wie die Welt immer weiter wird.

Meistens sind die Soldaten ruhig. Trotzdem bringen sie das Dorf aus dem Gleichgewicht. Eigentlich haben sie überhaupt kein Interesse an uns, außer Alois an Maria – aber dafür gibt es keine Beweise. Sie bleiben unter sich. Verbindungen werden keine geknüpft. Sie machen ihre Arbeit. Im Wirtshaus sitzen sie an einem Tisch und sagen den anderen Gästen nie mehr als ein höfliches

›Guten Abend‹. Keine Kartenspiele, keine Kriegsgeschichten. Maria Stocker sagt, daß der Feldwebel wie eine Dampflokomotive schnarcht.

Wenn wir beim Heuen sind, sehen wir sie den ganzen Tag hoch über uns zwischen den Bergen herummarschieren. Sie suchten geeignete Stellen für ihre Flugbeobachtungsposten. Es war keine einfache Aufgabe. Die Stellen mußten so hoch oben sein, daß kein Berggipfel ein größeres Stück Himmel verdeckte, aber sie durften auch nicht zu hoch und zu exponiert sein. Die Posten mußten zu jeder Zeit besetzt und mit Proviant versorgt werden, auch wenn der Schnee sechs Meter hoch lag. Eines Tages stand ich im Laden, als die Truppe mit dem großen Stativ, das sie überall herumschleppten, hereinkam. Ihre Gesichter verrieten einen erfolglosen Tag. »Verdammter Mist«, knurrte der Feldwebel. »Die Gegend hier ist Scheiße.«

Es gab natürlich ideale Plätze, Heustadel direkt unter der Kammlinie, die sogar im tiefen Schnee so gemütlich waren, wie man sich's nur wünschen konnte. Aber niemand wollte sie den Soldaten zeigen. Diese ganz gewöhnlichen Stadel wurden zu einem Geheimnis, das niemand den Fremden verraten wollte. Auf diese Weise konnte man Außenseiter draußen halten. Eigentlich wollte sich der Bürgermeister einmischen. Er besaß das Wirtshaus und freute sich über das zusätzliche Geschäft. Aber schließlich rechnete er sich aus, daß die Soldaten mehr tranken, wenn sie unglücklich waren, als wenn es ihnen gutging. Also erfuhren sie auch von ihm nichts über die Heustadel.

Zur Zeit der Mahd stehen wir in der Morgendämmerung auf; die Soldaten sind schon vor uns oben. Wahrscheinlich machen sie beim Aufstieg ihre bösen Bemerkungen über uns Bauern. Sigi geht immer mit mir hinauf. Sie kann natürlich nicht mithelfen. Sie sitzt bloß da auf dem grünen Hang und hört dem Zischen der Sensen und dem Summen der Insekten zu. Sie liebt den frischen Duft des Heus. Manche kleineren Mädchen bringen ihr Wiesenblumen, aus denen sie ihnen Girlanden flechten muß, was ihr gar nicht recht ist. »Es ist mir peinlich«, sagt sie. »Wie eine kitschige Szene in einem Kinderbuch. Sigi, die gute Hexe, mit den fröhlichen Bergkindern. Ich würde sie lieber mit Kröten kochen.«

Vor der Rückkehr zeigt sie ein Kunststück, das sie schon seit der frühen Kindheit regelmäßig vorgeführt hat. Sie legt sich hin, die Arme an die Seite gepreßt und rollt einfach den Hang hinunter. Die meisten von uns taten das gern, als wir noch klein waren. Ich versuchte es einmal sogar mit geschlossenen Augen, um herauszubekommen, wie es Sigi empfand; mir wurde beinahe schlecht. Auch hatte ich fürchterliche Angst. Man verliert die Kontrolle, wenn man blind rollt. Man macht sich Sorgen über Steine oder Heugabeln, die im Wege liegen könnten, man überlegt, wie es ausgehen könnte.

Sigi hat vor so etwas überhaupt keine Angst. Sie fürchtet sich vor dem Feuer, aber sonst vor kaum etwas. Sie kann klettern wie ein Affe, und oft erhält sie die Gelegenheit dazu. Sobald eine Scheune halb voll mit Heu ist, lädt der Bauer die Kinder ein, auf die Dachbalken zu klettern und ins Heu zu springen, um es hinunterzudrücken und Platz für die nächste Ladung zu schaffen. Früher verbrachte ich Tage damit, wie wild von den Balken hinunterzuspringen. Gegen den Staub hatte ich ein Taschentuch vor Mund und Nase gebunden und sah aus wie ein Bandit. In den letzten Jahren habe ich mich nicht mehr daran beteiligt. Sigi dagegen springt immer noch mit großer Begeisterung. Sie vertraut sich jedem an, der bereit ist, ihr zu den höchsten Dachbalken hinaufzuhelfen und ihr zu sagen, in welche Richtung sie springen soll. Dann fliegt sie einfach. Mit ausgestreckten Armen stürzt sie sich hinunter, und ihr ausgelassener Schrei geht in Lachen über, sobald sie auf dem Heu landet. »Hast du mich gesehen, Niki?« ruft sie. »Hast du mich fliegen sehen?«

Sigi springt, weil es ihre Welt bunter macht. »Immer ist alles ein stumpfes Braun«, sagt sie. »Aber wenn ich fliege, wird es rot.«

Sigi ist erst mit drei Jahren erblindet, deshalb erinnert sie sich an manche Farben und an die Gefühle, die sie in ihr geweckt haben.

In diesem Sommer ist das, worauf sich Sigi am meisten freut, nicht der Sprung ins Heu, sondern das Mittagessen. Meistens fuhren die Lehrer während der Sommerferien in ihren Heimatort. Auch Fräulein Mumelter tat dies in den ersten zwei Jahren. Aber diesmal bleibt sie da. Sie erklärt es mit den Schwierigkeiten des Reisens jetzt im Krieg. Also geht sie jeden Tag mit uns hinauf und hilft beim Heuen. Ihre Brotzeit hat sie, wie alle anderen, in einem alten Mehlsäckchen. Gewöhnlich besteht sie aus Schwarzbrot, einem kleinen Stück Käse und einer kalten Kartoffel.

Fräulein Mumelter kann sich nicht zu den Bauern setzen, das gehört sich nicht. Sie kann sich auch nicht zu den Bäuerinnen und den anderen Frauen setzen, weil eine Lehrerin eine gewisse Distanz einhalten muß. Eigentlich kann sie nur bei ihren Schülern sitzen, meistens bei Sigi und mir, weil wir die ältesten sind. Sigi ist begeistert. Sie stützt das Kinn in die Hände und lächelt übers ganze Gesicht. Sie platzt vor Fragen. Sie weiß zwar, es gibt Grenzen, denn Fräulein Mumelter ist immerhin die Lehrerin. Aber jetzt, in der gelockerten Atmosphäre des Heuens, rechnet sich Sigi aus, daß sie ein paar Fragen riskieren kann.

Sie beginnt mit Fragen über ihre Jugend und merkt bald nicht mehr, wenn sie zu weit geht. »Wo kommen Sie her, Fräulein?« geht es los. »Wo haben Sie gewohnt, bevor Sie hierher kamen? Wo sind Ihre Eltern?« Dann fährt sie fort: »Haben Sie Geschwister? Wo wohnen sie? Wo sind Sie in die Schule gegangen? Waren Sie schon in einer großen Stadt wie Salzburg oder Wien?«

»So geht es nicht«, sagt Fräulein Mumelter. »Viel zu viele Fragen auf einmal. Ich sage dir soviel: Ich komme aus dem Burgenland, was mich zu einer halben Ungarin macht, und den Rest kannst du dir vorstellen.«

»Sie hatten ein Pferd und tranken gern Sliwowitz«, sagt Sigi. »Sie trugen ungarische Tracht.«

»Das würde sicher zur Ungarin passen, aber nicht zu mir. Ich hatte kein Pferd und habe nicht getrunken. Aber eine Tracht für Volkstänze hatte ich schon.«

»Ihre Mutter hat sie Ihnen beigebracht«, sagt Sigi.

»Ja.«

Sigi legt die Hand auf Fräulein Mumelters nackten Unterarm, als sie bei unserer ersten gemeinsamen Mahlzeit die erste Frage stellt. Fräulein Mumelter zieht ihren Arm zurück, aber beim zweiten Mal tut sie es nicht mehr. Von da an streichelt Sigi bei jeder Unterhaltung den Unterarm der Lehrerin.

Im Laufe der nächsten Tage erfahren wir, daß ihr

Vater ein paar Jahre zuvor bei einem Autounfall ums Leben gekommen ist. Ihre Mutter hat schon immer im gleichen Haus gewohnt. Fräulein Mumelter hat einen älteren Bruder, der Eisenbahner ist und bei der Mutter lebt. Sie hat eine jüngere Schwester, die mit einem Küfer aus dem Nachbardorf verheiratet ist.

Die ersten paar Male gab Fräulein Mumelter nur kurze Antworten, während sie mit kleinen Bissen ihre Brotzeit verzehrte. Aber mit jedem Tag wurde sie entspannter. »Ich trug Zöpfe, bis ich sechzehn war«, sagte sie. »Ich war gut im Rechnen. In der achten Klasse war ein Bub, der mir keine Ruhe ließ. Ich sollte ihm die Lösungen der Rechenaufgaben zeigen.«

»Haben Sie sie ihm gezeigt?« fragte Sigi.

»Einmal.« Sie lachte.

Als sie mit ihrer Schule im Burgenland fertig war, wollte sie mehr von Österreich sehen. Sie wollte nicht dort bleiben, wo sie geboren und aufgewachsen war. Ein Großonkel hatte einen Posten in der Landesschulverwaltung; er besorgte ihr die Stelle in Sankt Vero. Sie hatte ›drei herrliche Tage‹ in Salzburg verbracht, bevor sie heraufkam. Nun war sie hier bei uns, nichts Besonderes also.

»Haben Sie sich mit Ihren Eltern gestritten? Wollten Sie deswegen weggehen?« fragte Sigi.

»Man kann auch aus anderen Gründen die Welt sehen wollen. Es muß doch keinen Streit geben«, sagte Fräulein Mumelter.

»Hat Ihnen ein junger Mann das Herz gebrochen?« fragte Sigi.

»Um Gottes willen, nein. Wie kommst du auf so etwas?«

»Das wäre für mich der einzige Grund wegzulaufen.«

»Ich bin nicht weggelaufen. Ich bin aus beruflichen Gründen weggegangen. Und ich nehme nicht an, daß du sehr viel von gebrochenen Herzen verstehst.«

»Mir bricht das Herz jeden Tag, wenn ich aufwache«, sagte Sigi. »Ich denke darüber nach, wer ich sein könnte und warum ich es nicht sein kann.«

Daß Sigi so etwas sagte – dafür hätte ich sie umbringen können. Ich wußte, daß sie nicht die Spur daran glaubte. Normalerweise nahm sie ihren Zustand unbeschwert hin, aber gelegentlich ritt sie der Teufel, und sie mußte ausprobieren, wieviel Mitleid sie erregen könnte. Aber das wußte Fräulein Mumelter nicht. Fräulein Mumelter meinte, sie müsse Trost spenden.

»Es gibt so viele Sachen, die du gut kannst, Sigi«, sagte die Lehrerin. »Wer würdest du denn gerne sein?«

»Das kann ich nicht sagen, ich geniere mich«, sagte Sigi. Dann fügte sie hinzu: »Etwas wie Sie vielleicht. Wenn es möglich wäre.«

»Eine Lehrerin? Ganz allein in der Welt? Keine sehr vielversprechende Aussicht.«

»Ich würde mich wohl fühlen«, sagte Sigi.

»Du wirst etwas Besseres machen. Du wirst jemanden finden, der dich liebt. Du wirst heiraten. Du kannst auch Mutter werden.«

»Ich würde gerne heiraten. Vielleicht nicht wegen der Kinder, aber damit ich jemand habe, der mich liebt. Wenn es so jemand gibt.«

»Oh, aber auch Kinder, Sigi. Du solltest Kinder haben. Du wärst eine gute Mutter.«

»Das wäre ganz unmöglich.«

»Aber sicher nicht«, sagte Fräulein Mumelter besorgt,

als fürchtete sie, noch einmal etwas Herzzerreißendes über das blinde Mädchen hören zu müssen.

Ich denke mir: Sie sagt nicht, was sie empfindet. Sie sagt zwei Schülern einfach etwas, das man von ihr als Lehrerin erwartet, weil die Kinder mit Sicherheit alles weitererzählen. Sigi täuscht sich, wenn sie glaubt, es habe mehr zu bedeuten. Sie sollte doch bedenken, daß sie es war, die das Gespräch mit Fräulein Mumelter herbeigeführt hat. Aber Sigi glaubt doch daran. Ihr ganzes Gesicht strahlt die Zuversicht aus, daß das Fräulein eine besondere Empfindung für sie hege. Sie hat keine Ahnung, wie sie ihre Gefühle verbergen könnte, sie strahlt wie die helle Sonne.

Ich möchte ihr sagen: Sigi, reiß dich zusammen. Ich hoffe, daß Fräulein Mumelter versucht, sie zu beruhigen. Sicher merkt sie, wie überreizt Sigi ist. Sie müßte Sigi nur sagen, sie solle ihre Gefühle nicht so deutlich zeigen. Aber das tut sie nicht.

Weil wir immer in den Bänken sitzen und die Lehrerin immer auf dem Podium, eine Stufe höher, steht, haben wir uns an die Vorstellung gewöhnt, daß Fräulein Mumelter groß ist. Aber jetzt, wo ich sie jeden Tag bei der Brotzeit und beim Heuen sehe, merke ich, daß sie kaum größer ist als ich. Ihre Hände sind kleiner, aber ihre Finger länger. Sie hat einen langen schlanken Hals, fast so schlank wie Sigi. Ich bin fast erschrocken, als ich merke, wie klein sie ist. Nie zuvor haben wir sie so gesehen.

»Darf eine Lehrerin heiraten?« fragt Sigi.

»Ja, natürlich«, sagt Fräulein Mumelter.

»Werden Sie heiraten?«

»Was du alles fragst! Eines Tages könnte es schon sein.«

»Wissen Sie schon jemand, den Sie heiraten wollen?«

»Nein, Sigi. Und wenn ich es wüßte, würde ich dir bestimmt nicht seinen Namen verraten.«

»Sie würden wohl nicht hier bleiben wollen, wenn Sie verheiratet wären.«

»Wer weiß? Auf den Ort kommt es doch nicht an.«

Wir, Sigi und ich, haben unseren Platz, der Jude hat seinen. Der dicke Ignaz ist bei seiner Kreissäge und seinen Holzstämmen, mein Vater bei den Gedanken, die er beim Melken hat, und meine Mutter lebt in ihrer Welt, die ich nur mit Mühe orten kann. Großmutter beschäftigt sich in der Küche mit dem Essen und sorgt dafür, daß das Leben weitergeht. Alles ist an seinem vorbestimmten Platz. Das ist gut so. Wenn jeder weiß, wo alles hingehört, weiß jeder, was zu erwarten ist.

Der Jude meint, es sei nicht so einfach.

»Im Leben gibt es gewisse Verpflichtungen, die man für einfach hält. Gerade weil sie so einfach sind, erscheinen sie unbedeutend, unwichtig. Das bedeutet Kummer, denn deswegen erfüllt man sie nicht«, sagt Doktor Weiß.

»Als meine Tochter geboren wurde, hatte ich Angst, sie zu berühren. Stellt euch die absurde Einfachheit dieser Handlung vor. Ein Vater hält seine Tochter im Arm. Eine Krankenschwester reichte mir dieses Bündel, das kleine zerfurchte rote Gesicht, das mich aus der Masse der Wickeltücher anblickte, und ich wies es zurück. Ich zuckte sogar zurück und sagte: ›Nein, nein, danke.‹

Meine Frau sah das. Sie lachte und sagte: ›Du wirst sie schon nicht fallen lassen, Robert.‹ ›Vielleicht doch‹, sagte ich und weigerte mich immer noch. Natürlich trug ich später meine Tochter herum, fütterte sie, putzte ihr den Popo, ich hatte sie sehr lieb. Aber ich glaube, meine Frau hat mir nie ganz verziehen, daß ich beim ersten Anblick die Frucht ihres Leibes und ihrer Wehen zurückwies.

Mein Gott, was ich alles bereue. Die kleinen Dinge sind so groß und bedrohlich geworden. Wißt ihr schon, daß man niemals etwas gutmachen kann? Niemals, niemals.«

Was interessiert uns das? Wir sind noch neu auf der Welt. Wir schulden der Welt noch gar nichts. Die neun Jahre, die uns von Fräulein Mumelter trennen, sind mehr als unser halbes Leben. Wir beneiden sie um ihre Erfahrungen in der Welt, auch wenn wir sie uns kaum vorstellen können. Sie hat richtige Städte gesehen, ist mit dem Zug gefahren, hat in Hotels übernachtet und im Restaurant gegessen. Sie war schon im Kino und im echten Theater mit Schauspielern auf der Bühne. Womöglich hatte sie schon einen Liebhaber! Sigi liebt es, sich vorzustellen, was für ein Mann dieser Liebhaber war. Wir halten sie für unabhängig, so wie wir es eines Tages sein möchten. Wir beneiden sie um ihre Zukunft.

»Fühlen Sie sich nicht einsam?« fragte Sigi eines Tages, als die Heuernte fast zu Ende war.

»Nicht mehr als zu Hause«, sagte Fräulein Mumelter. »Die Einsamkeit hat nicht viel mit den konkreten Umständen zu tun. Sie existiert nur in unserem Kopf.«

»Vermissen Sie Ihren Vater?« fragte Sigi.

»Manchmal, aber immer weniger«, sagte Fräulein Mumelter.

Mit ihrer ganzen Hingabe hat sich Sigi auf die Tatsache gestürzt, daß Fräulein Mumelter eine Halbwaise ist. Dieses Los, das sie teilen, ist ihr ein Zeichen und eine Verbindung. Sie seien so etwas wie Zwillinge, meint sie. Sie fühle, daß das Schicksal dahintersteckt, und glaube, daß es unausweichlich ist. Langsam wächst ihre Überzeugung, daß beider Leben dazu bestimmt sind, miteinander verflochten zu bleiben.

»Das sind sie ja schon«, sagte ich.

»Noch mehr«, sagte Sigi.

»Für immer«, sagte sie.

10. Kapitel

Gregor Haas ist ein schöner Bursche. Er ist blaß wie Milch, hat dichtes schwarzes Haar und die gerade Nase und die schmerzerfüllten blauen Augen der Jesusfigur in unserer Kirche. Löcher in den Händen und Füßen hat er auch, jedenfalls im linken Fuß. Der andere ist weg und auch das Bein bis hinauf zum Knie. Der Stumpf und die Schrapnellöcher, auch die im Bauch und im Kopf, sind schon verheilt, als wir ihn jetzt wiedersehen. Aber vorhanden sind sie immer noch, ganz gewiß.

Gregor verließ Sankt Vero 1941, als er mit achtzehn Jahren einrückte. 1943 kam er einmal auf Urlaub, und im Herbst 1944 kam er für immer. Sie brachten ihn im Krankenwagen von Schwaz herauf und setzten ihn vor seiner Haustür ab. Mit knirschender Kupplung wendete der Krankenwagen und hatte das Dorf schon verlassen, bevor Gregor im Haus war. Dort sah ich ihn in einer abgetragenen, glanzlosen Uniform; das rechte Hosenbein hatte er hochgesteckt, eine neu aussehende Krücke unter die rechte Achsel geklemmt.

Keiner wußte, daß er kommen würde. Als seine Mutter zur Tür ging und ihn sah, fing sie gleich zu weinen an. Er schwankte, ließ aber seine Krücke nicht fallen, als sie ihn umarmte. Er sah immer noch wie unsere bemalte Jesusfigur aus. Aber ich glaube, seine Mutter spürte sofort, als sie ihn hineinführte, daß er sich verändert hatte, weniger geworden war, auf eine Weise, die über den

Verlust des Beins hinausging. Als ich an der Reihe war, ihm in die Augen zu sehen, merkte ich ihnen an, daß ihm etwas Wichtiges genommen worden war.

Gregor war der erste, der nach der Rückkehr von der Front zu Hause bleiben durfte. Eine Heimkehr war immer etwas Besonderes in unserem Dorf, erst recht eine Heimkehr von der Front. In Sankt Vero war es zur Regel geworden, daß der Fronturlauber nach dem ersten Abendessen bei der Familie mit seinem Vater ins Wirtshaus ging. Alle Männer des Dorfes hatten sich dort versammelt. Man forderte ihn auf, seine Kriegserlebnisse zu erzählen, dann wiederholten die alten Kriegsveteranen ihre besten Geschichten. So war es schon immer gewesen, solange die Ältesten zurückdenken konnten.

Gregor aber zeigte sich nicht an seinem Abend. Mein Vater, der dicke Ignaz, Pabst, der Gendarm, Stocker, Hufnagel, der Bürgermeister, alle warteten sie im Wirtshaus. Sie tranken ihr Bier und vernebelten die Luft mit Tabakrauch und abgestandenen Anekdoten aus ihrer Militärdienstzeit. Sie warteten. Sie tranken Bier. Gregor blieb zu Hause. Niemand wußte genau, was an diesem Abend in seinem Haus vorging. Am nächsten Tag, bei zufälligen Begegnungen mit den Nachbarn im Dorf, deutete Gregors Vater etwas wie eine Entschuldigung an, gab aber keine genaue Erklärung ab. Niemand schien auf die Idee zu kommen, daß Gregor vielleicht einfach zu schüchtern, zu müde oder zu schwach sein könnte. Nein, etwas Schwerwiegendes mußte dahinterstecken. Man spekulierte über das Ausmaß der Kopfverletzung. Zu unserer Zeit hat es so etwas auch schon gegeben, sagten sie. Einige fragten sich, ob der Haas Bub spinne. Kopfwunden, sagten sie, hätten oft so etwas zur Folge.

Schließlich erhielt jeder die Gelegenheit, selbst seine Schlüsse zu ziehen. Zwei Tage lang blieb Gregor zu Hause, am dritten Vormittag kam er heraus. Er trug die grüngraue Uniform und ging von einem Ende des Dorfes zum anderen und wieder zurück. Am Nachmittag wiederholte er den Ausflug, und von da an jeden Vormittag und jeden Nachmittag. Bei jedem, der zu einem Gespräch aufgelegt war, blieb er stehen und plauderte. So viele wollten mit ihm reden, daß er, der ohnehin nicht schnell war, nur noch in kurzen Etappen von einem Haus zum nächsten vorankam. Ich sah vom Fenster des Schulzimmers aus, wie er redete und dann weiterging und wieder zu einem neuen Gespräch stehenblieb. Eine Woche lang machte Gregor seine Runden, bis sich schließlich die meisten mit einem schlichten Gruß zufriedengaben, wenn sie ihm begegneten. Sie hielten ihn nicht länger an, aber untereinander gaben sie ihr Urteil ab. Die Ergebnisse waren unterschiedlich. Gregor war gern bereit, vom Fronteinsatz und seiner Verwundung zu erzählen. Nach der Meinung der meisten zeigte er eine durchaus männliche Einstellung zu diesen Fragen. Er machte eine gute Figur. Wir hatten keinen Grund, uns für Gregor zu schämen. Aber eine Minderheit behauptete, daß der Bursche zu freundlich über die Russen urteile, daß er sie nicht genug haßte, ja daß er sie sogar als Kämpfer bewunderte.

Das kam zweifellos von der Kopfwunde.

Für mich ist Gregor ein Gespenst, ein seltsames, schwebendes Wesen. Bei geeignetem Licht, so kam es mir vor, könnte ich vielleicht durch ihn hindurchschauen. Er gehört zum Dorf, und doch ist er ein Fremder. Er ist hier, um uns an etwas zu erinnern, aber niemand kann sich vorstellen, woran. Irgendwie verletzt er den Rhythmus, auf den wir uns alle verlassen. Er zieht mich an. Aber Sigi bemerkt ihn kaum.

Die Schule hatte vor einem Monat wieder begonnen, als Gregor zurückkam. Sigi war in letzter Zeit unglücklich. Sie vermißte Fräulein Mumelter. Sie unterhielten sich zwar im Unterricht, aber das war nicht dasselbe. Sigi sehnte sich nach dem Sommer zurück, nach dem Geruch des Heus und nach der vertraulichen Sanftheit von Fräulein Mumelters Stimme. Sie sagte wortwörtlich ›vertrauliche Sanftheit‹, obwohl Fräulein Mumelters Stimme in Wirklichkeit immer forsch und deutlich klang. Sigi machte sich, ganz nach ihrem eigenen Geschmack, ein Bild von der Lehrerin, und ihre Hoffnung kannte keine Grenzen. Also erlebte sie ständige Enttäuschungen; die Gespräche mit Fräulein Mumelter gefielen ihr nicht mehr.

Was soll man sonst im Schulzimmer erwarten, denke ich mir.

Das sage ich Sigi auch. Aber sie schüttelt nur den Kopf.

Sigi grämt sich. Am Abend kann sie nur einschlafen, wenn sie sich vorstellt, daß ihr Fräulein Mumelter die Zöpfe flicht. Das weiß ich von ihr. In dieser Zeit bringt es Sigi kaum noch fertig, von etwas anderem zu reden. Eigentlich will sie nur von Traudl sprechen. Sie hat entdeckt, daß Fräulein Mumelter mit Vornamen Traudl heißt. Sie spricht ihn so gern aus, sie liebt seinen Klang, aber sie würde niemals wagen, die Lehrerin damit anzureden. Trotzdem ist sie so mutig, ›Traudl Mumelter‹ zu sagen, wenn sie Doktor Weiß von der Lehrerin erzählt.

Wenn wir allein sind, nimmt sie meine Hand und legt sie an ihre jungen Brüste. Dann schmiegt sie ihre Wange an meine und flüstert: »Was wird wohl Traudl in diesem Augenblick machen? Wird sie merken, daß wir von ihr reden?«

Fräulein Mumelter ist natürlich kein Geheimnis für Doktor Weiß. Im Laufe des vergangenen Jahres haben wir sie immer wieder erwähnt. Wie hätte es anders sein können, wenn wir ihm von unserem Schultag erzählen? Jedes Schulkind hat einen Lehrer, aber Fräulein Mumelter trat in unseren bisherigen Gesprächen nie als Frau auf. Sie war eine Macht, beständig, aber unpersönlich. Die Lehrerin eben. Jetzt macht Sigi aus ihr ein Wesen aus Fleisch und Blut, mit einer Stimme, einem Herzen und mit Sehnsüchten. Die Frau, die Sigi erschafft, hat keine rechte Ähnlichkeit mit der Lehrerin, die ich täglich sehe. Sicher spürt das der Doktor auch. Aber er ist bereit, Sigis Darstellung hinzunehmen. Sage mir doch, fragt er eines Abends, als Sigi schon wieder von den Gesprächen bei der Heuernte schwärmt, was ist denn so besonders an eurer Traudl Mumelter? Sigi lächelt, als er den Namen verwendet.

»Sie muß wohl vom Mond kommen«, sagt Sigi. »Niemand sonst ist so wie sie. Sie ist sehr intelligent.

Sie ist auch schön.« Sigi dreht sich zu mir hin. »Sie muß schön sein.«

»Nein«, sage ich. »Sie ist sehr dick und hat ein eingedrücktes Gesicht. Sie schaut aus wie ein Mops.«

»Ich weiß schon, daß du lügst«, sagt Sigi. »Sie atmet anders als ein dicker Mensch. Und die Art, wie sie geht, so graziös. Wenn ich sie sprechen höre, weiß ich, sie ist groß und schön.«

»Also, du weißt sowieso alles besser. Warum fragst du mich?« sage ich.

»Ich will es nur bestätigt haben«, sagt Sigi.

»Ach, Sigi, ich möchte dich nicht enttäuschen, aber es ist sehr schwierig, einen Menschen überhaupt nach dem Klang der Stimme zu beurteilen«, sagt Doktor Weiß. »Es gibt keine Wechselbeziehung zwischen der Schönheit der Stimme und dem Aussehen. Denkt an die Opernsängerinnen zum Beispiel. Sie sind meistens nicht gerade für ihre Schönheit berühmt.«

»Wenn schon«, sagt Sigi. »Sie ist auch keine Sängerin.«

»Aber du kannst nur vermuten, wie sie aussieht«, sagt Doktor Weiß. Kann er denn nicht mehr klar denken? Daß er so geradeheraus daherredet! Die lange Zeit in der Kiste hat ihm das Hirn durcheinandergebracht.

»Weil ich sie nicht sehen kann und sie nie sehen werde, sieht sie eben so aus, wie ich will. Niki auch. Und Sie auch.«

»Und wie sehe ich aus?« fragt Doktor Weiß.

»Schwarz wie ein Zigeuner, mit einer Hakennase und kaputten Zähnen. Sie haben einen dichten, gekräuselten Bart voller Läuse. Wahrscheinlich haben Sie schon einmal Kinderfleisch gegessen. Sie sabbern.«

Doktor Weiß fängt an zu kichern. Das höre ich von ihm das erste Mal. Es ist nicht sein normales Lachen, es ist wie das Kichern von Stumpf, der ein Loch im Schädel hat, so groß wie ein Ei. Stumpf hat sich diese Delle im Ersten Weltkrieg geholt und gilt seitdem als der Dorfdepp – allerdings arbeitet er als recht geschickte Hilfe beim Schmied. Nur wenn er redet, klingt er dumm. Und dann hat er dieses Kichern.

Das Kichern macht mir Angst. Man hat mich davor

gewarnt. Auf so etwas soll ich achtgeben. Mein Vater will wissen, wie sich der Jude verhält. Während die Zeit vergeht und der Jude allein in seiner Kiste bleibt, wird mein Vater immer ängstlicher. Er fürchtet, daß der Jude die Nerven verliert. Wenn etwas Anormales passiert, etwas Ungewöhnliches, will er es wissen. Er fragt, ob der Jude vernünftig, seelisch gesund zu sein scheint. Ich kann das schlecht beurteilen. Doktor Weiß hat seine eigene Art, uns zu necken, wenn er gut gelaunt ist, und uns seine Gefühle zu verbergen, wenn er es nicht ist. Manchmal behandelt er uns wie Erwachsene, ein anderes Mal wie Kinder.

Es war ebenso schwer, seinen Geisteszustand zu beurteilen, wie herauszubekommen, was ihn interessieren könnte. Manchmal wollte er unbedingt von Skandalen und unerwünschten Schwangerschaften und so weiter erfahren, aber als ich ihm neulich davon erzählte, daß Maria Stocker mit einem der jungen Flugbeobachter geht, war es ihm egal. Die Nachricht von Gregors Heimkehr jedoch munterte ihn sofort auf.

»Die Amputation ist einfach das letzte Mittel«, sagte er beiläufig.

Wir hatten ihm von der Krücke und von Gregors humpelndem Gang auf seinem täglichen Weg durch das Dorf erzählt, vom Gerede über Gregors Kopfverletzung und daß er vielleicht spinne.

»Man führt den Schnitt durch, wenn man nicht mehr hoffen kann, den Schaden zu reparieren, und weiß, daß der Schaden den Patienten umbringen wird, wenn er nicht repariert wird. Also einfach abschneiden und weg damit!«

Er wollte wissen, ob ich den Stumpf gesehen hätte und

wie die Hautlappen vernäht wären. Hautlappen? Er fragte, wieviel unter dem Knie übriggelassen sei. Er fragte, ob Gregor dunkle Ringe unter den Augen habe und ob er dauernd die Schultern zusammenziehe, als ob ihn friere. Schielt er? Sehen seine Fingernägel bläulich aus? Zittern seine Hände? Hat er eine silberne Platte in der Schädeldecke? Natürlich hatte ich den Stumpf nicht gesehen und wollte es auch nicht. Auch von dem anderen hatte ich nicht viel bemerkt, schon gar nicht eine silberne Platte in seinem Kopf.

»Ach, Niki, als Diagnostiker bist du nutzlos«, sagte der Doktor. »Wenn du Gregor das nächste Mal siehst, paß auf diese Dinge auf und erstatte mir Bericht.«

»Furchtbar«, sagte Sigi. »Was ist es für ein Gefühl, wenn einem etwas abgeschnitten wird?«

»Ich könnte eines deiner hübschen Beine innerhalb von Minuten abnehmen, und du würdest nicht einmal etwas spüren. Die Anästhesie ist eine großartige Sache«, sagte Doktor Weiß.

»Das ist kein Witz«, sagte Sigi. »Und woher wollen Sie wissen, daß ich hübsche Beine habe?«

»Du hast es mir gesagt.«

»Stimmt gar nicht.«

»Dann stelle ich sie mir hübsch vor. Und wenn ich sie mir so vorstelle, dann sind sie eben so«, sagte der Doktor.

»Was hat es für Folgen, wenn einem das Bein abgeschnitten wird?« fragte ich.

»Im Ersten Weltkrieg habe ich Hunderte von Beinen abgesägt. Ich habe festgestellt, daß es drei Typen von Patienten gibt«, sagte der Doktor. Jetzt hielt er wieder eine seiner Vorlesungen. »Die meisten waren zuerst deprimiert, kamen sich jetzt weniger wertvoll vor, aber sie wurden bald damit fertig und hörten auf, sich zu bemitleiden. Einige blieben so verbittert, daß sie nachts, in der Hoffnung zu verbluten, den Verband herunterrissen. Das waren meistens die Doppelamputierten. Dann gab es die seltenen Fälle, die sich sogar freuten. Für sie war der Druck endgültig weg. Jetzt hatten sie eine Ausrede, wenn sie etwas Unangenehmes, zum Beispiel anstrengende Arbeit, vermeiden wollten.

Aber nur, wenn es ein relativ bequemer Verlust war, wie die linke Hand oder ein Fuß. Andererseits waren alle, denen man die Arme bis über den Ellenbogen amputiert hatte, demoralisiert. Das waren die armen Schweine, die ernsthaft versucht hätten, den Verband herunterzureißen, wenn sie dazu in der Lage gewesen wären.«

Sigi wollte wissen, ob Gregor auch ein armes Schwein sei.

»Die Zeit wird es an den Tag bringen«, sagte Doktor Weiß.

Sigi wartet nicht gern.

Es fängt schon an, dunkel zu werden, als wir an einem Nachmittag gegen Ende Oktober vor dem Laden herumstehen. Bald müssen wir dem Juden sein Essen bringen. Die Sägen in Ignaz' Werkstatt haben aufgehört zu kreischen. Gregor kommt auf seiner üblichen Runde an uns vorbei. Er nickt mir zu. Wir waren nie Freunde. Er war einer der älteren Buben, zu denen wir Erstkläßler damals aufschauten. Uns beachtete er nicht. Er war schon aus der Schule heraus, als wir in die zweite Klasse kamen. Er arbeitete in der Sägemühle. Wir sahen ihn noch im Dorf oder sonntags auf den Bergen; dann, ein paar Jahre später, war er schon beim Militär.

»Ich höre eine Krücke«, sagt Sigi. »Es muß dieser Gregor Haas sein, der nicht einmal ›Grüß Gott‹ sagt.«

»Grüß Gott, Sigi«, sagt Gregor. »Du bist gewachsen.«

»Natürlich bin ich gewachsen. Wo ist dein Bein? Ich habe gehört, es gibt jetzt Beine, die man von echten nicht unterscheiden kann«, sagt sie.

Gregor sagt, daß er erst in ein paar Wochen wieder nach Schwaz gebracht werde; dort wolle man ihm ein künstliches Bein anpassen. Dann müsse er noch ein paar Wochen zum Üben dort bleiben.

»Üben«, sagt Sigi. »Wie schwer ist so etwas?«

»Es heißt, diese Holzbeine haben ihre Tücken. Man muß sich daran gewöhnen«, sagt Gregor.

»Tut dir dein Bein weh?« fragt Sigi.

»Ja, hin und wieder. Manchmal tun mir sogar die Zehen weh, was mich wundert – sie sind schließlich nicht mehr da.«

»Hast du jemals versucht, dir den Verband herunterzureißen?«

»Das ist eine blöde Frage.«

»Bemitleidest du dich?« Aber Sigi, Sigi, Sigi. Meine Füße wollen sich selbständig machen; ich wäre am liebsten ganz woanders, weit weg.

»Natürlich. Ich tue mir leid. Und ich bin auch wütend. Ich denke, warum gerade ich?«

»Ich bemitleide dich nicht«, sagt Sigi.

»Auch nicht ein bißchen?«

»Warum sollte ich denn? Du hättest beide Beine verlieren können. Oder beide Beine und beide Arme. Man hätte dir den Kopf wegschießen können. Oder etwas anderes, noch Schlimmeres.«

»Noch Schlimmeres?« Gregor fängt an zu lachen. Ich bekomme eine Gänsehaut. Dieses Lachen könnte der Anfang eines mörderischen Anfalls sein. Er hat schließlich eine Kopfverletzung. Aber er beruhigt sich fast sofort.

»Wie geht es eigentlich zu, wenn junge Mädchen zu Philosophen werden?« sagt er freundlich. »Noch dazu mit solcher Gewißheit. Das ist beeindruckend, diese Gewißheit, daß man recht hat.«

»Ich werde bald fünfzehn«, sagt Sigi. Sie hat etwas vor. Ich weiß es, aber ich kann nicht sagen, was.

»Ach so, ich verstehe«, sagt er, als ob ihm Sigi eine vernünftige Antwort auf seine Frage gegeben hätte.

»Natürlich verstehst du, Gregor«, sagt sie. »Ich habe doch gesagt, du hast Glück gehabt.«

»Ich hatte kein Glück. Du hast gesagt, es hätte schlimmer sein können. Gibt es denn so etwas wie eine Skala für solche Dinge, einen genauen Maßstab?«

»Das Messen ist doch Zeitverschwendung, findest du nicht?« sagt Sigi. »Niemand sagt die absolute Wahrheit, wenn er von den eigenen Schmerzen spricht.«

»Sigi, ich werde dich zu meiner geistlichen Ratgeberin erklären«, sagt Gregor. »Ich werde noch viel Hilfe brauchen. Das haben alle im Krankenhaus gesagt. Sie sprachen so gern vom ›Wiedereingliederungsprozeß‹.«

Gregor lächelt sie an, als ob er einen Witz macht, aber er hat eine gewisse Schärfe in der Stimme. Ich weiß nicht mehr, ob sie auch vor dem Krieg so war. Vielleicht kommt das von der Verletzung. Sie klingt wie kaltes Glas, spröde, zerbrechlich.

Sigi macht etwas, das sie selten tut: Sie streicht mit ihren langen Fingern über Gregors Gesicht. Er zuckt nicht. Sie sagt: »Du kannst dich auf mich verlassen.«

Gregor nickt und geht weiter. Seine Krücke macht ein saugendes Geräusch, sooft er sie aus dem schlammigen Boden am Straßenrand herauszieht.

11. Kapitel

Es regnet in Strömen. Auf dem Weg vom Haus zum Stall werden wir pitschnaß. Heute ist der fünfhundertdreiundneunzigste oder vielleicht der sechshundertste Abend, an dem wir zu dem Juden gehen und ihm die fünfhundertdreiundneunzigste oder sechshundertste Schüssel Kartoffeln mit Speck oder Knödeln mit Speck oder Knödeln mit Brühe oder Kartoffeln mit Käse bringen. Wie sollte man es genau wissen? Und was macht es aus? Sobald das heutige Abendessen in die Kiste hineingeschoben war, sagt eine durchnäßte Sigi: »Masturbieren Sie da drin?« Wenn sie mit ihrer Frage noch einen Augenblick gewartet hätte, wäre er wahrscheinlich am Essen erstickt. Statt dessen hören wir den Juden murmeln: »Verdammte Bälger.«

Seine Wut steigert sich. Dann bellt der Jude los: »Was fällt euch ein? Könnt ihr nicht wenigstens mein Alter respektieren, auch wenn ich in dieser erbärmlichen Lage bin? Habt ihr denn euren Verstand an eure explodierenden Hormone ausgeliefert? Pubertierende Brut, man sollte euch den nackten Hintern versohlen.«

Dann nichts mehr. Kein Fluch, kein Löffelkratzen in der Schüssel, kein Geraschel im Stroh, nicht einmal ein hörbares Atmen. Wir trauen uns nicht, uns zu bewegen oder zu sprechen. Wir hören nur den prasselnden Regen. Ich hatte Sigi gesagt, daß sie eine solche Frage nicht stellen sollte. Ich hatte ihr gesagt, es sei zwangsläufig ein sensibles Thema. Aber sie war der Meinung, wir müßten ihm zeigen, daß wir seine Situation verstünden. Am Abend zuvor hatte er uns das Stichwort dazu geliefert. Sigi hielt seine Worte für unvorstellbar traurig. »Fast zwei Jahre lang«, hatte Doktor Weiß gesagt, »habe ich niemanden berührt, und niemand auf der ganzen weiten Welt hat mich berührt.«

Es lag ohnehin in der Luft, meinte Sigi. Eine Masturbationsepidemie schien Sankt Vero heimzusuchen. Ich glaube, daß so etwas über jede Generation einmal hinwegfegt. Wir erleben das zum ersten Mal. Einige Buben behaupten, sie müßten es regelmäßig tun, damit ihre Eier nicht anschwellen und platzen. Natürlich war diese Geschichte vom Anschwellen ein Märchen, aber falls es doch kein Märchen war, dann würden die Eier des Juden womöglich auch anschwellen. Er würde sicher das Nötige tun, um das zu verhindern. Er war schließlich ein Doktor. Aber Sigi mußte unbedingt wissen, was da vor sich ging.

Wenn einer daran schuld ist, dann kommt nur Simon in Frage. Als er nach den Sommerferien aus dem Tal heraufkam, brüstete er sich damit, daß er herausgefunden habe, wie man ejakuliert. Natürlich mußte ich das für Sigi im Wörterbuch in der Schule nachschlagen. Ich suchte mir eine Gelegenheit heraus, als Fräulein Mumelter auf der anderen Seite des Schulzimmers beschäftigt war. Sigis Bemerkung: »Ach, es heißt einfach, daß man kommt«, war so laut, daß die Lehrerin ihr einen mißbilligenden Blick zuwarf. Als nächstes mußte ich ›Masturbieren‹ nachschlagen. Der Eintrag war sehr unbestimmt, ohne nähere Angaben. Sigi wollte nähere Angaben. Sie hörte aufmerksam zu, als Andreas, Kaspar und drei oder vier andere im Laufe der nächsten Wochen Simon berichteten, wie sie das Kunststück fertiggebracht hätten. Schließlich, eines Tages nach der Schule, schlug Sigi zu. Vor uns allen verlangte sie von Simon Beweise. »Ich darf es nicht machen, wenn du in der Nähe bist, Sigi. Du könntest schwanger werden, wenn du es berührst«, sagte er. »Außerdem könntest du es gar nicht sehen.«

»Niki würde es sehen und mir sagen, ob es wirklich passiert. Wenn du es tatsächlich könntest, würdest du es machen, Simon. Also kannst du es nicht. Womöglich kriegst du nicht einmal einen steifen Schwanz.«

Simon sitzt in der Falle. Ihm bleibt keine Wahl.

Später am Nachmittag versammeln wir uns in Sigis halb verfallener Scheune. Es riecht nach Scheune: trockenes Holz, trockenes Stroh; staubige Lichtstrahlen, streifige Schatten, gespannte, verlegene Gesichter. Simon liegt flach auf dem Rücken, die Augen fest geschlossen, er reibt seinen Schwanz, der sofort steif wird. Er ist weiß und auch groß im Vergleich zu dem dünnen roten Glied, das wir alle bei Hunden gesehen haben, aber nichts im Vergleich zu einem Stier. Simon nimmt ein bißchen Schmalz, das er in einer Blechbüchse mitgebracht hat, und reibt sich die rechte Handfläche damit ein. Er umfaßt seinen Schwanz und hält ihn fest wie einen Pumpenschwengel. Fünf- oder sechsmal fährt er rauf und runter, er atmet schneller, dann spritzt eine cremige Flüssigkeit heraus.

»Ich rieche Stärke«, sagt Sigi. »Ist es das? Ist er gekommen oder nicht? Es ging sehr schnell.«

Ich beschreibe ihr genau, was ich gesehen habe. Anscheinend macht sie sich Gedanken über die Technik. Als sie von dem Schmalz erfährt, rümpft sie die Nase.

»Das ist ziemlich ekelhaft, wenn man sich's überlegt«, sagt sie. Um uns herum wird gelacht und geschubst. Der eine oder andere will ausprobieren, was Simon eben gezeigt hat. Aber Simon geizt mit dem Schmalz. Keiner kümmert sich um uns. »Die Mädchen machen es viel schöner«, sagt Sigi. Ich nehme an, daß sie an Maria Stocker denkt und daran, daß Maria, wenn sie so inbrünstig auf ihren Mehlsäcken ritt, es auf eine viel feinere Art tat als Simon mit seiner hastigen Hand voller Schmalz. Später begriff ich, daß sie etwas Intimeres meinte.

Inzwischen haben ein paar der Buben schon die Hosen heruntergelassen. »Stricher! Wichser!« schreit Sigi. Sie lachen nur, besonders Kaspar, der endlich ein paar Schamhaare hat und sie allen stolz zur Schau stellt. »Ich dachte an dich, als ich es machte. Ich dachte an deine Muschi«, ruft Simon, als wir die Scheune verlassen. »Ich stelle mir Sigi mit dem Niki vor. Zwei Mädchen auf einmal!« schreit Kaspar. »Fetter Wichser«, knurrt Sigi.

Als Sigi damals Gregor so unvermittelt auf der Straße anhielt, lag die Begebenheit in der Scheune schon zehn Tage zurück. Ihr Gespräch blieb nicht unbemerkt. Kaum war Gregor außer Sichtweite, da rannten schon drei der Erzmasturbierer von der Sägemühle herüber. Simon, Andreas und Kaspar hatten schon tagelang auf eine Gelegenheit gewartet, Gregor über die Frontkämpfe auszufragen. Sie unterhielten sich ausführlich über seine Nahkampfspange, die bedeutete, daß er sich in Kämpfen von Mann zu Mann ausgezeichnet hatte. Sie stellen sich vor, daß sie selbst in etwa zwei Jahren mitten in diesen

Kämpfen stecken werden, und sie wollen wissen, wie es zugeht. Aber sie hatten Hemmungen, Gregor darauf anzusprechen. Simon und Andreas sind voller Bewunderung für ihn. Sie wollen wissen, was uns Gregor erzählt hat. Kaspar meldet seine Zweifel an. »Wenn er als Kämpfer etwas getaugt hätte, wäre er nicht so zugerichtet worden«, sagte er.

»Niemand kann einer Werfergranate ausweichen«, sagte ich.

»Wie willst du das wissen?« sagte Kaspar.

»Frag doch Ignaz«, sagte ich. »Er weiß es genau, und er wird es dir sagen, wenn du ihn fragst.«

»Der dicke Ignaz«, sagte Kaspar so verächtlich und respektlos, daß mir angst wurde, als ich bedachte, was Ignaz im Dorf darstellte. Aber die Verachtung in Kaspars tiefer werdender Stimme war unverkennbar. Und noch andere bedrohliche Zeichen machten sich bei ihm bemerkbar. Was bisher nur Fett war, schien sich, seit er in der Sägemühle arbeitete, in Muskeln zu verwandeln. Er schoß in die Höhe. Und er wurde aggressiver. Langsam flößte er den anderen Angst ein. Er war nicht mehr der mitleiderregende Dicke, den wir alle gepiesackt hatten. Aber Sigi spürte das nicht.

»Du würdest schon in die Hosen scheißen, wenn du eine Granate auch nur hörst«, sagte sie bissig.

»Was weiß denn schon das kleine Mädi?« höhnte Kaspar.

»Genauso wie damals, wie du von der Dachkammer heruntergefallen bist und dir den Arm gebrochen hast«, sagte sie.

»Stimmt gar nicht!« sagte Kaspar. Er wirkte überrascht.

»Er hat damals in die Hosen geschissen?« fragte Andreas. »Ha!«

»Stimmt nicht«, wiederholte Kaspar.

»Doch, stimmt schon«, sagte Sigi. »Ich habe gehört, wie sich Ignaz darüber mit deinem Vater unterhielt. Sie lachten. Sie sagten, du hattest eine riesengroße Wurst in der Hose.«

Kaspar wurde weiß. »Du Fotze«, knurrte er. Seine Arme spannten sich, als wollte er ihr einen Hieb versetzen. Statt dessen drehte er sich um und stapfte über die Straße zur Sägemühle zurück.

»Du weißt nicht einmal, wie eine aussieht, du erkennst sie nicht einmal, wenn sie sich dir aufs Gesicht setzt, Schmalzarsch«, schrie ihm Sigi hinterher.

Sigi legt sich so gerne mit den Leuten an. Warum ist sie so herausfordernd? Glaubt sie etwa, daß sich die Leute vor ihren großen leeren Augen fürchten? Oder verläßt sie sich auf die Nachsicht der anderen, wenn sie gegen die Verhaltensregeln verstößt? Keiner von uns käme ungeschoren davon, wenn er sich so verhielte. Jeder andere hätte sich jetzt mit Kaspar prügeln müssen. Sigi aber macht einfach weiter.

Und jetzt erzählt sie Simon und Andreas haarsträubende Lügen von Gregors blutigen Taten, wie er ganz allein Hunderte von russischen Panzern in die Luft gesprengt und die Überlebenden mit Kopfschüssen erledigt hat. Einmal hätte er sogar Russenblut getrunken, schwor Sigi.

»Paß nur auf, jetzt wird Gregor unser Freund werden wollen«, sagte Sigi später, als wir Doktor Weiß das Essen hinüberbrachten.

»Unser Freund? Wenn er von deinen Geschichten erfährt, wird er dich umbringen und dein Blut trinken. Warum sagst du solche Sachen?«

»Damit sie Angst vor ihm kriegen und ihn in Ruhe lassen«, sagte Sigi.

»Warum sollten sie ihn überhaupt belästigen?«

»Weil er ein Krüppel ist«, sagte Sigi. »Weil er leicht zu besiegen ist, so wie Kaspar. Gerade Kaspar hätte ihn sich vorgenommen, sobald er eine passende Gelegenheit gefunden hätte.«

»Und du glaubst, daß er es jetzt bleiben läßt?«

»Simon und Andreas werden das nicht zulassen; es ginge gegen ihr Ehrgefühl, wenn jemand einem Kriegshelden etwas Schlimmes zufügt«, sagte sie. »Und jetzt wird Gregor unser Freund sein, auch wenn er schon alt ist.«

Das war für mich kein Grund, irgendwelche aufregende Pläne auszuhecken. Sigis Vorhaben waren schon öfter daneben gegangen, aber Fehlschläge schadeten ihrem Selbstvertrauen anscheinend nicht. Sie war jedesmal gleich wieder obenauf und zur nächsten Unternehmung bereit. Manchmal kam es mir vor, als liefe ich wie ein kleiner Hund neben ihr her, als sei sie immer diejenige, die die Dinge ins Rollen brachte. Und ich war es zufrieden. Abends auf dem Heuboden drückte sie ihren Körper ganz eng an mich; sie berührte mich, und manchmal küßte sie mich auf die Lippen. Ich hoffte, daß sie eines Tages meine Zunge mit ihrer berühren würde. Das war mein bescheidener Ehrgeiz.

In jenem Herbst bedeuteten mir solche Kleinigkeiten mehr als bisher. In jenem Herbst waren wir seltener mit den Buben unserer Klasse zusammen. Simon, Andreas und Kaspar trafen wir kaum noch nach der Schule. Wenn sie nicht gerade bei der Arbeit oder beim Masturbieren waren, hielten sie sich bei den vier jungen Soldaten der Flugbeobachtung auf und versuchten, sich bei ihnen einzuschmeicheln. Vielleicht gab es militärische Varianten des Masturbierens; wer weiß, was in den Kasernen damals vor sich ging? Vielleicht suchten sie Hinweise auf das, was ihnen bevorstand, denn mit sechzehn würden auch sie eingezogen werden. Die vier Soldaten genossen es anscheinend, ein paar Kadetten um sich zu haben, die sie bewunderten und kleine Aufgaben übernahmen. Als Gegenleistung konnten sich Simon, Kaspar und Andreas vor dem Wirtshaus in Szene setzen. Dort rauchten sie, noch ungeschickt, die Zigaretten, die sie von den Soldaten erbettelt hatten. Der Feldwebel spuckte immer aus, wenn er sie so sah. Er, der schon alt war (etwa dreißig), trug wie Gregor eine Nahkampfspange und wollte mit den Buben nichts zu tun haben. Der Feldwebel redete nur mit dem dicken Ignaz und mit meinem Vater, wenn er im Wirtshaus saß.

Wir fühlen uns ein bißchen einsam. Wir kommen uns wie Außenseiter vor. Dann steht eines Tages Gregor vor der Schule und wartet auf uns. Ich weiß nicht, ob er von Sigis Erzählungen gehört hat und ob sie ihn geärgert haben; jedenfalls läßt er sich nichts anmerken. Er steht da, mit leichter Schlagseite nach rechts, stützt sich auf seine Krücke, und als er uns sieht, gleitet ein blasses Jesuslächeln über sein Gesicht. Ich sage Sigi, wer da ist, worauf sie grinst und ihm zuruft: »He, Gregor, gehst du mit zur Brücke hinunter?« Mir flüstert sie zu: »Siehst du?«

Also gehen wir die Straße hinunter bis zur Flußbiegung. Dort ist eine Brücke aus festen Holzbohlen; von dort aus hat man eine gute Aussicht auf die Kirchspitz und ins Tal hinunter. Die Brücke war ein beliebter Treffpunkt. Sigi geht in der Mitte und hält meine Hand. Ihr Kopf reicht nicht einmal bis zu Gregors Schulter, während ich nur ein wenig kleiner bin als er. Beim Gehen sieht er uns oft an.

»Du hast eine sehr große Klappe, Sigi«, sagt Gregor.

»Das wird von mir behauptet. Aber die Absichten sind gut«, sagt sie. Den ersten Hieb hat sie ganz gut abgewehrt. Sie klingt selbstbewußt.

»Das meinst du. Aber in diesem Fall hast du kein Recht auf eine Meinung.«

»In diesem Fall?«

»In meinem Fall. Du hättest deine verdammte große Klappe halten sollen.«

Sigi bekommt ein ungutes Gefühl. Ich erkenne das an einem leichten Zucken, das von der Unterlippe ausgeht. »Ich habe es nicht böse gemeint. Es war nicht respektlos.«

»Es war Scheiße, ob du es so gemeint hast oder nicht. Du hast mich vor dem ganzen Dorf lächerlich gemacht. Am besten hältst du in Zukunft den Mund.«

Sigi ist tief verletzt. Ich kenne sie so gut. Sie hält die Unterlippe mit den Schneidezähnen fest, sie zupft an Haarsträhnen, die sich aus ihren Zöpfen gelöst haben. Sie sieht aus, als würde sie ihre Füße anstarren – das hätte ich getan, wenn ich die Geschichten in Umlauf gebracht hätte. Wir gehen weiter.

»Mir gefällt diese Tageszeit, kurz bevor es dunkel wird«, sagt Gregor, als wir uns der Brücke nähern. Er ist jetzt milder gestimmt, so als ob der Zorn schon verraucht wäre.

»Es ist die blaue Stunde«, sagt Sigi mit sanfter Stimme.

»Kannst du das sehen?« fragt er.

»Nein. Alles ist immer braun. Morgen, Mittag, Nacht. Aber der Abend kommt mir immer blau vor.«

»Siehst du andere Dinge auch farbig?« fragt er.

»Die naheliegenden: Sonnentage sind gelb, Regentage grau, ein Geburtstag ist knallrot.«

»Knallrot?«

»Ich stelle mir's so vor«, sagt Sigi.

»Sie ist voll von solchen Vorstellungen«, werfe ich ein. Ich schäme mich, daß mir Gregors Aufmerksamkeit so wichtig ist. »Sie schwört, daß sie weiß, wann Vollmond ist, weil sie sich dann leichter fühlt, so als ob sie in die Luft hinaufschweben könnte.«

»Meine Großmutter hat sich bei Vollmond nie die Haare gewaschen. Sie glaubte, es bringe Unglück«, sagt Gregor.

»Es ist schlimmer als Unglück. Man lädt damit den Tod ins Haus«, sagt Sigi.

»Das hat meine Großmutter nie gesagt«, sagt Gregor.

»Vielleicht wollte sie dir keine Angst einjagen«, sagt Sigi.

»Mir kann man leicht Angst einjagen, das stimmt«, sagt Gregor.

»Das nehme ich dir nicht ab«, sagt Sigi.

»Hat es dir beim Militär gefallen, bevor du verwundet wurdest?« frage ich.

»Zum Teil schon. Ich habe gerne gesprengt, das gebe ich zu. Es ist richtig aufregend. Man kommt sich vor wie ein kleiner Bub, dem man nicht nur erlaubt, so böse zu sein, wie er will, sondern den man direkt dazu ermuntert. Man kann richtig böse sein. Wenn man will, kann man bis zum Erbrechen böse sein. Aber man stellt sich nie vor, daß dieser Tag einmal kommt. Man stellt sich nie vor, daß man eines Tages derjenige sein könnte, der in die Luft gesprengt wird. Immer meint man, es passiert denen dort drüben. Wenn es schließlich dir selbst passiert, ist es ein Schock.«

»Ich war schockiert, als mein Vater ums Leben kam«, sagt Sigi. »Das Schockierende daran war, daß der Unfall so etwas Lächerliches war. Für einen tödlichen Unfall war er zu lächerlich und albern, dachte ich mir damals.«

»Ganz genau. Genau so ist es, zu lächerlich und albern. Eigentlich ein schlechter Witz. Man könnte fast lachen, wenn es nicht so quälend wäre«, sagte Gregor.

Sigis Unterlippe kommt wieder zum Vorschein. Sie sieht voll aus, rot, zum Küssen. Jetzt lächelt sie. Sie wendet ihm das Gesicht zu. Gregor starrt hinunter ins Tal.

»Also, Sigi«, sagt Gregor. »Wir machen ein Geschäft. Wir treffen uns hie und da, und ich erzähle dir, wie es ist, wenn man ein Loch im Kopf hat und nur ein Bein, und du erzählst mir von deiner Lebensphilosophie, die du dir als blindes Mädchen ausgedacht hast. Du hast dir bestimmt viele Gedanken gemacht.«

»Nicht so viele, daß ich sie an dich verschwenden will. Und ein Bein zuwenig, was ist denn das schon?« Das ist wieder die alte Sigi.

»Du würdest vielleicht die Einzelheiten sehr interessant finden«, sagt Gregor.

»Hautlappen und so weiter? Nein. Aber ein Loch im Kopf, das könnte schon interessant sein. Hast du manchmal Halluzinationen?«

»Keine richtigen Halluzinationen.«

»Schade. Ich hätte gern etwas aus erster Hand über Halluzinationen erfahren.«

»Ich hätte etwas Besseres«, sagt Gregor. »Ich war drüben. Ich kann dir davon erzählen.«

»Drüben?«

»Wo die Toten hinkommen«, sagt Gregor.

»Ach, sie kommen auf den Friedhof, und damit hat sich's«, sage ich. Jetzt wird es, was mich betrifft, sehr ungemütlich.

»Ja und nein«, sagt Gregor.

»Hast du drüben jemand gesehen, den wir kennen?« fragt Sigi. »Hast du meinen Vater gesehen?«

»Man sieht eigentlich nichts. Man spürt nur deren Anwesenheit. Es war niemand in der Nähe, den ich kannte. Es war in Rußland in einem Feldlazarett. Ich war dem Tod sehr nahe. Es war nicht das Bein und nicht der Bauch. Es war der Kopf. Mein Hirn schwoll an. Ich wäre daran gestorben, wenn sie mir nicht ein Stück Schädel herausgeschnitten hätten, um Platz zu machen.

Während der Operation gab es einen Moment, in dem ich wirklich glaubte, ich sei tot. Man glaubt, man liege mitten auf einem Gletscher oben in den Bergen. Anfangs friert man nicht besonders, oder man ist schon gefühllos, man kann sich nicht bewegen. Aber man wird wahnsinnig vor Durst. Der Durst ist die reinste Todesangst, die man je erlebt hat. Man würde alles tun für einen süßen heißen Kakao. Man würde seine Seele für eine Tasse Kakao verkaufen. Dann merkt man, daß man nichts zu verkaufen hat, und es gibt auch keinen Käufer. Und dir wird bewußt, daß dir nie jemand diesen Kakao bringen wird.«

»Niemand ist jemals drüben gewesen, weil es kein Drüben gibt«, sagt Doktor Weiß, als wir an diesem Abend über Gregor sprechen. »Wenn man dem Tod nahe ist, unternimmt das Gehirn Schritte, um sich zu schützen. Der Körper fängt an, seine Funktionen einzustellen. Das Gehirn sendet Signale des Trostes aus. Wir meinen vielleicht, ein verstorbener Freund sei gekommen, um uns zu geleiten. Wir glauben vielleicht, ein großes Licht zu sehen, das Licht, das uns in den Himmel einlädt. Es ist nichts anderes als Chemie im Gehirn.«

»Dafür gibt es keine Beweise. Wenn es bewiesen wäre, würde es keine Religion mehr geben«, sagt Sigi.

»Nichts ist bewiesen. Aber wer den Tod oft genug sieht, weiß Bescheid. Nicht ein einziges Mal in meiner Erfahrung war der Tod gut oder auch nur würdevoll, obwohl er ein paarmal gnädig war. Ich erinnere mich an eine junge Krankenschwester, noch nicht einmal dreiundzwanzig. Sie wurde durch eine Schrapnelladung sehr schwer verwundet. Ihr wurde der Bauch aufgerissen. Das größte Schrapnellstück hatte ihr den Mastdarm zerfetzt. Das ist die schmerzhafteste Verwundung, die man sich vorstellen kann; Medikamente können nicht einmal die Schmerzen lindern. Nur der Tod kann uns von diesen Qualen erlösen. Also tat ich, was ich tun mußte: Ich erlöste sie.«

Mir klopft das Herz in meiner dünnen Brust. Es schlägt gegen meine Rippen. Das Atmen ist schwer. Ich habe ein Gefühl, als ob ich pinkeln müßte und nichts herauskommt. Es ist wieder so ein Abend, an dem der Jude ganz beiläufig die schöne Welt in eine Welt des Grauens verwandelt, noch schlimmer als Gregor an diesem Nachmittag. Es gibt Augenblicke, an denen ich mich fast gezwungen fühle, das weiterzugeben, was ich von dem Juden erfahren habe. Ich muß es loswerden. Aber in unserem Haus ist es mir verboten, von ihm zu sprechen. Ich darf ihn nur erwähnen, wenn mein Vater und ich draußen sind, außer Hörweite eines anderen Menschen. Mein Vater will nichts als kurze Berichte über das Verhalten des Juden. Anscheinend glaubt er, daß das Haus sicher bleibt, wenn wir ihn darin niemals erwähnen. Ich glaube, meine Mutter und meine Großmutter sprechen heimlich von ihm, aber nur, wenn mein Vater nicht dabei ist. Also versuche ich es ein- oder zweimal mit meiner Mutter. Anfangs geht sie gern darauf ein – eine kleine Verschwörung unter uns allein. Aber dann gehen hinter ihren Augen die Fensterläden runter. Sie will nicht hören, was ich ihr mitzuteilen versuche. Vielleicht findet sie es zu beängstigend. Und sie sagt zu mir: Hör auf! Das will dein Vater nicht.

Also habe ich nur Sigi, und sie hat nur mich. Das gibt mir einen besonderen Anspruch auf sie, das gefällt mir. Aber wie können wir einander helfen, wenn unser Wissen um das, was wir tun, unerträglich schwer auf uns lastet? Können wir einen Teil des Gewichts einem anderen aufladen? Können wir noch jemanden finden, der es mit uns teilt?

Sigi ist bereit für Fräulein Mumelter. Sie will von der Ruhe der schönen Lehrerin umfangen, von ihr getröstet werden. Sie will unser Geheimnis aufgeben. Fräulein Mumelter soll helfen, Doktor Weiß mitzutragen. Wir erwähnen diese Absicht weder meinem Vater noch Ignaz gegenüber. Sie würden es uns sicher verbieten. Sigi ist überzeugt, daß wir ihr vertrauen können. Ich bin es nicht. Mich bedrückt immer noch, daß Ignaz eingeweiht ist. Und irgendwo im bösen Teil meines Wesens fürchte ich, daß es Sigi nur darum geht, näher an ihre geliebte Traudl heranzurücken.

Aber wir haben Hilfe nötig, das ist gewiß. Seit Sigi damals die Frage nach dem Masturbieren stellte, ist Doktor Weiß launisch geworden. Wir müssen den größten Teil des Gesprächs bestreiten, und wenn er überhaupt spricht, klingt er gereizt. Würde ein Mensch, der nicht eingesperrt ist, so reden, wie Doktor Weiß jetzt mit uns spricht, dann hätte ich Angst. Ich würde wahrscheinlich zum Gendarm gehen. Was er redet, hat mit Medizin zu tun, weicht aber auch wieder vom Thema ab. Ohne Anlaß fragt er plötzlich Sigi, ob sie regelmäßige Monatsblutungen habe, ob sie unter Krämpfen leide, ob ihre Brüste empfindlich würden. Mich fragt er einmal, ob es mir Spaß mache, wenn mir Zäpfchen eingeführt werden. Wir wissen nicht, was wir sagen sollen, aber wir sind auch zu schockiert, ihn zurechtzuweisen. Trotzdem scheint er zu merken, daß er zu weit gegangen ist. Er redet nie wieder so direkt. Aber ohne es eigentlich zu wollen, wird er brutal – wie bei der Geschichte mit der armen Krankenschwester –, oder er scheint manchmal von seltsamen Sehnsüchten und eigenartigen Gedanken, die er uns gegenüber nicht erwähnen sollte, überwältigt zu werden.

»Wißt ihr«, sagt er eines Abends, vielleicht war es der sechshundertzehnte oder der sechshundertdreiundfünfzigste, »damals an ihrem Hochzeitstag tanzte ich mit meiner Tochter, und da kam mir, ganz ungebeten, ein Gedanke. Während wir tanzten, wurde mir zum ersten Mal bewußt, daß sie den Körper einer Frau hatte, und ich fragte mich, ob sie wohl noch Jungfrau sei. Was für ein mittelalterlicher Gedanke! Was machte es schon aus?

Was ging es mich an? Und doch hatte ich diese große Neugier, wollte wissen, was sie wohl schon mit Erich, ihrem frischgebackenen Bräutigam, getan hatte. Aber mein Hirn lehnte sich dagegen auf. Ich konnte sie mir nicht nackt unter Erich vorstellen, wie sie den Geschlechtsverkehr ausführten, obwohl ich mir ganz selbstverständlich ihre Mutter und mich dabei vorstellen konnte. Es tritt etwas zwischen Vater und Tochter in solchen Dingen. Ich schämte mich meiner Gedanken so sehr, daß ich den Tanz fast nicht zu Ende führen konnte.«

»Ich glaube nicht, daß meine Eltern es jemals nackt gemacht haben«, sage ich. »Es fällt mir schwer zu glauben, daß sie es überhaupt gemacht haben, wenn ich sie so anschaue. Ich will mir nicht vorstellen, daß sie es jemals gemacht haben.«

»Du möchtest lieber glauben, daß dich der Storch gebracht hat?« sagt Sigi. »Wahrscheinlich machen sie es immer noch von Zeit zu Zeit. Als ich klein war und noch sehen konnte, sah ich eines Nachts, wie mein Vater sich auf meiner Mutter auf und ab bewegte. Sie waren beide nackt, und er quetschte ihre Brüste zusammen. Aber sie küßte ihn und hob und senkte ihre Hüften. Es machte ihr anscheinend Spaß.«

»Bist du bald nach dieser Nacht erblindet, Sigi?« fragt Doktor Weiß.

»Nein, ungefähr sechs Monate später«, sagt Sigi.

»Und der Grund?« fragt Doktor Weiß. »Wurden bei deiner Behandlung psychische Ursachen erwogen?«

»Nein«, sagt Sigi.

»Warum nicht?« fragt der Doktor.

»Es waren die Masern«, sagt Sigi. »Niki hatte sie und hat mich angesteckt. Aber schlimmer.«

»Die Masern«, sagt er. »Mein Gott. Da hast du noch Glück gehabt, daß du nicht auch noch taub geworden bist. Vielen Kindern geht es so.«

Manchmal ist der Doktor so direkt und vernünftig, daß ich ihn am liebsten schütteln würde, bis ihm Hören und Sehen vergeht. Aber mehr und mehr wird das zur Ausnahme. Immer öfter läßt er sich treiben, wird vage, ist nur noch eine Ahnung seiner selbst, wie beim Tanz mit seiner Tochter. Ich frage ihn oft, ob er Fieber habe oder sich unwohl fühle. Er wirkt erstaunt über die Frage und versichert, er habe sich nie wohler gefühlt.

Natürlich lügt er.

Vielleicht wäre Fräulein Mumelter doch gut für ihn. Sigi träumt davon. Sie sieht uns als glückliche Familie oben auf dem Heuboden. Es kommt ihr nicht in den Sinn, daß Fräulein Mumelter nur Grauen oder Ekel bei diesem Zustand empfinden könnte. Sie glaubt, daß Traudl Doktor Weiß retten wird.

Aber bevor Sigi diese Verbindung zustande bringen kann, führt sie unabsichtlich eine andere herbei: Fräulein Mumelter und Gregor.

Da kann nichts Gutes dabei herauskommen, sagt meine Mutter, als sie dahinterkommt. Und diesmal stimmt ihr sogar meine Großmutter zu.

12. Kapitel

Sigi ist keine Lerche. Sie krächzt selbst das sanfteste Wiegenlied. Also werden wir, Sigi und Simon und ich, nur dank einer harmlosen amtlichen Verschwörung als Adventssänger dieses Jahres in Sankt Vero ausgewählt. Wir brauchen Kostüme, wir müssen proben, und einige Abende hintereinander müssen wir bibbernd von Haus zu Haus laufen und unsere dünnen Stimmchen den Leuten präsentieren, die uns in der Wärme ihrer schummrig beleuchteten Dielen erwarten. Wenn wir unsere erbärmliche Aufgabe erledigt haben, geben sie uns ein paar Mark oder Pfennige für die Kirche und vielleicht eine Tasse Glühwein oder Kakao.

Ich würde lieber um das Geld betteln; es ginge so viel schneller. Aber das ist nicht der Brauch. Also werden wir singen.

»Wieso haben sie ausgerechnet Sigi ausgesucht? Und warum dich?« sagte meine Mutter. Ausgesucht haben uns der Pfarrer, der Bürgermeister und die Lehrerin. »Simon ist der einzige, der singen kann. Was haben sie sich bloß gedacht?«

Das sieht doch der letzte Depp, hätte ich ihr am liebsten gesagt. Sie wollten Sigi etwas Gutes tun, ihr eine Art Weihnachtsgeschenk machen. Der Versuch, meiner Mutter etwas zu erklären, wenn ihre Meinung schon feststand, war ein nutzloses Unterfangen. Sie gehörte zu den Leuten, die immer von der Richtigkeit ihrer Meinung überzeugt sind. Die Erklärung eines anderen anzunehmen, das gab sie bestenfalls vor.

Früher wäre ich begeistert gewesen. Ich hätte mich sogar geehrt gefühlt, ausgewählt zu werden, denn mit dem Adventssingen war ein gewisses Prestige verbunden. Aber diesmal bin ich zu unruhig. Ich habe keine Lust mehr auf die alten Bräuche, denn die alten Zeiten scheinen so schnell zu schwinden, daß nicht einmal die alten Männer mit ihrem schwach gewordenen, konfusen Gedächtnis sie noch retten können. Ab und zu hören wir jetzt das Rasseln und Dröhnen der Panzer, die mit unbekanntem Ziel das Tal durchfahren. Erst vor ein paar Tagen habe ich ein Geschwader silberner Flugzeuge so hoch oben gesehen, daß sie fast unhörbar blieben. Die Soldaten waren so aufgeregt, daß sie in ihre Sendegeräte hineinschrien. Alliierte Bomber, die nach Norden, nach Salzburg oder Linz unterwegs seien, sagten sie. Endlich passiert etwas. Es könnte auch uns passieren.

Ich war früher kein ängstlicher Typ. Ich fürchte nur das, wovor alle Angst haben. Ich mache mir Sorgen, ich könnte eines Tages in der Schule eine unvergeßliche Demütigung erfahren, unkontrollierbar Durchfall bekommen. Ich habe insgeheim Angst, unser Haus könnte eines Nachts abbrennen, und ich mache mir Sorgen, Sigi könne etwas Schlimmes zustoßen, wenn ich nicht da bin, um ihr zu helfen. Im Frühjahr fürchte ich mich vor Lawinen. Ansonsten habe ich nur Angst davor, photographiert zu werden, denn das ist der erste Schritt zum Bild auf dem schwarzen Eisenkreuz im Friedhof.

Gregor besitzt eine kleine – 35 Millimeter – Voigtländer, mit der er uns immer wieder photographieren will. Ich weigere mich strikt. Sigi hat es gern. Wenn sie aus dem Haus geht, ist sie wie aus dem Ei gepellt, immer für Gregors Schnappschüsse bereit. Er plaziert sie gern vor Häusern mit geschlossenen Türen und Fensterläden, direkt in der Mitte. Immer muß sie in die Richtung seiner Stimme schauen; wenn man dann das Bild sieht, glaubt man, Sigi blicke uns an. Sobald er einen Film fertig hat, humpelt er hinüber zu Sigis Haus, und wir sitzen in der Küche und schauen uns die Bilder gemeinsam an. Eigentlich sind sie alle gleich: blindes Mädchen, blinde Häuser. Ich beschreibe ihr, vor welchem Haus sie steht, damit sie sich die Szene vorstellen kann. Sie fragt mich, ob ihr Haar in Ordnung sei. Gregor behauptet immer, ihr Haar sehe wunderschön aus, auch wenn es strähnig und vom Wind zersaust ihr unscheinbares Gesicht umrahmt.

Also ist auch Gregor imstande zu lügen? Warum auch nicht? Das ist nur der Beweis, daß er so ist wie wir anderen auch. Deshalb ist er doch kein schlechter Mensch. Warum überrascht mich das? Alle Leute lügen. Es ist normal. Manchmal ist es besser so.

Ich wäre froh, wenn mir jemand etwas vorlügen würde, um mich aus meiner Not zu befreien. Ich habe das Gefühl, das sich etwas zusammenbraut, etwas, das bald alles verändern wird, was mir bisher vertraut war. Ich versuche, meine Vorahnung zu verstehen: Ist es der Jude, ist es der Krieg? Ich finde keinen Zusammenhang. Die Angst, die mich peinigt, hängt nicht von dem ab, was ich sehe oder weiß. Sie ist wie ein Gespenst. Beim Einschlafen sehe ich Gesichter. Ich reiße die Augen auf, aber es ist nichts zu sehen außer den rotflackernden Lichtern auf dem Friedhof.

Warum weiß ich nicht, was uns erwartet?

Natürlich will niemand mein Grübeln ernst nehmen. Wer will sich denn schon mit den Ängsten der anderen belasten? »In deinem Alter werden alle so sensibel«, sagt meine Großmutter. »Das geht vorüber.« Mein Vater ist zwar mitfühlend, aber wenn ich davon sprechen will, meint er nur, ich sei nervös. Manchmal am Abend kocht er mir einen Kamillentee, in den er ein paar Tropfen Pfefferminzlikör tut. »Es hat keinen Sinn, sich groß Gedanken darüber zu machen, was das Leben für uns bereithält«, sagt er. »Nimm jeden Tag so, wie er kommt. Tu deine Pflicht und warte einfach ab, was er dir bringt.«

Das kommt mir vernünftig vor. Aber wie kann ein Mann vernünftig sein, der fast zwei Jahre lang einen Juden in einer Kiste hält und nicht sagen kann, warum? Ist das nicht einfach ein Spruch, den man aufsagt, wenn man keine Ahnung mehr hat, wie die Welt zu verstehen ist, wenn man die Kunst, sein Leben zu ordnen, verlernt hat? Wenn ich zu meinem Vater sage: »Was ist, wenn das Schlimmste passiert?«, sieht er mich nur traurig an und sagt: »Aber Niki, es könnte immer noch schlimmer sein.«

Gregor sagt mehr oder weniger das gleiche. Er sagt, es gibt keine Grenzen. Nach dem, was er erlebt hat, müßte er es wissen. Er geht noch weiter. Er glaubt sogar, er sei vielleicht schon tot.

»Nehmen wir an – ihr beide, Sankt Vero, mein fehlendes Bein –, das alles ist nichts als ein seltsames Leben nach dem Tod, das, was wir anstelle von Himmel oder Hölle erleben«, sagt er. Er hat Sigi und mich, wie so oft, nach der Schule abgeholt, und wir spazieren zur Brücke hinunter. Es gibt viel Schnee, die Sonne steht tief. Aus

Ignaz' Werkstatt hören wir das Kreischen der Sägen. Steht er immer noch in seiner Dachkammer und hält Ausschau nach Fräulein Mumelter? Wenn ich daran denke, wie er mir den Hintern mit seinen fleischigen Fingern tätschelte, damals in der Nacht, als wir den Juden an die Schmuggler loswerden wollten, kriege ich eine Gänsehaut. Pabst, der Gendarm, steht vor dem Wirtshaus und späht in alle Richtungen, ob ihn jemand hineingehen sieht. Ohne eine bestimmte Absicht schaue ich plötzlich zurück und sehe im Dämmerlicht meinen Vater, wie er auf die Schule zugeht, wo Fräulein Mumelter wahrscheinlich noch Hefte korrigiert. Ich drehe mich wieder um, um Gregor im Auge zu behalten, Sigis Hand halte ich die ganze Zeit fest.

»Oder ich liege im Koma in einem Lazarett irgendwo in Rußland, und diese Welt existiert nur in meinem Hirn«, sagt er und schwenkt die Krücke in der Luft, nur knapp an Sigis Kopf vorbei. »Es ist natürlich kein Traum. Im Koma träumt man nicht. Was man dort sieht, läßt sich nicht von der Wirklichkeit unterscheiden ... bis es verschwindet. Dann bleibt nur das Nichts, man hat, anders als beim Schlafen, kein Gefühl für die Zeit.«

»Wenn ich nur in deinem Hirn existiere, warum gibst du mir nicht meine Augen wieder?« sagt Sigi. »Und wenn du gerade dabei bist, könntest du Fräulein Mumelter dazu bringen, mich zu adoptieren. Ich würde lieber bei ihr wohnen als zu Hause. Ich würde mich so gern in ihre Wohnung hineinkuscheln und erst im Frühjahr wieder herauskommen.«

Gregor lacht. »Ja, das könnte ich auch tun. Ich wäre ganz gern eine Zeitlang der liebe Gott. Was ich dann alles machen könnte!« Plötzlich läßt er seine Krücke in den Schnee fallen und hüpft gut zehn Meter weit auf einem Bein, fast so schnell, wie ich laufen könnte.

»Die Kopfwunde«, flüstere ich Sigi zu.

»Sicher«, flüstert sie zurück.

»Die Leute meinen, es kommt von der Kopfwunde«, keucht Gregor, als wir ihn einholen und ihm die Krücke reichen. Er atmet schwer. »Wenn ich etwas Radikales oder Eigenartiges sage, begründen sie es damit. Sie entschuldigen mich damit. Aber sie haben natürlich unrecht. Das Problem ist eigentlich, daß der Geist nicht mitkommt, etwas Psychisches, daß der Geist von Zeit zu Zeit etwas zu begreifen versucht, was er nicht begreifen kann. Es geht nicht um mein leicht beschädigtes Hirn. O nein. Davon fehlt fast gar nichts. Weniger als ein Teelöffel voll, haben mir die Ärzte versichert.«

Diese Vorstellung macht mich buchstäblich schwindlig, auf seltsame Weise dreht sich alles um mich herum. Ich frage mich: Hält er uns zum Narren mit seinem Gerede über wirklich und unwirklich? Wie könnte man zwei verschiedene Teile im Kopf haben, die manchmal verschiedener Meinung sind oder einander widersprechen? Wenn ich versuchen muß, einerseits an den Geist und andererseits an das Hirn zu denken, bekomme ich fast die gleiche Angst wie bei dem Gedanken an meine toten Geschwister. Nichts, was so nahe beisammen ist, sollte so getrennt sein. Es scheint mir auch, daß es keine Antwort darauf gibt. Ich verliere immer mehr die Hoffnung. Und, wissen Sie, ich war früher kein ängstlicher Typ.

»Ein Teelöffel voll Hirn«, sagt Sigi an diesem Abend auf dem Weg zum Heuboden. »Man weiß nicht, was in so einem Teelöffel sein könnte. Die Mondphasen, die Liebe zur Mutter, der ganze Geometrieunterricht, vielleicht die Fähigkeit, Farben zu erkennen. Mein Gott, vielleicht sogar der Geschlechtstrieb!«

»Das hinge davon ab, woher genau der Teelöffelvoll kam«, sagt Doktor Weiß nach unserem Bericht. »Es gibt viele Stellen in der rechten oder linken Gehirnhälfte, wo man diese kleine Gewebemenge nie vermißt, wenn sie schön sauber herausgeschnitten wird. Andererseits gibt es viele Stellen, wo uns ein Teelöffel zu wenig zum Idioten machen oder uns töten könnte.«

»Wir wissen doch, daß Gregor kein Idiot ist, und auch, daß er lebt, auch wenn er sich dessen nicht so sicher ist«, sagt Sigi.

»So, er kommt sich manchmal ein bißchen unwirklich vor? Nicht so ungewöhnlich bei Überlebenden. Halluziniert er? Hört er vielleicht Stimmen? Wie sieht es aus mit der Konzentration? Stottert er, spricht er unzusammenhängend?«

»Nein, nichts dergleichen, soweit ich weiß«, sage ich.

»Ich würde mich einmal ganz gern mit Gregor unterhalten«, sagt der Doktor.

»Das ist verboten«, sage ich.

»Ja. Ich würde ihn gern genau untersuchen. Die Chirurgen an der Front haben zweifellos gute Arbeit geleistet, aber man braucht immer Nachuntersuchungen.«

»Vielleicht könnten wir das machen, wenn er schwört, nie darüber zu reden«, sagt Sigi. Die Idee, Fräulein Mumelter zum Juden mitzubringen, hat sie immer noch nicht aufgegeben, und jetzt will sie auch noch Gregor.

»Ja, mach das«, sagt der Doktor, »und richtet meiner Assistentin aus, daß ich ihre Hilfe brauchen werde.«

»Welcher Assistentin? Das ist verrückt«, sage ich. »Sie wissen nicht, was das für ein Risiko wäre.«

»Ich weiß genau, was ich riskieren würde. Und ich schwöre dir, Niki, nach fast zwei Jahren in dieser Kiste macht es mir nichts mehr aus, was passiert. Ich wäre erlöst, wenn irgend etwas passieren würde. In letzter Zeit habe ich von meiner Frau geträumt. Ich weiß, daß sie tot ist. Und ich weiß, daß ich nicht lebe. Nicht so, wie ich jetzt bin. Also ist alles egal.«

Ich bin nicht richtig überrascht, als ich das höre. Seit Wochen ist es mit dem Juden immer schlimmer geworden. Aus der Kiste dringt ein Gestank, der uns fast zum Kotzen bringt. Er hat sich seit zwei Monaten nicht mehr gewaschen. Früher hatte ich ihm ein- oder zweimal in der Woche einen Eimer mit heißem Wasser und Seife gebracht, und er hat sich mit einem Waschlappen gesäubert. An diesen Tagen brachte ich ihm immer auch frische Unterwäsche. Bei kaltem Wetter war es nie angenehm für ihn, aus dem dicken Kokon der Wolldecken zu kriechen und die Kleiderschichten zum Waschen abzustreifen, aber voriges Jahr tat er es ohne Klagen. Er schien dankbar für die Gelegenheit, sauber zu sein. Aber dieses Jahr ist er anders. Er schubst den Wassereimer zurück, wenn ich ihn in die Kiste schieben will. Er will auch keine saubere Unterwäsche oder saubere Kleidung annehmen. Ich weiß nicht, wie ich ihn überzeugen soll. Ich will ihm nicht sagen, wie sehr er stinkt. Er muß es selber wissen. Er muß es selber riechen können. Vielleicht aber hat es sich so langsam entwickelt, daß er diesen fürchterlichen, beißenden Gestank nicht bemerkt.

Aber Sigi hat genug davon. Die letzten paar Abende hat sie immer ein Taschentuch vor die Nase gehalten und durch Grimassen ihren Ekel ausgedrückt.

»Ich sage Ihnen, was nicht egal ist«, faucht sie den Juden an. »Es ist nicht egal, daß Sie wie eine Leiche stinken. Sie sind widerlich geworden. Am besten begraben wir Sie, bevor das ganze Dorf den Verwesungsgeruch merkt. Aber wir können es nicht, weil Sie nicht tot sind. Schlitzen Sie sich doch die Pulsader an einem Nagel auf. Da drinnen gibt es bestimmt Nägel. Dann könnten wir Sie begraben, und alles wäre vorbei.«

Aus der Kiste bricht das jämmerlichste Ächzen hervor, das ich jemals gehört habe. Doktor Weiß schluchzt so heftig, daß ich Angst habe, seine Lunge würde zerreißen. Ich stecke mir die Finger in die Ohren. Es klingt schlimmer als der Tod. Es klingt, als ob das ganze Leid des Universums an diesem einen kleinen stinkenden Ort versammelt wäre und unbarmherzig auf uns herunterdrückte, uns zermalmte. Ich muß fliehen. Ich nehme Sigis Hand, um sie hinunterzuführen, aber sie schüttelt mich ab.

»Waschen Sie sich«, schreit sie. »Es tut mir leid, es tut mir leid, es tut mir leid. Aber denken Sie an uns. Sie sind unser Jude, und wir müssen Sie retten.«

Retten? Retten wir ihn denn? Oder bereiten wir ihm einen langsamen Tod? Wir gehen.

Auf dem Heimweg kommt es mir vor, als ob ich den Juden heulen höre, aber es ist nur meine Einbildung. Ich denke mir: Jeder hat Beziehungen, aber man ist letzten Endes allein. Man muß nicht die deutschen Philosophen lesen, um das zu verstehen. Der Jude hat sein Leben, falls man das ein Leben nennen kann, und wir haben unseres. So ist es nun einmal. So geht es zu in dieser einsamen

Welt. Sie dreht sich, und jeder Tag ist neu. Und wir sind die Adventssänger, also muß etwas geschehen. Die Kostüme müssen genäht werden. Wir können doch nicht unsere ganze Zeit dem Juden und seinem Jammer widmen.

Sigis Mutter kann sich nicht viel Holz leisten, deshalb ist es meistens kalt in ihrer Küche. Aber am nächsten Abend, zur Anprobe, hat sie es schön warm gemacht. Sie hat den Kachelofen extra angeheizt, und wir brauchen die Mäntel und Handschuhe nicht anzubehalten. Sigi ist aufgeregt. Gut aufgewärmt sitzt sie auf der Eckbank am Tisch und lächelt. Ab und zu verschränkt sie die Arme in einer für sie charakteristischen Geste der Zufriedenheit. Sie trägt ihre schönste Bluse und einen guten Wollrock, der einmal Fräulein Mumelter gehörte. Sie hat sich angestrengt, da unsere Traudl heute herüberkommt, um beim Nähen zu helfen. Ich wäre froh, wenn ihr nicht so viel an Fräulein Mumelter läge. Manchmal, wenn ich an die beiden denke, tue ich mir so leid, daß ich am liebsten weinen möchte; ich bringe es aber nicht fertig, die erlösenden Tränen herauszulassen.

Trotzdem bin ich froh, als Traudl hereinkommt. Ich rede mir gern ein, daß sie auch meinetwegen hier ist, auch wenn ich weiß, daß sie hauptsächlich Sigi zuliebe gekommen ist. Sie trägt eine hübsche grüne Wolljacke über einem hellgrünen Pullover und einen Lodenrock. Ihre Taille ist so schmal, daß man ihr Alter nicht glauben möchte. Sie lächelt mir zu, und als sie am Tisch sitzt, strahlt sie Wärme aus, und ich rieche ihren sauberen weiblichen Duft. Sie fragt, ob ich meinen Aufsatz über

Andreas Hofer schon fertig hätte. Wir nehmen die napoleonische Zeit in Tirol durch. Soweit ich weiß, kam Napoleon nie selbst hierher, aber seine Soldaten schon, zusammen mit diesen Bayern. Hofer war gegen sie. Sie fingen Hofer und brachten ihn um. Er sei ein Held des Vaterlandes, sagte Fräulein Mumelter in der Klasse. Aber wenn man das einmal geschrieben hat, was gibt es sonst noch zu sagen? Also habe ich meinen Aufsatz leider noch nicht fertig.

»Denk dir die Helden als wirkliche Menschen«, sagt Traudl. »Stell dir ihren Alltag vor, wie sie Butterbrot zum Frühstück essen oder wie sie bibbern, wenn sie an einem kalten Morgen aus dem Haus gehen. Sie leben wie wir anderen auch, aber wenn es an der Zeit ist, tun sie etwas Außerordentliches. Vielleicht steckt in uns allen diese Fähigkeit, meinst du nicht?«

»Wie Gregor«, sagt Sigi.

»Gregor?« fragt Traudl.

»Der Haas-Bub, dem das Bein fehlt. Den sie in Rußland zusammengeschossen haben«, sagt Sigis Mutter. »Ein tapferer Bursche, hat eine Auszeichnung bekommen. Aber er hat eine Kopfverletzung, wissen Sie?«

»Ah.« Traudl nickt.

»Grüß Gott miteinander«, ruft Gregor, als ob er das Stichwort gehört hätte. Er humpelt durch die Tür und bringt die kalte Schneeluft mit. Unter seinen linken Arm hat er ein unförmiges Bündel geklemmt, in braunes Packpapier eingewickelt und mit einem Strick verschnürt. Es ist mein Kostüm. »Guten Abend, Frau Strolz. Grüß dich, Sigi, grüß dich, Niki. Und Sie sind sicher Fräulein Mumelter, von der Sigi und Niki unaufhörlich reden.«

Mir ist das so peinlich, daß ich Gregor am liebsten die Krücke weggeschubst hätte.

»Ich will gar nicht wissen, was sie erzählen«, sagt Traudl und steht auf, um Gregor die Hand zu geben, bevor sie merkt, daß das nicht möglich ist. Elegant nimmt sie ihm das Paket ab und schüttelt ihm die linke Hand mit ihrer Linken, alles so unauffällig, als ob sie es ihr Leben lang so gemacht hätte.

»Ich habe Sie manchmal am Nachmittag vor der Schule gesehen, wie Sie mit Sigi und Niki weggegangen sind«, sagt sie.

»Damit ich auf keine dummen Gedanken komme«, sagt er und deutet mit dem Kopf auf die Krücke.

»Sie erzählen ihnen hoffentlich keine Kriegsgeschichten«, sagt Traudl.

»Ich gebe mir große Mühe, an Kriegsgeschichten nicht einmal zu denken«, sagt Gregor.

Es sieht lustig aus, wie Gregors Augen immer wieder von Fräulein Mumelters Gesicht weggleiten. Ihre Augen folgen seinem Blick, um zu sehen, was es so Spannendes in den dunklen Zimmerecken oder auf seinem Handrücken zu entdecken gibt.

»Wir müssen ihm erzählen, was in den Nachrichten gekommen ist. Er schaltet sie nie ein«, sagt Sigi.

»Es heißt doch immer in der Wochenschau: ›Für die Gefallenen ist der Krieg vorüber‹«, sagt Gregor und versucht, die tiefe, feierliche Stimme des Ansagers nachzuahmen. »Betrachten Sie mich als gefallen.«

»Das wird uns schwerfallen, wenn du hier in ›Habacht-Stellung‹ stehenbleibst. Zieh doch den Mantel aus und setz dich. Möchtest du einen Kaffee?« sagt Sigis Mutter.

Gregor starrt angestrengt auf seinen einzigen Stiefel und sagt, er müsse gleich wieder gehen, es tue ihm leid, aber er könne wirklich nicht bleiben. »Und wohin?« fragt Sigi. »Wartet ein Mädchen auf dich? Die hübschesten Mädchen sind alle hier, außer Maria Stocker, und die ist schon vergeben.«

»Pscht, Sigi«, sagt ihre Mutter.

»Es stimmt ja. Jeder weiß, daß sie mit diesem Soldaten geht«, sagt Sigi. »Sie wird wahrscheinlich demnächst schwanger sein.«

»Das ist kein Thema für dich«, sagt Fräulein Mumelter.

Aber Gregor beschließt zu bleiben, und bald nippt er den bitteren Ersatzkaffee, während ich den dunkelblauen Umhang anprobiere, den er mitgebracht hat. Früher trug ihn Gregors Großvater, der Briefträger war. Ich soll ihn für das Adventssingen anziehen. Dazu gehört eine Kapuze. Sigis Mutter näht sie aus einer alten blauen Wolldecke, die meine Großmutter in einer ihrer Truhen gefunden hat.

Sigi soll den Engel darstellen, Simon und ich ihre Herolde. Sie muß selbstverständlich Weiß tragen. Ihr Kommunionkleid ist ihr jetzt viel zu klein, deshalb hat Sigis Mutter ihr Hochzeitskleid aus der Truhe geholt, in der es zwanzig Jahre lang im schweren Kampferduft lag. Sigi ist nicht ganz so groß wie ihre Mutter, also muß es gekürzt werden. Mit ein paar Nähten wird die Taille enger gemacht, und am Busen werden ein paar Abnäher herausgelassen. So paßt es Sigi wie angegossen. Traudl übernimmt das Abstecken, während Sigi auf der Bank steht. Beim Adventssingen muß sie warme Sachen unter dem dünnen Kostüm tragen, also läßt sie zur Anprobe ihre

Kleider an. Ich denke an das letzte Mal, als ich ihr bei der Anprobe zusah. Gern hätte ich sie wieder so gesehen, nur mit einem dünnen Unterrock bekleidet. Fast berühren Traudls lange Finger Sigis Brüste, als sie die Abnäher herausläßt. Ich sehe zu, und dann fällt mein Blick auf Gregor, dessen Augen Traudls gespanntes Gesicht nicht loslassen wollen.

»Sie hatten das Dorf schon verlassen, als ich hierherkam«, sagt Traudl, ohne aufzusehen. Gregor wendet sofort seinen Blick von ihr ab.

»Mein Pech«, sagt er. Sigi horcht auf.

»Pech für alle Burschen, die einrücken mußten«, sagt Frau Strolz.

»Natürlich«, sagt er. »Das stimmt schon.«

»Der Papa hat immer gesagt, das Dienen ist eine Pflicht und eine Ehre«, sagt Sigi, etwas zu scharf für meinen Geschmack.

»Das stimmt auch«, sagt Gregor.

»Und was haben Sie jetzt für Pläne, Herr Haas?« wirft Traudl ein.

»Vielleicht lerne ich weiter, werde Student. Ich könnte nach Innsbruck ziehen und im Kaffeehaus herumsitzen. Der Staat bezahlt das schon.«

»Ach, der Staat«, sagt Frau Strolz. »Unter uns gesagt, er ist gar nicht so großzügig mit den Renten. Heutzutage kann man sich nicht mehr darauf verlassen.«

»Nun, wir werden sehen«, sagt Gregor. »Ich kann mir nicht vorstellen, daß sie zur Zeit viele Studenten aufnehmen.«

»Aber wie wird es mit dem Krieg weitergehen?« fragt Traudl.

»Er weiß nichts vom Krieg«, sagt Sigi. »Er weiß

nur, was wir ihm von den Nachrichten im Radio erzählen.«

»Ich weiß schon, hier oben wird nichts Schlimmes passieren«, sagt Gregor. »Hier sind wir völlig sicher.«

Aber ich weiß, daß der schüchterne Gregor lügen kann.

Die Wahrheit, die ich unbedingt von ihm wissen möchte, ist, was ihm in der Nacht, im Bett, durch den Kopf geht. Was sieht er kurz vor dem Einschlafen? Und was denkt er, wenn er in der Frühe die Augen öffnet und sieht, wo er ist?

13. Kapitel

Auf einmal war der Jude folgsam gegenüber Sigi, diszipliniert wie ein Soldat. Als gehorchte er ihrem Befehl, nahm er den Eimer mit heißem Wasser schon beim nächsten Mal, als ich ihn brachte, an. Er säuberte sich gründlich und zog frische Kleider an. Er bat sogar um ein paar frische Fichtenzweige, um die säuerliche Luft in seiner Kiste zu verbessern.

Seine alte Unterwäsche mußte verbrannt werden.

Aber dann, am nächsten Tag, schlug er sein Handgelenk in eine Nagelspitze, die aus der Wand herausragte, und riß, so fest er konnte, die Hand zur Seite. Vielleicht meinen Sie, daß er als Arzt die tödliche Stelle genau gefunden hätte. Aber ein Nagel ist kein Skalpell, nicht einmal ein Rasiermesser. Und mit seinen Kräften war es wohl nicht so weit her, wie er glaubte. Es mißlang. Das Ergebnis war nur ein tiefes Loch und ein gezackter Riß, der die Hauptschlagader verfehlte. Wir merkten erst, was er getan hatte, als er am Abend die Hand nach seinem Essen herausstreckte, und ich den blutigen Fetzen an seinem Handgelenk entdeckte.

Mein Vater überließ alles mir. Sigi verstand es, nach dem Tastsinn zu nähen. Mit einer Angelschnur aus dem Laden und einer Sticknadel nähte sie, nach den Anweisungen, die ihr Doktor Weiß aus der Kiste heraus erteilte, die Wunde recht ordentlich zu. Aber ich sah, wie er jedesmal zusammenzuckte, sooft sie die Haut mit der Nadel durchstach.

Die Infektion ließ nicht auf sich warten, und fast gelang ihr, was die primitive Selbstmordoperation des Juden nicht geschafft hatte. Er wurde vom Fieber geschüttelt. Wir hatten Angst vor Tetanus und einem grausamen Tod. Ich kam mir so hilflos vor. Jeden Morgen und jeden Abend nahm ich den Verband ab, goß reinen Alkohol und anschließend Jod auf die Wunde und versorgte sie mit sauberem Mull. Die riesengroße offene Wunde hatte sich an den Rändern gelb verfärbt, sie stank aber nicht. An der Wärme seiner Hand konnte ich ermessen, wie hoch sein Fieber war. Nach ein paar Tagen war sie nicht mehr so heiß, und eine dicke schwarze Schorfschicht, die mir bedrohlich vorkam, füllte das Loch bald aus. Doktor Weiß aber hielt sie für ein gutes Zeichen.

Sigi war todunglücklich. Sie hockte auf ihren Fersen, wiegte sich unruhig hin und her und wimmerte, während ich den Verband wechselte. Sie jammerte drei oder vier Tage lang, bis der Jude, als das Fieber zurückging, knurrte: »Halt den Mund, Mädchen! Hör mit dem gottverdammten Geheule auf. Ich hab dich nicht als Klageweib bestellt!«

Am Ende war es nichts als eine böse Schnittwunde. Der Jude schien sein Gleichgewicht wiedergefunden zu haben, als ob die Tat allein schon genügt hatte, seine Unruhe zu mildern. Er grübelte nicht über seine Niederlage. Aber der verwirrte Geisteszustand, der einen Menschen dazu bringt, sein Handgelenk in einen scharfen Nagel zu schlagen, erschreckte uns alle, besonders meinen Vater.

»Du mußt dafür sorgen, daß er innerlich ruhig wird,

Niki«, sagte mein Vater. »Du kennst ihn besser als jeder andere. Also hängt es von dir ab.«

»Wie denn? Sag mir, wie. Ich kann ihn nicht beherrschen. Ich kann nichts tun«, sagte ich. Mein linkes Knie zuckte auf und ab, wie bei einer Prüfung. Ich war zornig auf meinen Vater, der mir das aufbürdete, und hoffnungslos. Ich wollte weinen, traute mich aber nicht.

»Benimm dich ganz normal. Schau, daß alles normal bleibt. Wenn er zu phantasieren beginnt, erinnere ihn an die Geschichten, die du aus seinem Leben weißt. Hol ihn in die Wirklichkeit zurück.« Wenn mein Vater so mit mir spricht, meine ich, ihn aus einer sehr großen Entfernung zu hören.

»Seine Wirklichkeit besteht aus einer schmutzigen Holzkiste«, sagte ich.

»Eine Holzkiste, die ihm das Leben gerettet hat. Das darf er nicht vergessen. Du mußt ihn an seine glücklichen Zeiten erinnern und ihm Hoffnung auf die Zukunft machen. Er hat noch ein wenig Hoffnung, oder? Zum Beispiel, daß er eines Tages seine Tochter in Amerika besucht.«

Wie konnte ich das wissen? Es war unmöglich. Wie konnte ich den Grad seiner Verzweiflung ermessen? Hatte er immer noch Lust, an seine Liebesaffäre in Venedig zu denken? Träumte er noch davon, sein Geschick und sein Skalpell wieder im Innsbrucker Krankenhaus zu verwenden? Oder war seine ganze Vergangenheit jetzt ein ödes Land geworden? Hatte er überhaupt Lust auf eine Frau? Wer sollte das wissen?

Drei Tage nach der Abnahme des letzten Wundverbandes mußte ich meinem Vater berichten, daß er seine Freilassung forderte. Er sagte, falls wir ihn nicht aus der

Kiste befreiten, würde er so lange schreien, bis ihn das ganze Dorf hörte. Er gab uns eine Woche Zeit.

Der Schnee hielt noch die hellblauen Farben der Nacht fest, als mein Vater, der dicke Ignaz und ich am nächsten Tag in die Berge hinaufstiegen. Es war verboten, in der Schonzeit zu jagen. Aber Pabst, der Gendarm? Wenn ein Lendenstück vom Hirsch auf seinem Schreibtisch erschien, war er so blind wie Sigi. Es kam sogar vor, daß er zwinkerte und eine scherzhafte Bemerkung über das Wetter machte. Kein Frühaufsteher, der uns mit Gewehren losmarschieren sah, hätte sich etwas dabei gedacht. Den beiden Männern hingen die Gewehre von der Schulter, aber mein Vater hatte sich wahrscheinlich gar nicht die Mühe gemacht, Munition einzustecken. Der Aufstieg durch den Wald und über die Wiesen dauerte drei Stunden. Wir kletterten auf einen Hochsitz aus verwitterten grauen Brettern, schwach wie das Baumhaus eines Kindes, aber so entlegen, wie man sich's nur wünschen kann. Sie tranken aus einer Schnapsflasche und diskutierten über »unsere Judenfrage«, wie mein Vater sich ausdrückte. Ich wünschte, ich hätte nichts damit zu tun. Ich wünschte, mein Vater hätte mich zu Hause wie ein Kind im warmen Bett gelassen. Ich wünschte, er würde sich allein um alles kümmern.

»Unmöglich, Martin. Unmöglich und dumm. Wir können ihn nicht gehen lassen«, sagte Ignaz. »Selbst wenn wir ihn ungesehen ins Tal hinunterschmuggeln könnten, würden sie den Idioten innerhalb eines Tages erwischen. Und wissen wollen, wo er die ganze Zeit gesteckt hat. O ja, sie werden so verdammt neugierig sein, diese Schweine. Nach einer Stunde schon haben sie die Antwort aus ihm herausgekriegt. Sie haben ihre Methoden.«

»Diese Schweine!« sagte mein Vater. »Ihn herauszulassen kommt also nicht in Frage. Mein Gott, Ignaz, was habe ich sonst noch für eine Wahl? Ich glaube, er wird langsam verrückt.«

»Bleu ihm doch Vernunft ins Hirn, damit er Ruhe gibt«, sagte Ignaz. »Oder bring ihn um.«

»Was?« sagte mein Vater.

»Wir bringen ihn in der Nacht auf den Berg. Wir suchen eine schöne Gletscherspalte. Eins auf den Kopf mit meinem Eispickel, und weg ist er. Ab in die Gletscherspalte. Die Leiche würde man niemals finden.«

»Niemals«, sagte mein Vater. Er war ganz bleich geworden.

»Darauf kannst du dich verlassen, Martin«, sagte Ignaz beruhigend, als hätte ihm mein Vater eine Frage gestellt, nicht Einspruch erhoben. »Paß auf. Wir haben uns bemüht, wir sind gescheitert. Der Jude ist übergeschnappt. Er ist selber schuld. Wir können nichts mehr tun. Wir sind nicht verantwortlich.«

»Habe ich ihn etwa nur versteckt, damit wir ihn umbringen können? Was fällt dir eigentlich ein? Ich muß ihm das Leben retten, nicht es beenden, verdammt noch einmal!«

»Der Kerl wird uns verraten!« erregte sich Ignaz.

»Und wenn es sein muß«, sagte mein Vater.

»Nichts muß sein«, sagte Ignaz.

»Jetzt gib einmal Ruhe, Ignaz«, sagte mein Vater kalt.

Ignaz lächelte. »Natürlich, Martin«, sagte er. Er blieb mit seinem Schnaps oben sitzen, während mein Vater und ich vom Hochsitz herunterkletterten und in unseren eigenen Fußspuren durch den weich gewordenen Schnee zurück nach Hause stapften.

Am nächsten Tag kommt Ignaz mit einem ausgenommenen Rehbock über der Schulter vom Berg herunter. Er läßt ihn zerteilen, und am späten Nachmittag liegt schon ein Stück bei Pabst auf dem Schreibtisch. Von Sigis Fenster aus sehe ich Pabst am Friedhof vorbei nach Hause eilen, das Paket unterm Arm, das braune Packpapier voll Blut.

Wir sind oben in ihrem Zimmer, angeblich bei den Hausaufgaben. In einer Stunde müssen wir Doktor Weiß das Abendessen bringen. Aber im Augenblick liegt Sigi auf dem Bett, die Beine hat sie angewinkelt und so weit gespreizt, wie es nur geht. Sie grunzt und stöhnt und drückt die Hand auf ihren vorgewölbten Bauch. Dann zieht sie mit einer Hand eine Puppe unter ihrem Pullover und zwischen den Beinen hervor. Ich kann ihre Unterhosen sehen. Sie sind weiß, bestickt mit einem Edelweißmuster. Ihre schönste Unterhose, nehme ich an. »So werden sie geboren«, sagt sie. »Sie kommen an der gleichen Stelle heraus, wo der Schwanz reingeht. Sie muß sich ganz schön ausweiten.«

»Muß man das etwa üben?« frage ich sarkastisch. Ich versuche die ganze Zeit, ihr das Ultimatum des Juden und Ignaz' Vorschlag zu erklären, und Sigi spielt Mutterwerden! Das macht mich sauer.

»Jetzt ist es Zeit, ihn mit Traudl bekannt zu machen. Dann wird er sich schon zusammenreißen«, sagt sie. Sie sitzt an der Bettkante und hält die Puppe an ihre Brust.

Es macht ihr immer noch ein besonderes Vergnügen, den Vornamen unserer Lehrerin auszusprechen.

»Und wenn sie nicht mitkommt? Oder uns denunziert?« sage ich. »Wir kennen ihre Meinung über die Juden gar nicht.«

»Uns würde sie nie verraten, auch wenn sie sie nicht mag«, sagt Sigi. »Sie hat uns doch gern.«

»Das ist lächerlich«, sage ich.

»Nein, es ist wahr. Ich spüre das, wenn sie uns berührt, oder an ihrer Stimme. Ist es dir nicht aufgefallen, daß sie anders mit dir und mir spricht als mit den anderen in der Schule? Sie ist auch ein guter Mensch. Sie wird helfen wollen.«

Ich sehe Sigi an: Sie sitzt dort auf dem Bett, fast eine Frau, aber doch noch ein Mädchen, tut so, als ob sie eine Puppe stillt, die sie gerade geboren hat, und schwärmt noch für ihre Lehrerin. Ich werde halb verrückt. Ich hasse meinen Vater – er hat mir alles eingebrockt. Was er getan hat, ist unmoralisch. Daß er etwas so Schwerwiegendes auf sich nimmt und dann mir aufbürdet. Ich verfluche ihn.

»Du darfst ihn nicht so streng beurteilen«, sagt Sigi. Sie knöpft ihre Bluse auf und will sich tatsächlich die Puppe an die Brustwarze legen. Erst als ich sie anschreie, hört sie auf.

»Das ist die Wirklichkeit, Sigi. Es ist ein Leben, es ist das Leben von uns allen«, sage ich. Ich bin überrascht, daß sie mir gehorcht und die Puppe hinlegt. Ich frage mich oft, ob mich überhaupt noch jemand hört.

»Ja, unser tolles Leben. Deines, auch meines, ein Tag folgt dem anderen. Jeden Tag etwas Neues, Wunderbares. Eines Tages vollbrachte dein Vater eine edle Tat. Er war der Meinung, es war richtig so. Wir waren der Meinung, wir müßten ihm helfen. Bravo.«

»Es kommt mir nicht vor, als ob ich eine Wahl gehabt hätte«, sage ich. »Ich habe auch nicht das Gefühl, daß ich dir eine Wahl gelassen hätte, sobald ich dir davon erzählte. Leider verlor mein Vater schon die Nerven, als die Kiste fertig war.«

»Das ist jetzt egal. Wir brauchen Hilfe. Ich bin der Meinung, wir brauchen Traudl. Wenn du etwas Besseres weißt, sag's.«

Ich wußte nichts Besseres. Und ich kann mich an keinen Augenblick meines Lebens erinnern, in dem ich so nervös war wie damals am nächsten Tag, als ich mit Sigi vor dem Schulhaus lauerte, um Fräulein Mumelter abzufangen. Unser Plan sah vor, sie auf ihrem Heimweg in unser Problem einzuweihen, im Freien konnte uns niemand belauschen. Während wir warteten, zermarterte ich mir den Kopf, wie ich das Thema ansprechen könnte. Klar, ich kann nicht sagen: »Fräulein, wir halten schon seit zwei Jahren einen Juden in einer Kiste auf unserem Heuboden, und jetzt will er raus. Was sollen wir tun?«

Es klingt wahnsinnig. Als ich es bei Sigi ausprobiere, kann sie sich vor Lachen nicht halten.

Aber genau diese Worte sage ich Fräulein Mumelter, als wir durch den knirschenden Schnee stapfen. Sie schweigt; von Zeit zu Zeit nickt sie. Dann lädt sie uns ein, mit ihr hinauf in die Wohnung zu kommen. Wir waren noch nie da. Niemand, den wir kennen, war jemals da. Sigi drückt meine Hand ganz fest, als wir hineingehen. Ihre Hand ist naß vor Schweiß.

Die Wohnung besteht nur aus einem einzigen Zimmer mit den üblichen knorrigen Fichtenholzpaneelen. Es duftet leicht nach Zimt, Nelken und Zitronat. Das große Bett steht nicht, wie üblich, parallel zur Wand, sondern quer in der Zimmerecke. Darauf liegt ein Berg von Daunendecken und Kopfkissen mit weißem Leinenbezug. Sigi, die normalerweise keine Orientierungsprobleme hat, rennt, wohl wegen der ungewöhnlichen Stellung, dagegen. »Hier schläft sie also«, flüstert sie und streichelt die Kissen. Neben dem Bett steht ein Schrank aus Fichtenholz. Auch ihn streichelt Sigi, als ob sie die Tür aufmachen und hineinkriechen möchte, um den Geruch der Kleider einzuatmen. Traudl ist damit beschäftigt, im Ofen Holz nachzulegen, um anschließend einen eisernen Topf mit Teewasser aufzusetzen. Wir sollen uns hinsetzen. Zwei hölzerne Stühle stehen an einem Tisch, der alt und fleckig, fast schwarz ist. Auf den Stuhllehnen liegen bunte Wolldecken, schwarzrot, wie wir sie für unsere Haflinger verwenden. Das einzige, was mir sonst auffällt, ist ein kleiner gerahmter Druck an der hinteren Wand, so berühmt, daß sogar ich ihn kenne: Gustav Klimts ›Der Kuß‹. Das kleine Liebespaar glüht im goldenen Gewand.

Traudl bringt uns Pfefferminztee. Sie zieht einen Schemel zum Tisch heran und setzt sich zu uns. Sigi seufzt. »Genauso habe ich es mir vorgestellt«, sagt sie und umschließt die Tasse mit beiden Händen.

Traudl ignoriert diese Bemerkung. Sie sagt: »Ich möchte sichergehen, daß ich alles richtig verstanden habe. Erstens: Ihr habt einen Juden in einem geheimen Verschlag in Nikis Stall versteckt. Er ist schon zwei Jahre dort, ist kein einziges Mal herausgekommen, und niemand weiß es außer Nikis Familie, Sigi, Ignaz und jetzt ich. Zweitens: Dieser Doktor Weiß ist am Ende seiner

Kräfte. Er hat versucht, sich umzubringen, und nun will er herausgelassen werden, obwohl er sich im klaren sein muß, daß es sein Ende bedeutet. Er weiß bestimmt von den fürchterlichen Sachen, die uns hier oben blühen, wenn er gefaßt wird. Meint ihr, ihm ist das ganz egal?«

»Schwer zu sagen«, sagt Sigi. »Er hat sich so verändert. Anfangs kam er mir noch väterlich vor. Dann wurde er eine Zeitlang komisch. Jetzt kennt man sich gar nicht mehr aus. An manchen Tagen spricht er fast nichts. Gelegentlich kommt es noch vor, daß er uns hänselt oder eine Geschichte erzählt. Manchmal redet er so verworrenes Zeug, daß wir nicht wissen, was er meint, als ob er mit Leuten spräche, die nicht da sind.«

»Wie mit den Toten, vielleicht«, sage ich.

»Und ihr meint, es wird ihm helfen, wenn er sich mit jemand anderem unterhalten kann?« sagt Traudl.

»Er sagt, er glaube nicht mehr daran, daß es draußen eine Welt gibt, oder wenn schon, daß es eine schreckliche ist, vom Bösen beherrscht. Er sagt, er muß hinaus und Zeugnis ablegen«, sage ich. »Ich weiß nicht so recht, was er meint.«

»Ich komme heute abend. Wir treffen uns eine Stunde nach Einbruch der Dunkelheit vor eurem Stall. Wir kümmern uns um euren Juden«, sagt Traudl.

Ich bin so benommen, als wir nachher die Treppe hinuntergehen, daß mir kaum bewußt wird, was mir Sigi sagt. »Weißt du, Niki«, sagt sie, »das ist sehr seltsam. Es kommt mir vor, als ob Traudl schon wußte, was wir ihr erzählen wollten. Es war, als ob sie über den Juden Bescheid wußte.«

»Ach, das ist unmöglich«, sagte ich. »Sie ist eben ein sehr nüchterner und ruhiger Typ.«

»Ich hörte überhaupt keine Überraschung in ihrer Stimme. Auch ihr Atmen klang nicht anders. Und ich glaube nicht, daß sie so extrem ruhig ist«, sagte Sigi. »Ich glaube, sie ist ein stilles Wasser. Ich glaube, es steckt vieles tief in ihr drin, das uns vielleicht schockieren würde.«

Meine Gedanken sind woanders. Niemand darf erfahren, was wir heute abend vorhaben. Gegen vier Uhr ist es dunkel. Eine Stunde später stehe ich schlotternd auf der Seite des Stalls, die man von den anderen Häusern aus nicht sehen kann. Schon bevor Traudl und Sigi um die Ecke kommen, höre ich sie durch den Schnee huschen. Ich mache die kleine Hintertür auf, nicht die vordere große, durch die die Kühe ein und aus gehen, und schon klettern wir hinauf zum Heuboden. Es ist kalt, aber das Heu riecht gut. Aus der Kiste kommt kein Gruß, obwohl uns Doktor Weiß gehört haben muß, als wir die Leiter heraufgeklettert sind. Aus der Kiste darf kein Licht nach außen dringen, aber ich habe eine kleine Petroleumlampe dabei, damit ich mich notfalls mit der Arbeit im Stall rechtfertigen kann. Ich zünde sie an. Wir werfen seltsame Schatten. Fast tanzen sie; sie sind mager wie der Tod in den mittelalterlichen Holzschnitten, die ich aus Büchern kenne.

»Wir haben Ihnen Besuch mitgebracht, Herr Doktor«, sagt Sigi.

»Zur Zeit empfange ich keinen Besuch. Zur Zeit bin ich tot«, sagt er.

»Dann stellen Sie sich vor, Ihre junge, schöne Seele hat ihren stinkenden alten Kadaver verlassen und ist dabei, einem Engel zu begegnen«, sagt Sigi.

»In meinem Fall wohl einem blutrünstigen christlichen Racheengel mit Feuer und Schwert«, sagt Doktor Weiß.

»Könntet ihr mir nicht wenigstens einen gütigen jüdischen Engel gönnen, der gekommen ist, um mich vor euch Ungeheuern zu retten?«

»Welcher normale Mensch glaubt in diesen Zeiten schon an Engel?« sagt Traudl. Ihre Stimme klingt tiefer als jemals in der Schule. »Heute abend begegnet Ihnen nichts als eine Frau, fast vierundzwanzig, einigermaßen intelligent, die aber nicht an der Universität studiert hat. Ich bin die Dorfschullehrerin.«

»Und meine beiden kleinen Schutzteufel nehmen an, daß ich ein paar Lektionen nötig hätte. Philosophie vielleicht. Eine kleine Religionsstunde. Ich glaube es nicht. Sie dürfen gehen.«

»Sie bräuchten ein paar Benimmstunden, finde ich«, sagt Traudl. »Sie verhalten sich unmöglich. Dazu habe ich Ihnen keinen Grund gegeben. Sie sind überhaupt nicht der Mann, von dem mir die Kinder erzählt haben.«

»Ich bin mir nicht sicher, Fräulein Mumelter, ob ich überhaupt noch ein Mann bin. Ich liege schon seit zwei Jahren hier begraben. Beweisen Sie mir, daß wir existieren.«

»Wie?«

»Gehen Sie rechts rüber neben den Balken, wo das alte Zaumzeug hängt. Dann kann ich Sie durch mein Astloch sehen.«

Traudl geht hinüber. Sie stellt sich sehr gerade hin. Selbst im unfreundlichen Licht der Lampe sieht sie gesund und kräftig und vital aus.

»Nun«, sagt sie, »sehen Sie mich, wie ich bin. Ich kann sogar ein bißchen von Ihrem Auge sehen. Wird dadurch irgend etwas wirklicher?«

»Vielleicht zu einer anderen Zeit, aber nicht in diesem

Augenblick. Ich erlaube mir den Gedanken an eine veränderliche Wirklichkeit, an ein Hinübergleiten in das Reich der Toten, wenn ich mir besonders leid tue. Wie zum Beispiel heute abend.«

»Wer könnte Ihnen das vorwerfen?«

»Jeder. Alle. Keiner könnte sich vorstellen, was es bedeutet, die ganze Zeit hier drinnen zu sein. Keiner wäre imstande, das Schauerliche zu begreifen. Nein. Ich sollte nicht ›das Schauerliche‹ sagen. Das ist zu stark. Hier bin ich immerhin sicher. Ich bekomme genug zu essen. Nennen wir es ›das Betäubende‹, ›das Abstumpfende‹. Der einzige Grund, warum ich nicht völlig verrückt geworden bin, ist die tägliche Viertelstunde meiner Unterhaltung mit Niki und Sigi. Die restlichen dreiundzwanzig Stunden und fünfundvierzig Minuten verbringe ich nur mit meinen eigenen Gedanken. Ich habe herausgefunden, daß deren Vorrat nicht unerschöpflich ist. Das war für mich ein Schock und eine Enttäuschung. Es scheint, als ob ich mich seit vielen Jahren überschätzt habe.

Ich habe auch herausgefunden, daß schlimme Sachen, die fürchterlichen Taten, die ich begangen habe, meinem Hirn die klarsten Bilder liefern, die mich zum Nachdenken bringen. Das ist eine raffinierte Art zu leiden, finden Sie nicht? Eine Art von überreligiöser Bestrafung, etwas, was nicht einmal Dante einfiel, und er hatte ein empfindsames Auge für das Leiden.«

»Als Jude können Sie das alles nicht ernsthaft glauben. Für Sie gibt es kein Inferno«, sagt Traudl.

»Schon wahr, aber ich bin durch und durch ein germanisierter Jude – das geht seit mehreren Generationen so. Diese wilden, heftigen christlichen Vorstellungen sikkern in uns hinein, und wenn wir noch so wachsam sind.

Mir scheint es, daß ich in der Tat bestraft werde, und die Gründe dafür oder die Sünden werden mir täglich vorgeführt.«

»Jeder müßte verbittert sein«, sagt Traudl, »wenn er nicht der Typ ist, der selbst das maßloseste Leiden als einen Teil von Gottes Plan akzeptiert. Und das halte ich persönlich für Quatsch.«

»Ich glaube, daß mir Ihre Einstellung gefällt. Ich glaube auch, daß es eine nette Abwechslung von meiner krankhaften Selbstbetrachtung ist, ein hübsches Mädchen zu sehen.«

»Undankbarer Mensch«, sagt Sigi. »Untreuer Jude.«

Doktor Weiß lacht. »Hast schon recht, Sigi.«

»Also, warum sind Sie hierhergekommen, Fräulein Mumelter?« fragt er nach einiger Zeit. »Daß es riskant ist, ist keine Frage. Meine Gegenwart ist das große Geheimnis in diesem Dorf. Was haben Sie jetzt vor? Werden Sie mich verraten? Oder mich befreien?«

»Ich kann weder das eine noch das andere tun. Nachdem ich Ihre Geschichte gehört hatte, hatte ich das Bedürfnis hierherzukommen.«

»Ich habe Ihr Mitleid erregt, wollen Sie sagen? Sie wollten wenigstens einmal in Ihrem jungen Leben wahres Mitleid erleben«, sagt Doktor Weiß.

»Sie haben keine Ahnung davon, was ich in meinem jungen Leben erlebt habe«, gibt Traudl zurück.

»Sie sind aber immerhin aus Mitleid hergekommen«, sagt Doktor Weiß.

»Hätten Sie etwas anderes erwartet? Verachten Sie das Mitleid nicht, Herr Doktor. Sie sind mitleiderregend, und Sie wissen es auch.«

»Ja, ich weiß, und ich hasse dieses Gefühl.«

»Ich werde nicht ohne Ihre Erlaubnis wiederkommen. Mit Ihrer Erlaubnis werde ich kommen, sooft ich kann, um zu reden, um Ihnen ab und zu ein Buch zu bringen, um Ihnen zu helfen, auf neue Gedanken zu kommen. Und vielleicht auch, um Niki und Sigi etwas zu entlasten.«

»Sie meinen, ich fasse sie zu hart an?« fragt er.

»Sie sind gewiß manchmal zuviel für sie«, sagt sie. »Aber dafür können Sie bestimmt nichts.«

»Also wollen Sie herkommen, und jedesmal wird Ihnen der alte Mann in der Kiste leid tun?«

»Ja, natürlich. Aber mit der Zeit vielleicht immer weniger.«

»Ich glaube, meine Zeit ist fast abgelaufen«, sagt Doktor Weiß. »Ich halte es einfach nicht länger aus.«

»Aber es kann nicht mehr lange dauern. Der Krieg nimmt einen schlechten Verlauf. Sie geben jetzt sogar zu, daß die Russen in Ostpreußen und die Amerikaner am Rhein sind. Es muß bald aufhören.«

»Nein«, sagt Doktor Weiß. »Fast alles, was wir in den letzten acht Jahren erlebt haben, war unvorhergesehen. Vielleicht stellt sich das hier als etwas ganz Neues heraus: ein ewiger Kampf. Das Unaufhörliche. Es wird von Generation zu Generation immer weitergehen.«

»Das glaube ich nicht«, sage ich.

Ich weiß natürlich nicht, wovon ich rede. Es ist der sechste Kriegswinter, aber was geht uns das an? Gregor und sein fehlendes Bein gehen uns etwas an. Ansonsten aber sehen wir ein- oder zweimal in der Woche nur die winzigen Flugzeuge, die über unsere Köpfe hinwegfliegen. Angeblich überqueren sie unsere Alpen, um Salzburg und Wien zu bombardieren. Für uns sehen sie wie Spielzeug aus, das im blauen Himmel glänzt.

»Gregor sagt, daß die Wehrmacht schon geschlagen ist, aber es noch nicht gemerkt hat«, sagt Traudl.

»Gregor? Ach so, der Verwundete. Bei solchen Verwundungen muß man mit ein bißchen Pessimismus rechnen. Und die Frontsoldaten sehen nicht immer das Gesamtbild«, sagt der Doktor.

»Wann haben Sie sich mit Gregor unterhalten?« will Sigi von Fräulein Mumelter wissen. Sie spricht so, als würde sie mit ihresgleichen reden.

»Wir haben im Wirtshaus zusammen Kaffee getrunken. Wir sind zur Brücke hinunterspaziert«, sagt Traudl.

»Er hat uns nichts davon gesagt«, sagt Sigi.

»Ist er verpflichtet, euch über alles, was er tut, in Kenntnis zu setzen?« sagt Traudl.

»Er ist unser Freund. Wir sind Freunde geworden«, sagt Sigi. »Er darf mich photographieren.«

Sigi, Sigi, Sigi, bitte schweige, denke ich. »Wir wären arm dran, wenn uns verboten wäre, mehr als eine bestimmte Anzahl von Freunden zu haben«, sage ich.

»Vielleicht auch nicht. Es hängt von vielem ab«, sagt Sigi. »Von Absichten und so weiter.«

Traudl sieht Sigi an und lächelt. »Ich halte Gregor für einen jungen Mann, der nur gute Absichten hat«, sagt sie.

»Gut für wen?« sagt Sigi. Dann fängt sie an, über sich selbst zu lachen, eine ihre Begabungen, um die ich sie beneide, denn sie löst jede gespannte Situation.

»Ihr könntet doch Gregor auch einmal hierherbringen – und wir werden alle Freunde sein«, sagt Doktor Weiß.

»Zu viele Leute, die ein und aus gehen. Jemand würde etwas bemerken. Jemand würde uns denunzieren«, sage ich.

»Es war nur eine Idee«, sagte der Jude. »Mir fällt eine kleine Geschichte ein, über Freunde, oder vielmehr über jemand, der keine Freunde hatte. Ich hatte einmal eine Patientin, eine ältere Dame. Als sie starb, rief mich ihr Dienstmädchen in ihre Wohnung. Soweit ich weiß, hatte sie keine Familie, aber sie schien recht wohlhabend zu sein. Ihre Wohnung war groß, vollgestellt mit wertvollen Möbeln. Niemand war da außer dem Dienstmädchen und einem großen grünen Papagei, der anscheinend auf einer Stange im Schlafzimmer der alten Frau wohnte. Der Papagei war ein erstaunliches Tier mit funkelnden Augen. Und er konnte wunderbar deutsch reden. Diese Tiere lernen durch das, was sie hören, verstehen Sie? Und dieser Papagei wiederholte in einem fort: ›Niemand liebt mich, niemand auf der ganzen weiten Welt liebt mich.‹«

»Das ist die traurigste Geschichte, die ich je gehört habe«, sagt Traudl.

»Nein, das ist sie nicht. Im Vergleich zu dem, was wir jetzt schon über unsere heutige Zeit wissen, ist sie gar nichts. Sie wird niemals auf einer Skala des Leids und des Elends auftauchen, wenn später einmal die ganze Wahrheit über unsere Zeit enthüllt wird«, sagt Doktor Weiß. »Im Vergleich dazu wird sie wie ein Witz wirken. Und ich sage das in dem Wissen, daß auch mein eigenes Schicksal wie ein Witz wirken wird.«

Als wir im Mondlicht nach Hause gehen, sehe ich Tränen in Traudls Augen. Aber sie hält sie zurück. Vielleicht sind sie später geflossen, als sie allein in ihrem weißen Bett lag. Mir geht es meistens auch so.

Am Abend schlendere ich gern allein durch das Dorf. Ich mag diese Stimmung, wenn das warme, gelbe Licht aus den Fenstern in der hereinbrechenden Dämmerung leuchtet. Ich betrachte den weißen Hauch meines Atems und denke nach. Auch an jenem Samstag, ein paar Abende, nachdem wir Traudl zum Juden mitgenommen haben, bin ich auf der Dorfstraße. Eben habe ich Sigi zu Hause abgeliefert und gehe nun an der Sägemühle vorbei, die nach getaner Wochenarbeit schweigend daliegt. Dort ist es dunkel; nur aus einer halboffenen Tür dringt ein wenig Licht, und da steht der dicke Ignaz. Normalerweise ist er um diese Zeit mit seinem neuen Freund, dem Feldwebel, immer im Wirtshaus. Mir gefällt es nicht, daß sie zusammenstecken, nur weiß ich nicht, was mir daran nicht paßt. Noch weniger gefällt mir, daß sich ihnen manchmal mein Vater anschließt. Ignaz winkt mich heran. Ich gehe auf die Tür zu.

Der dicke Ignaz ist sonderbar. Er hat massige Arme und Schultern, einen Stiernacken und einen narbigen Quadratschädel. Aber die Lippen könnten einem Mädchen, die großen sanftbraunen Augen einem Rehkitz gehören – eine schreckliche Fehlleistung der Natur, er wirkt verbittert und bedrohlich. Er macht die Tür etwas weiter auf, damit ich hineinkann.

»Hat der Jude sich beruhigt?« fragt er.

»Ja, es scheint ihm besser zu gehen«, sage ich.

»Raffiniert, wie du ihn ablenkst«, sagt er.

»Wie meinen Sie das?«

»Das weißt du doch selbst.«

»Nein?«

»Was treibt ihr denn dort oben, du und Sigi? Mit euren Spielchen?«

»Wir bringen ihm bloß das Essen und unterhalten uns.«

»Das kann man leicht behaupten. Du kannst dich darauf verlassen, Niki, ich werde kein Sterbenswort von dem Juden sagen, und wenn mein Leben davon abhängt. Dein Vater ist immerhin mein Kamerad. Und mein Leben hängt auch davon ab, daß wir alle den Mund halten. Die Schweine würden mich in Stücke reißen, wenn sie es herausbekämen. Aber ich könnte dir ein paar saftige Geschichten über deine hübsche Mumelter erzählen. Wahre Geschichten, die du kaum für möglich hältst. Um einen kleinen Preis.«

»Preis?« frage ich. Ich fange an zu schwitzen.

»Nein, du müßtest kein Geld bezahlen. Es würde dir gefallen«, sagt er, und plötzlich greift mir seine fleischige Hand zwischen die Beine. Ein paar Sekunden lang bin ich so erschrocken, daß ich mich nicht bewege. Ich fange an zu zittern. Er faßt mich nicht fest an, sondern streichelt mich nur leicht, und als er sich bückt und mich küssen will, kann ich mich ihm entwinden und durch die halboffene Tür entkommen.

»Ich weiß die ganzen Geheimnisse, Niki«, ruft mir Ignaz nach. Er klingt so selbstbewußt, so selbstsicher.

Es war gerade diese Stimme, viel mehr noch als die Berührung selbst, die mich so anekelte. Ich konnte nichts essen, und meine Großmutter fragte sich, warum ich so launisch war. Gleich nach dem Abendessen ging ich auf mein Zimmer und legte mich, noch vollständig angezogen, ins Bett. Ich fand aber keinen Schlaf. Der Vollmond wanderte in einem Bogen über Sankt Vero hinweg und ließ den Schnee wie Christbaumschmuck glänzen. Von meinem Fenster aus konnte ich eine Ecke unseres

Stalls sehen. Das verwitterte Holz glänzte silbern. Stunden vergingen. Dann hörte ich meinen Vater unten in der Küche. Wie immer kochte er sich schon um halb vier, viel früher als jeder andere im Dorf, den Morgenkaffee. Er sagte immer, er wolle die Kühe so früh wie möglich versorgen, um den Rest des Tages für den Laden frei zu haben. Ich hörte ihn aus dem Haus gehen, bald sah ich ihn vor dem Stall. Und ich sah, wie Traudl Mumelter aus dem Schatten heraustrat und seine Hand ergriff. Ich drehte mich sofort zur Wand und wunderte mich darüber, was Träume alles können, wie uns das Hirn in die Irre führen kann – bis meine Großmutter ins Zimmer kam, um mich für den Kirchgang zu wecken.

Den ganzen stillen Tag lang hatte ich einen bitteren Geschmack im Mund. Ich konnte kaum sprechen. Ich wollte so gern schlafen, hatte aber Angst zu träumen. Sigi drängte mich, nach dem Mittagessen zu ihr zu kommen, und wir lagen, wie so oft, nebeneinander auf ihrem Bett. Ich konnte ihr nichts von Ignaz und auch nichts von Traudl und meinem Vater erzählen. Schon fing ich an zu glauben, ich hätte sie gar nicht gesehen. Ich sagte ihr, ich sei unglücklich, weil mich mein Vater am Morgen ohne Grund auf die gröbste Weise angebrüllt hätte. Dann mußte ich plötzlich weinen, und Sigi drückte meinen Kopf gegen ihre weiche Brust. Wird schon gut, sagte sie, wird schon gut. Dann küßte sie mich wieder und wieder.

Die Adventszeit ging zu Ende. Der Jude verlangte nicht länger, freigelassen zu werden. Er freute sich auf Traudls Besuche. Sigi, Simon und ich sangen nicht so schlecht, wie wir befürchtet hatten. Simon, mit seiner schönen Stimme, riß uns andere mit.

Wir hatten unser letztes Lied gesungen, unseren letzten Kakao getrunken, die letzte helle Diele verlassen und gingen durch die friedliche Dunkelheit der letzten Adventnacht auf unsere Häuser zu. Dann wurden wir überfallen.

Sie sprangen hinter einem Fuhrwerk hervor; jeder hatte einen Wollschal vorm Gesicht. Rechneten sie wirklich damit, nicht erkannt zu werden?

Ihr Atem roch nach Schnaps. Andreas und einer der siebzehnjährigen Soldaten, der eigentlich nach Flugzeugen Ausschau halten sollte, packten Simon und drückten ihn zu Boden. Ein anderer Soldat schlug mir Beine weg. Ich landete so heftig auf dem Boden, daß mir der Atem stockte. Dann setzte er sich auf meine Brust und hielt mir die Arme fest. Kaspar – der ehemals dicke und lächerliche, inzwischen starke und schwere Kaspar – tappte schwerfällig um Sigi herum, die reglos wie ein Reh dastand. »Blinde Sau«, sagte er, »blinde Sau.« Er packte sie um die Mitte, hob sie hoch und warf sie in einen Schneehaufen. Dann schob er ihr das Kleid bis über die Taille hinauf; hastig begrub er ihre Beine und ihren Bauch im Schnee. »Zu häßlich zum Ficken«, sagte er und sah auf sie hinunter.

Die anderen ließen Simon und mich los. Simon wollte Andreas einen Schlag versetzen, aber der Soldat gab ihm einen Boxhieb in den Bauch. Simon ging in die Knie und würgte. Mein Soldat gab mir einen Fußtritt gegen das Knie und rannte weg. Sigi lag reglos da, aber ich hörte sie weinen. Ich humpelte zu ihr hin, schob den Schneehaufen weg und zog ihr das Kleid herunter. Dann half ich ihr auf die Füße. Der arme Simon lag immer noch gekrümmt da und hielt sich den Bauch.

»Ich werde Kaspar kaltblütig ermorden«, zischte mir Sigi zu.

Manche Worte bleiben besser ungesagt. Manche Worte bleiben besser ungehört.

14. Kapitel

Natürlich haben wir den Brief, der uns verriet, nie gesehen. So etwas brauchen sie einem nicht zu zeigen. Sie müssen einem nicht einmal einen Durchsuchungs- oder Haftbefehl zeigen. Wer eine Uniform trägt, kann mit denen, die keine tragen, umspringen, wie er will. Aber wir wußten, daß es einen Brief gegeben hatte. Gleich nach Neujahr, an einem trüben Tag bei Tauwetter, rumpelte ein Lastwagen aus Fussing zu uns herauf. Auf der Ladefläche, die nur mit einer Plane abgedeckt war, saß ein Trupp Soldaten. Mit vorgehaltenem Gewehr und aufgepflanztem Bajonett drängten sie in unseren Laden. Mit dabei war Pabst, der Gendarm. Ein Feldwebel mit vor Kälte gerötetem Gesicht und wässrigen Augen, der höchstens fünfundzwanzig Jahre alt war, verkündete meinem Vater, daß er und seine Männer unser Anwesen zu durchsuchen hatten.

»Darf ich den Grund erfahren?« fragte mein Vater.

»Nein«, sagte der Feldwebel. »Wir haben unseren Befehl. Wir fangen an.«

Sie waren zu zwölft, der gestrenge Feldwebel und elf junge Burschen. Sie waren jünger als Gregor. Vier von ihnen wüteten im Laden wie die Wandalen, zogen Schubladen heraus, zerbrachen Kisten, krochen unter den Ladentisch und in die Schränke. Einer kicherte immerfort. Die anderen liefen im Haus herum, öffneten jede Tür, jeden Schrank, die Speisekammer, die Truhen, den Schreibtisch; sie schauten unter die Betten, schoben die Kisten auf dem Dachboden hin und her, stocherten in den Kohlenhaufen im Keller. Die genagelten Stiefel klackten auf den Bodenbrettern. Nach vielem Klappern und Türenschlagen entschied der Feldwebel, der auf der Stiege saß und eine Zigarette nach der anderen rauchte, daß die Aufregung und der Lärm hinreichen müßten, die Beute aufzuscheuchen. Auf seinen Pfiff hin trampelten die Soldaten zu ihm zurück. Dann marschierten sie hinter ihm her zum Stall.

Sie waren alle aus der Stadt. Das merkte man an der zimperlichen Art, mit der sie um Pferdeäpfel und schlammige Pfützen herumstelzten, aber direkt durch die stinkenden Kuhfladen marschierten. Im Stall bewegten sie sich wie linkische Mädchen vor der ersten Tanzstunde: mit spitzen Fingern hoben sie die Deckel der Futterkübel und Kunstdüngerbehälter hoch, und mit den Bajonetten stocherten sie im Heu herum. »Es wird Ärger geben, Martin«, flüsterte Pabst meinem Vater zu – als ob das nicht sonnenklar war. Aber mein Vater sah Pabst nur an und lächelte. Er stand einfach gelassen da vor der Stalltür – ihm fehlte nur die Pfeife. Er wirkte, als ob es das Normalste von der Welt sei, daß ein Trupp Soldaten in den Stall stürmte, um das Heu und das Stroh mit ihren Bajonetten hin- und herzuwenden und die Wände mit ihren Gewehrkolben abzuklopfen. Nur seine kurzen Nackenhaare, die sich wie bei einem verschüchterten Hund sträubten, verrieten, daß etwas Schlimmes im Anzug war. Was mich betrifft, ich mußte so dringend pinkeln, daß ich dauernd von einem Bein aufs andere hüpfte.

»Mensch, laß den Kerl doch pieseln gehen«, fuhr der

Feldwebel meinen Vater an. Ich wollte aber nicht weg. Ich hatte das Gefühl, ich müßte an Ort und Stelle bleiben, daß alles gutgehen würde, solange ich dabei war.

Als sie mit dem Stall unten fertig waren, kletterte die halbe Mannschaft zum Heuboden hinauf, während die anderen beim Feldwebel herumstanden. Sie waren dabei, Zigaretten anzuzünden, als sie mein Vater anschrie: »Rauchen hier drinnen verboten. Mit dem ganzen Stroh da – das brennt wie Zunder.« Der Feldwebel zündete seine Zigarette trotzdem an, führte aber seinen Trupp hinaus, bevor sie das gleiche tun konnten. Sie wirkten wie Schulbuben, die sich am Sonnag vor der Kirche eine heimliche Zigarette genehmigen. »Scheiße!« sagte der Feldwebel, als er unversehens mit dem Stiefelabsatz in einen Kuhfladen geriet. »Ihr Bauern, ihr lebt ja wie die Schweine. Scheiße überall, wo man hinschaut. Es könnte genausogut Scheißpolen sein.«

»Ja«, sagte mein Vater. »Aber wir leben davon.«

»Leben wie die Schweine.« Der Feldwebel spuckte aus.

»Das haben wir auch gedacht, als wir 1917 ins Veneto einmarschiert sind und gesehen haben, wie die Italiener leben«, sagte mein Vater. Der Feldwebel warf ihm einen kurzen Blick zu, dann sah er wieder zur Stalltür hin.

Oben auf dem Heuboden klopften die Soldaten die Wände ab. Die neue Wand, die den Verschlag des Juden abtrennte, sah genauso aus wie die anderen. Das Holz war genauso verwittert. Als mein Vater sie zimmerte, hatte er die frischen Schnittflächen mit einer Mischung aus Sägemehl, Teer und Farbe bestrichen und der Wand damit ein altes und halbverfaultes Aussehen gegeben. Man sah ihr die Zwischenwand nicht an. Sie bestand aus einem festen Holz. Wir waren uns ziemlich sicher, daß es nicht hohl klingen würde, wenn sie mit ihren Gewehrkolben daraufschlugen. Aber bitte, bitte laß den Juden nicht die Nerven verlieren, laß ihn still bleiben. Die Soldaten schrien sich an, warfen einander die falschen Klopf-, Stocher- und Wühlmethoden vor.

»Gott im Himmel«, seufzte der Feldwebel.

Ein paar Tropfen Urin rannen an meinem Bein hinunter, aber ich konnte den Fluß zurückhalten. Und dann platzte ein Gedanke in meinem Kopf, der aus einer düsteren Kammer meines Hirns zu kommen schien. Plötzlich sah ich mich, wie ich hinaufrannte und mit dem Finger auf das Versteck des Juden zeigte. Die Soldaten würden aufgeregt sein. Einige würden mir auf die Schulter klopfen und mir übers Haar streichen, während die anderen die Wand niederrissen. Ich stellte mir die Aufregung vor, stellte mir vor, wie ich das Gesicht des Juden das erste Mal nach Jahren wiedersah, wie er wie ein stummes, verkrüppeltes Tier gegen das Licht blinzelte, als sie ihn ins Freie hinausführten.

Dann sah ich den Juden und meinen Vater und mich, wie sie uns fesselten und auf die Ladefläche des Lastwagens warfen und wie sie uns von ihren Bänken aus immer wieder mit den Gewehrkolben traktierten. Ich sah, wie sie uns in Fussing in einen eiskalten Keller sperrten. Ich sah sie uns mit Gummischläuchen und Stromstößen foltern. Wir bekommen nichts zu essen als eine verfaulte Kartoffel, und dann werden wir hinaus in den Hof geführt und von blutjungen Soldaten erschossen, die höchstwahrscheinlich nachher kotzen und sich elend fühlen. Ich hoffte nur, sie würden mich ins Herz treffen und mir die Kugeln nicht ins Gesicht schießen.

Ich fing an zu beten. Ich hatte schon Jahre zuvor damit aufgehört, weil meine Gebete nie erhört wurden. Aber jetzt gab ich mir Mühe. Nicht die gedruckten Gebete oder die, die uns der Pfarrer zum Auswendiglernen aufgab, sondern meine eigene persönliche Herausforderung an den lieben Gott: er möge mir seine Existenz dadurch beweisen, daß er die Soldaten den Juden nicht finden ließ. Noch immer drang das Schreien und Poltern vom Heuboden herunter. Endlich kam ein Gefreiter herunter, sah den Feldwebel an und zuckte mit den Schultern. »Da droben ist nichts als Heu und Rattenscheiße«, sagte er. »Nur Bretter und Stroh, man könnte keinen Rattenschwanz darin verstecken.«

»Schon wieder für die Katz«, sagte der Feldwebel und spuckte aus. »Jemand hat's auf Sie abgesehen, Lukasser. Sie haben jemanden gegen sich aufgebracht, das ist ganz sicher. Vielleicht sind ein paar Schwarzhändler mit Ihren Geschäftsmethoden nicht einverstanden. Oder vielleicht haben Sie jemandem die Frau abspenstig gemacht. Mich geht's nichts an. An Ihrer Stelle würde ich aufpassen, was hinter meinem Rücken geschieht.«

Der Feldwebel schwieg einen Augenblick, dann befahl er den Soldaten, den Lastwagen zu besteigen. Er sah meinen Vater an. »Im Veneto? Wo genau?« fragte er.

»Sacile. Schuß durch die Brust, Oktober achtzehn«, sagte mein Vater.

»Gott«, sagte der Feldwebel.

Seine Männer zogen sich auf den Lastwagen hoch, neckten und schubsten sich. »Von mir haben Sie nichts erfahren, Lukasser. Aber irgend jemand hat meinem Chef geschrieben, daß Sie hier oben einen Juden verstecken. Anonym, wie immer. Ich habe es sowieso nicht geglaubt. Ihr Bauern wollt doch nie etwas riskieren, ihr seid doch viel zu schlau.«

»Mein Vater ist 1918 bei Vittorio Veneto gefallen«, sagte der Feldwebel noch. Dann drehte er sich auf dem Absatz um, der noch Spuren des Kuhfladens aufwies, und schritt hinüber zum Lastwagen. Er stieg ins Führerhaus, setzte sich neben den Fahrer und sah geradeaus. Der Lastwagen sprang stotternd an, und knirschend fuhr er um die Ecke ins Tal hinunter.

Es hatte nur eine Stunde gedauert. Pabst, der Gendarm, stand noch eine Weile neben meinem Vater und machte ein Gesicht wie ein Hund, der weiß, daß er in Ungnade gefallen ist. Erst als der Lastwagen weg war, bemerkte ich die Gesichter in den Fenstern um uns herum. Ich sah, wie sich die Arme herausstreckten, um die Fensterläden wieder zuzuziehen. Alle blieben in den Häusern. Nur Sigi und Gregor standen auf der anderen Straßenseite. Sie hielt seine linke Hand fest. Ich sah, wie er sich zu ihr hinunterneigte. Dann winkte sie und rief meinen Namen. Ich rannte hinüber. Das Dorf wirkte still und verschlossen, als ob seine Bewohner es verlassen hätten oder sich versteckt hielten. Nicht einmal Ignaz war bei seiner Sägemühle zu sehen.

Ich hatte das Gefühl, ein neues Leben anzufangen. Die Schwerkraft hielt mich nicht mehr fest. Ich konnte gar nicht schnell genug erzählen. Ich breitete jede Einzelheit vor Sigi aus und vergaß auch nicht, wie beiläufig zu erzählen, wie mein Vater den Soldaten verboten hatte, im Stall zu rauchen, und wie er dem Feldwebel mit seiner militärischen Vergangenheit imponierte. Am gleichen Nachmittag wiederholte ich alles noch einmal für Fräulein Mumelter. Ich kam mir wie ein Sieger vor. Ich war so dumm und brüstete mich selbst Doktor Weiß gegenüber damit, wie mein Vater und ich ihn durch unser besonnenes und ruhiges Verhalten gerettet hätten. Auch die Soldaten waren nicht mehr nur pickelige Buben, sondern ernstzunehmende Männer. Daß ich mich im Hof vollgepinkelt hatte, war meinem Gedächtnis völlig entschwunden.

Mein Vater trug die ganze Last dieses Tages. Er war bis in die Knochen erschüttert, als ob ihm erst jetzt die erdrückende Ungeheuerlichkeit gezeigt worden wäre, das Risiko, das er mit seiner Tat auf sich genommen hatte. Sein Nackenhaar hatte sich wieder gelegt, er lächelte noch, aber im linken Mundwinkel zeigte sich ein sporadisches Zucken. Beim Abendessen stotterte er ein wenig. Er gab neue Befehle aus. Nur ich durfte dem Juden das Essen bringen. Und ich durfte nicht mehr bleiben, um mich mit ihm zu unterhalten. Als ich meinte, das sei sinnlos, gab er mir eine Ohrfeige.

Nach der Durchsuchung änderte sich unsere Beziehung zum Dorf noch stärker als nach dem unvergeßlichen Auftritt meiner Mutter vor einem Jahr im Schulhaus. Mir fielen die seltsamen, ängstlichen Blicke meiner Schulkameraden auf. Sie hatten Angst, mit mir zu reden; wahrscheinlich hatten ihnen ihre Eltern eingeschärft, mir aus dem Weg zu gehen. Einige Tage lang kam niemand mehr in den Laden, bis den Leuten die Vorräte ausgingen und sie keine andere Wahl hatten. Aber sie hatten es eilig, und nach dem Einkauf zeigten sie keine Lust auf ein Gespräch.

Mein Vater äußerte keine Vermutung darüber, wer der Denunziant sein könnte, wenigstens nicht mir gegenüber. Ein paar Tage vergingen, und dann hatte er sich soweit entspannt, daß ich die alte Routine wieder aufnehmen und den Juden zusammen mit Sigi und Fräulein Mumelter besuchen konnte. Von nun an aber betrachtete ich alle im Dorf mit Mißtrauen. Für mich war Ignaz der Hauptverdächtige. Vielleicht hatte er seinen Saufkumpan, den Feldwebel der Flugbeobachter, informiert, vielleicht hatten sie zusammen den anonymen Brief an den Kommandanten in Fussing geschrieben. Keiner hätte sich getraut, eine Denunziation zu unterschreiben, aus Furcht, selbst in Verdacht zu geraten. Wahrscheinlich redete sich Ignaz ein, er könnte sich auf diese Weise aus der Affäre ziehen.

Dann gab es noch etwas. Seit jenem Abend in der Sägemühle sah mich Ignaz auf eine Weise an, die mir das Gefühl gab, unbekleidet zu sein. Ich verstehe nicht, wie er so etwas fertigbrachte, aber ich kam mir nackt vor. Ich haßte dieses Gefühl.

Ich dachte mir, Sigi und ich müßten uns ab jetzt vor zwei Leuten in acht nehmen: vor Kaspar und vor Ignaz.

Sigi und ihre Mutter kümmern sich nicht darum, was das Dorf macht. Sie gehen mir niemals aus dem Weg. Jeden Tag nach der Schule bin ich drüben, oben in Sigis Zimmer; manchmal lese ich ihr die Lektionen vor, manchmal unterhalten wir uns nur. Manchmal darf ich Sigi das Haar kämmen. Es ist so dicht und schwer, ihr Hals darunter so schlank. Manchmal läßt sie, während wir miteinander reden, ihre Hände über mein Gesicht gleiten. Das tut sie bei anderen Leuten nur selten. Sie sagt, sie sehe mich auf diese Weise. Selbst wenn ihre Finger in die Nähe meiner Augen geraten, zucke ich nicht zurück. Es gibt mir das Gefühl, etwas Besonderes zu sein. Hie und da, nur zum Spaß, beiße ich ihr in die Finger, ganz sanft wie ein kleiner Hund. »Bös«, sagt sie und lacht.

An einem Samstagnachmittag, zwei Wochen nach der Durchsuchung, lädt Gregor Sigi und mich und Fräulein Mumelter zu Kaffee und Kuchen ins Wirtshaus ein. Es gibt zwar nur Ersatzkaffee, aber die Sahne ist echt und der Mohnstrudel auch. Gregor führt uns aus, weil er gerade die erste Rentenzahlung erhalten hat. Er erzählt uns, er habe die Aufforderung erhalten, Ende Februar ins Lazarett nach Schwaz zu kommen, wo man ihm sein künstliches Bein anpassen werde.

»Hast du Angst?« fragt Sigi.

»Eigentlich hat es mir im Krankenhaus gefallen«, sagt Gregor. »Es war zum Beispiel warm. Man konnte richtig ausruhen. Niemand hat etwas von mir erwartet. Das bißchen Schmerz war ein kleiner Preis für so viel Luxus.

Natürlich ist es schöner zu Hause. Nach dem Militär ist es die schönste Sache der Welt, am Morgen in einem sauberen Bett aufzuwachen«, sagt er, »und plötzlich zu merken, daß keine Gefahr mehr droht. Man liegt da in Sicherheit, solange man will. Das ist großartig. Und jeden Tag frische Unterwäsche. Frische Socken. Ein warmer Mantel.

Aber Schwaz wird kein Problem sein. Sie müssen mir nur das Bein anpassen, und dann muß ich eine oder zwei Wochen lang lernen, wie ich damit zurechtkomme. Ich bin froh, daß ich meine Krücke bald los habe.«

»Wirst du dann eine Freundin bekommen?« fragt Sigi.

»Du meinst, so wie ich jetzt bin, interessiert sich niemand für mich? Zu beschädigt?« Gregor lächelt. »In meiner Altersgruppe gibt es zur Zeit nicht allzu viel Konkurrenz.«

»So habe ich es nicht gemeint. Nur, wenn du ein Bein hättest, könntest du ein Mädchen zum Tanzen ausführen, und so weiter«, sagt Sigi. Ihre Ohren werden rot, etwas, was bei ihr nur selten vorkommt.

»Viele Mädchen legen nicht mehr viel Wert aufs Tanzen«, sagt Fräulein Mumelter. »Ein gutes Gespräch, Freundschaft, gegenseitiges Verständnis – das sind die wichtigen Sachen heutzutage. Am allerschönsten ist ein Traum, den man mit dem anderen teilt, und wenn er noch so bescheiden ist.«

»Wer kann heutzutage anders als bescheiden träumen?« sagt Gregor. »Das höchste, das wir für uns erhoffen können, ist, diese Jahre zu überleben und irgendeine Art Leben zu finden, wenn der Krieg vorbei ist.«

»Irgendeine Art Leben«, sagt Sigi. Ihre Augen glänzen, aber ihre Stimme klingt traurig. »Lebendig, in diesem kleinen Ort, unter Leuten, die wir kennen. Soll das alles sein?«

»Wäre das nicht genug, Sigi?« sagt Fräulein Mumelter und berührt ihren Arm.

»Ich möchte so gern etwas von der Welt sehen, bevor ich sterbe«, bricht es aus Sigi heraus. »Ich möchte etwas erleben – ich weiß nicht, was. Im Meer schwimmen, mich in jemand verlieben, der mich heiraten will, jemand in einer fremden Sprache reden hören oder fremde Speisen essen. Nur um sicher zu sein, daß es hinter diesen Bergen und diesem Schnee noch etwas anderes gibt.«

»Selbst wenn alles auf der Welt so bleibt, wie es ist, könntest du diese Dinge eines Tages haben«, sagt Gregor.

»Kriegt niemand außer mir das Warten satt, wenn er immer wieder ›eines Tages‹ hört?« fragt Sigi. »Alles, was mir mein Vater jemals versprochen hat, war ›eines Tages‹.«

Gregor und Fräulein Mumelter sehen sich so versonnen an, daß es mir peinlich ist, Zeuge zu sein. In diesem Moment sind sie sich der Blicke eines anderen offensichtlich nicht bewußt. Und plötzlich sehe ich wieder, wie Traudl um vier Uhr in der Frühe aus dem Schatten tritt und im silbernen Mondlicht die Hand meines Vaters ergreift. Dann frage ich mich, ob Gregor nicht selbst etwas mit unserer Traudl hat. Ich halte den Gedanken nicht aus. Er macht alles kaputt. Ich hoffe, daß Sigi meine Empfindungen nicht teilt. Ich nehme ihre Hand in meine, ihre weiche, vertraute Hand mit den kurzen, abgebissenen Nägeln und dem kleinen Höcker auf dem Daumen.

Verfluchter Gregor. Fast wünschte ich, er wäre nie nach Hause gekommen.

»Und nun«, sagt Doktor Weiß, der alte Pfau, »wollen Sie die Geschichte meines Lebens hören, nicht wahr?«

»Nein, das will ich nicht«, sagt die hübsche Traudl. »Ich habe genug von Sigi und Niki über die arme Rahel in Wien und die Krankenschwester in Venedig und die ganzen schäbigen Details gehört. Sie sind ein Hund, Herr Doktor. Sie haben die Frauen ausgenützt.«

Der Jude lacht. Ich glaube, er fühlt sich geschmeichelt.

»Was ich hören will, ist die Geschichte Ihrer Frau«, sagt Traudl.

»Ihrer Frau«, sagt Sigi.

»Sie ist tot«, sagt Doktor Weiß hart.

Was hat Traudl jetzt angestellt? Unsere Gesellschaft hatte ihn so gefreut, als wir eintrafen, und das ist nicht immer der Fall. Vielleicht war er glücklich über den schönen Tag, an dem sich die Sonnenstrahlen durch die Ritzen in seine Kiste ergossen. »Laßt euch anschauen«, hatte er gesagt. Also posierten wir alle neben dem Balken, an dem das alte Zaumzeug hängt. »Reizend«, hatte er gesagt. Dann setzten wir uns ins Stroh.

»Tot.« Er flüstert es fast, elend, mit erstickter Stimme.

»Dafür gibt es keinen Beweis. Sie wissen nur, daß sie in ein Lager gebracht wurde. Sie haben allen Grund, auf ein Wiedersehen zu hoffen, wenn alles vorbei ist«, sagt Traudl.

»In meinem Herzen weiß ich, daß es sie nicht mehr gibt. Sie haben sie umgebracht«, sagt der Doktor.

»Erzählen Sie.« Traudl ist unerbittlich.

»Wir lernten uns kennen ... Gott vergib mir, ich kann mich nicht erinnern, wann oder wo wir uns kennengelernt haben«, sagt er.

»Aber ich«, sagt Sigi. »Sie haben ihr einfach an den Busen gefaßt, damals in dem dunklen Wohnzimmer Ihrer Freundin, weil Sie sie für Ihre Freundin hielten. Sie haben sich geniert, als Ihre Freundin das Licht anmachte und Sie merkten, daß Sie ihrer jungen Cousine zu nahe getreten waren. Später zogen Sie nach Innsbruck, wo die Cousine wohnte, und dort machten Sie ihr den Hof. Wissen Sie noch?«

»Natürlich. Ich erinnere mich an so viele Gespräche, an unsere gemeinsamen Späße, an Auseinandersetzungen, an bestimmte Ballkleider, an ihren Duft in der Frühe. Aber was mir Angst macht, das ist, daß ich mir ihr

Gesicht nicht mehr vorstellen kann«, sagt Doktor Weiß. »Lieber Gott!«

»Was hat sie für eine Haarfarbe?« fragt Sigi.

»Schwarz, mit wunderschönen silbernen Fäden durchzogen«, antwortet der Jude.

»Ihre Augen?« fragt Sigi.

»Ach, braun. Ein ungewöhnliches Braun, mit rötlich goldenen Flecken. Ich liebte immer ...« Er verlor sich in Gedanken.

»Was ist mit ihrer Nase und den Lippen?« fragte Sigi.

»Ich weiß, was ihr vorhabt ...« Er hält inne. »Ihre Nase ist mittelgroß, weder groß noch klein, weder besonders gerade noch gebogen. Sie hat einen breiten Mund, aber keine vollen Lippen. Aber sie hat ein strahlendes Lächeln, und wenn sie sich ärgert, bilden sich kleine Fältchen an den Mundwinkeln.«

»Und ihr Körper?« fragt Sigi.

»Geht euch nichts an«, sagt der Jude beleidigt.

»Sie haben uns Rahel und die Krankenschwester schon beschrieben, bevor wir überhaupt danach gefragt haben«, sagt Sigi.

»Aber diesmal geht es um meine Frau«, protestiert der Jude, und als er Traudl glucksen hört, muß er selbst lachen.

»Ja, ihr habt mich erwischt. Ich habe tatsächlich schon einmal Hüften und Busen beschrieben. Aber jetzt fange ich an, mich zu bessern. Ich bin ein Gentleman, jetzt schweige ich.«

»Aber Sie haben sie furchtbar geliebt, stimmt's«, sagt Sigi.

»Natürlich habe ich sie geliebt. Sie war so schön.«

»Wie teilt man sein Leben mit einem anderen?« fragt Traudl.

»Eigentlich macht man keinen Plan«, sagt der Doktor. »Man heiratet. Die Gewohnheit bringt es mit sich, daß man jede Nacht im gleichen Bett liegt und jeden Tag zusammen in den gleichen Räumen verbringt. Man ist beisammen, ob man will oder nicht. Zum Glück entdeckt man bestimmte Bereiche, in denen man zusammenpaßt. Man entdeckt andere Bereiche, die nicht so angenehm sind. Während man diese Entdeckungen macht, paßt man sich an. Und bald hat man eine gemeinsame Geschichte, gemeinsame Erinnerungen. Dann ist man wirklich ein Paar.«

»Wie ist es, wenn man ein Kind kriegt?« fragt Traudl.

»Wenn die Bindung zu schwach ist, können Kinder sie zerbrechen. Wenn die Ehe gesund ist, sind die Kinder eine ... nicht eine Freude, das ist zu wenig. Sie kommen einem tatsächlich wie eine Erfüllung vor, selbst wenn sie laut, lästig und nervenaufreibend sind – und das sind sie alle.«

»Also bewahren Sie Ihre Frau und Ihre Tochter in Ihrer Erinnerung, auch jetzt, solange dieser ganze Alptraum währt«, sagt Traudl. »Sie sind Ihnen immer noch gegenwärtig, stimmt das?«

»Ja.«

»Es ist nicht so, daß ich mir das Gesicht meiner Frau nicht mehr vorstellen kann«, sagt er nach einer Pause. »Aber sie ist leblos, wie eine Photographie. Wo ist sie hin? Das kann ich mir nicht vorstellen. Mein Verstand will ihre Auslöschung nicht akzeptieren. Wenn sie nicht mehr da ist, bin auch ich nicht mehr da, denn alles, was ich bin, habe ich mit ihr geteilt. Solange ich esse und atme, kann ich das nicht akzeptieren. Es läßt sich nicht akzeptieren, auch wenn es vielleicht wahr ist.«

»Danke, daß Sie es mir gesagt haben«, sagt Traudl. »Geben Sie die Hoffnung noch nicht auf.«

Wer in den Bergen wohnt, weiß, daß er niemals einen Stein einen steilen, baumlosen Hang hinunterstoßen darf. Bringt man den falschen Stein zur falschen Zeit ins Rollen, dann rutscht der halbe Berg hinterher. Aber versuchen Sie einmal, einem blinden Mädchen so etwas zu erklären! Sie wird es nicht begreifen. Für sie ist eine Lawine nichts als großer Lärm.

Ein paar Tage nach unserem langen Gespräch mit Doktor Weiß fängt Sigi an, Steine in Bewegung zu setzen. Sie möchte das Poltern und Dröhnen hören.

Der erste Stein: Sie flüstert Andreas zu, Kaspars Freund unter den Soldaten – er heißt Otto – erzähle jedem, er lasse sich von Kaspar sein Ding lutschen, sooft er Lust habe. Sie behauptet, Otto hätte es jedem im Dorf erzählt, angefangen mit mir und Simon und ihr bis zum dicken Ignaz und meinem Vater. Andreas glaubt es nicht so recht, aber Sigi klingt so aufrichtig. Sie tut so, als ob sie alles Schlimme, sogar die letzte Nacht im Advent, vergeben und vergessen habe, als einen Streich betrachte, und als ob sie sich um Kaspar Sorgen mache. Andreas zweifelt, ist aber trotzdem besorgt und geht schnurstracks zu Kaspar, um Bericht zu erstatten. Am nächsten Tag sehen wir ihn mit einer aufgeplatzten Lippe. »Was ist dir passiert?« fragt Sigi.

»Ich habe Kaspar gesagt, was Otto herumerzählt; dann habe ich ihn bloß gefragt, ob es stimmt. Da habe ich eine aufs Maul gekriegt«, sagt Andreas. Er schüttelt den Kopf. »Also muß es wahr sein.«

Kaspar konnte sich nicht mehr mit Otto auf der Straße sehen lassen. Er versuchte es einmal, und alle starrten sie an. Einer der Bauern pfiff. Kaspars Wut war richtig zu sehen. Er schien anzuschwellen wie eine Kröte, die in die Enge getrieben wird und Angst bekommt. Eines Tages lachte ihn Ignaz aus und nannte ihn einen warmen Bruder. Diese Beleidigung schien Kaspars Urteilsvermögen so stark zu trüben, daß er Ignaz einen Hieb verpaßte. Das sah ich mit eigenen Augen, direkt vor der Sägemühle. Im Bruchteil einer Sekunde lag Kaspar auf dem Arsch, mit zwei blutunterlaufenen Augen, die sich im Nu blau verfärbten.

»Nächstes Mal schmeiße ich dich raus«, sagte Ignaz. Lachend sah er auf den Buben hinunter.

15. Kapitel

An guten Tagen konnte man leicht vergessen, daß Sigi blind war. Mir ging es einmal so. Es war keine Tragödie. Es kam zu einem Unfall, sonst nichts. Ich hatte Pech, weil ich nicht aufpaßte. Der Jude bemerkte einmal, daß unser Empfinden für Kummer und Not in diesen Zeiten abgenommen habe. Mitleid war rar. Es war sehr schwer geworden, als einer der echten Invaliden anerkannt zu werden. Selbst Gregor war ein Grenzfall. Ich war gar nichts.

Es war ein schöner Nachmittag im Januar, die Sonne strahlte am tiefblauen Himmel – ein Tag, wie man ihn im Sommer wünscht, aber selten erlebt. An solchen Tagen machte uns die Kälte nichts aus. Wir blieben draußen, bis die Sonne unterging. Sigi hatte sich aus den Holzresten bei der Sägemühle einen dicken Stock geholt. Damit tastete sie sich auf dem Heimweg recht geschickt voran. Dann, mit einer Anmut und Zielsicherheit, die man einer Blinden kaum zugetraut hätte, schlug sie mit dem Stock gegen die Eiszapfen, die in unregelmäßigen Reihen am Dachvorsprung hingen. Sie liebte den kristallenen Klang der zerspringenden Zapfen. Es war hübsch anzusehen, wie sich beim Fallen die Prismen im Sonnenlicht veränderten. Ich dachte nicht mehr daran, daß sie blind war. Ich stand zu nahe bei ihr. Ich sah in die Höhe. Sie traf einen Zapfen, fast so lang wie mein Arm. Er stürzte herunter, mitten in mein linkes Auge.

Es gab keinen Schmerz, nur einen lähmenden Ruck. Ich schloß kurz die Augen, trat einen Schritt zurück. Nun war mir, als ob ich mich von außen betrachtete, den Klang der splitternden Zapfen hörte ich wie aus der Ferne. Sigi redete, aber es war nur ein Echo in meinem Kopf, blieb ohne Sinn.

Als ich die Augen öffnete, sah ich Sigi mit dem rechten Auge, vor dem linken hing ein dunkelroter Vorhang. Ich konnte nicht hindurchsehen. Ich versuchte ihn wegzuwischen und sah, daß meine Hand voll Blut war. Aber der rote Vorhang blieb.

Dann dachte ich, daß ich lieber nach Hause gehen sollte.

»Ich gehe jetzt heim«, sagte ich.

»Warum gehst du?« fragte Sigi.

»Ich habe etwas im Auge«, sagte ich.

Ich wollte die Hand aufs Auge drücken, spürte aber, daß etwas lose herunterhing; ein unerträgliches Gefühl. Also steckte ich auf dem Heimweg die Hände in die Hosentaschen. In der Küche traf ich meine Großmutter an. »Jesses Maria«, sagte sie. Sie nahm ein sauberes Leinenhandtuch aus der Schublade, faltete es und drückte es sanft auf mein Auge. Sie setzte mich auf die Bank und legte meine Hand auf das Tuch, damit ich es festhalten konnte. Dann holte sie meine Mutter, die oben einen Nachmittagsschlaf hielt.

Als meine Mutter, im Morgenrock und mit wirrem Haar, herunterkam und mich blutend dasitzen sah, rannte sie in den Laden und schrie meinen Vater an: »Hol den Juden! Hol ihn sofort!« Zum Glück waren in dem Augenblick keine Kunden im Laden.

Mein Vater, noch in der Schürze, lief in die Küche. Er nahm das Handtuch weg, und obwohl er sich zu einem

Lächeln zwang, wurden seine Augen vor Schreck ganz eng. »Halb so schlimm«, sagte er. Aber jetzt wußte ich es besser. »Hol den Juden, hol den Juden«, rief meine Mutter immer wieder. Es klang wie eine Litanei, sie wiederholte es in einem Rhythmus, und ihre Stimme ging die Tonleiter rauf und runter wie bei den Mönchen. »Hol den Juden, hol sofort den Juden. Mach schnell, hol den Juden.« Meine Großmutter hielt sie am Arm fest und murmelte: »Psch, psch, da, da«, als ob sie einen Säugling beschwichtigen müßte. Ich wünschte, meine Mutter würde sich beruhigen.

»Martin, du mußt etwas tun«, sagte meine Großmutter.

»Der Jude kann uns nicht helfen, das steht fest«, sagte er.

»Warum nicht?« schrie meine Mutter. »Er ist doch ein Chirurg.«

»Ja, das hat er schon einmal bewiesen«, sagte mein Vater.

»Und Niki das Leben gerettet«, sagte meine Mutter.

»Du brauchst mich nicht daran erinnern«, sagte mein Vater.

»Hol den Juden sofort herein!« schrie meine Mutter.

»Himmel noch einmal, es geht doch nicht«, sagte mein Vater. »Bestimmt hat man Niki mit dem blutigen Auge heimkommen sehen. Wenn sie Niki morgen mit einem fachmännischen Verband über dem Auge sehen, wie werden sie sich das erklären? Werden sie denken, daß du oder ich plötzlich Ärzte geworden sind? Was werden sie für Fragen stellen? Wie sollen wir das erklären?«

»Mir ist das egal – völlig egal. Hol einfach den Juden«, schrie meine Mutter.

»Wir müssen Niki nach Fussing bringen«, sagte mein Vater mit Nachdruck. »Niki muß vom Arzt in Fussing behandelt werden. Und jeder hier im Dorf muß das erfahren.«

»Nein! Nein! Nein! Der Jude muß helfen. Er muß diese Sache sofort in Ordnung bringen!« schrie meine Mutter. Sie hatte zu weinen angefangen, was mich wunderte – ich hätte nicht gedacht, daß ihr so viel an mir lag.

»Der Jude existiert nicht«, sagte mein Vater. »Es gibt keinen Juden. Es hat niemals einen Juden gegeben. Der nächste Doktor ist in Fussing, und dort bringe ich Niki jetzt hin.«

Mein Vater lief hinaus und holte Pabst, den Gendarm. Meine Großmutter entfernte das blutgetränkte Handtuch, und während meine Mutter weiterschrie, legte sie mir ein frisches auf das Auge und band es mit einem Strick fest. Dann ratterten wir in Pabsts grauem Volkswagen den Berg hinunter. Der Dieselgeruch machte mich schwindlig.

»Aber, aber«, sagte Doktor Durchleuchter, der Fussinger Quacksalber. »Aber, aber, aber. Sieht bös aus. Wie hast du das fertiggebracht?«

»Ein Eiszapfen«, sagte ich.

Er lachte. »Du hättest doch wissen sollen, daß man an einem sonnigen Tag nicht unter Eiszapfen spazierengeht.«

»Ich weiß es schon. Ich habe bloß nicht daran gedacht«, sagte ich.

»In Zukunft wirst du wohl daran denken«, sagte der Doktor. »Martin, jetzt mußt du Niki festhalten.«

Dann goß er mir eine eisige Flüssigkeit aufs Auge, die schlimmer brannte als alles, was ich je erlebt hatte. Aber den roten Vorhang konnte sie nicht wegwaschen. Dann spürte ich durch das Brennen hindurch Nadelstiche, ein Ziehen, als der Faden durch die Haut gezerrt wurde. Mein Vater stand hinter mir und hielt meinen Kopf ruhig; die Hände hatte er auf meine Ohren gelegt.

»Niki muß heute nacht hierbleiben, aber morgen müßt ihr nach Schwaz fahren. Dieses Auge sollte von einem Spezialisten behandelt werden. Ich habe es nur für die Reise ein bißchen zurechtgeflickt«, sagte der Doktor. Pabst fuhr nach Sankt Vero zurück und brachte die Nachricht ins Dorf. Ich schlief auf der Liege in der Ordination, und mein Vater schlief auf einem Sessel hinter dem unaufgeräumten, riesigen Schreibtisch des Doktors. Der Doktor gab mir ein paar Pillen, wovon ich ganz benommen wurde. Als ich wieder zu mir kam, war es schon hell.

»Jesses na, was für ein Fleischer hat das verbrochen? Sind Sie mit dem Kind beim Tierarzt gewesen, Herr Lukasser?« sagte der Augenarzt im Schwazer Krankenhaus. Er nahm sofort eine Schere von einem verchromten Tablett neben meinem Kopf und schnitt die Fäden auf. »Ah, jetzt erkenne ich die Hand, die diese Wertarbeit geleistet hat. Sie waren in Fussing, oder?«

Ich lag auf einem weißen Eisenbett und kniff mein gutes Auge zusammen, um nicht ins grelle Licht über meinem Kopf zu schauen, das die Gesichter des Doktors und meines Vaters in Silhouetten verwandelte. Mein linkes Auge war immer noch von dem roten Vorhang bedeckt. Aber nun sah ich wirklich Sterne, oder zumindest helle Blitze eines kalten, weißen Lichts, als der Doktor mit seinen Fingern die Wunde abtastete. Seine Finger waren kühl und sanft. »Wir müssen miteinander reden,

Herr Lukasser«, sagte der Doktor, faßte meinen Vater am Arm und führte ihn aus meinem Gesichtsfeld. Neben meinem Bett stand mit verschränkten Armen eine Ordensschwester. Sie lächelte mich an. »Mach dir keine Sorgen«, sagte sie. Von diesem Augenblick an bekam ich Angst. Der Doktor kehrte mit meinem Vater zurück und sagte zu mir: »Wir werden dir etwas geben, damit du schläfst. Wir müssen etwas arbeiten.«

Nach der Operation wachte ich in einem großen Saal voller Kinder auf. Die Decke muß sechs Meter hoch gewesen sein, ein Fenster etwa vier. Unter jedem Fenster standen, soweit ich sehen konnte, weiße Eisenbetten. Ich hatte einen stinkigen, säuerlichen Geschmack im Mund, als ob ich schlechten Käse gegessen hätte. Meine Bettwäsche war frisch gestärkt, mein Kopfkissen fest. Es war gemütlich. Dann merkte ich einen Gurt über meiner Brust. Auch mein Kopf war ans Bett gebunden. Ich geriet in eine Art Panik, die wieder verging, als mir bewußt wurde, daß ich wenigstens die Arme und Beine bewegen konnte. »Laß das bleiben!« sagte die erste Ordensschwester, die nach mir schauen wollte und meine Bewegungsversuche sah. »Du darfst dich nicht aufrichten oder eine plötzliche Bewegung mit dem Kopf machen. Sonst wirst du blind. Willst du blind werden? Das glaube ich nicht.«

Ich konnte nichts dagegen sagen, die Vorstellung erfüllte mich mit Entsetzen. An Blindheit hatte ich noch nicht gedacht. Ich kam zu dem Ergebnis, daß sie mich nur erschrecken wollte, um gutes Benehmen zu erzwingen. Ordensschwestern waren oft so. Ich dachte nicht mehr an ihre Drohung. Aber als der Tag sich hinzog, wurde ich langsam verrückt. Es war schrecklich, dazuliegen, sich nicht bewegen oder etwas gegen das heimtückische Jucken unternehmen zu können, das immer wieder meinen Rücken überfiel. Ich konnte die Stimmen der Kinder hören. Der große Saal war von wunderbarem Licht erfüllt, aber mit meinem einen Auge konnte ich nur einen kleinen Ausschnitt sehen. Im anderen Auge spürte ich ab und zu einen brennenden Stich unter dem Verband.

Das Schlimmste passierte in der Nacht, als die Schwester in ihrem Sessel eingenickt war. Ein dünnes, blasses Mädchen vom übernächsten Bett, dem anscheinend gar nichts fehlte, glitt wie eine Schlange unter seiner Decke hervor. Es kam zu mir ans Bett und fing an, mir die Füße zu kitzeln. Ich hielt aus, solange ich konnte, und schließlich schrie ich auf. Aber das dünne Mädchen war schon wieder in seinem Bett, bevor die aufgeschreckte Schwester die Ursache der Aufregung entdecken konnte.

Ich lag schon eine Woche da, als ich eines Vormittags Sigi zögernd in den Saal hereinkommen sah, gefolgt von Traudl und Gregor. Sie hatte ihr gutes Kleid an und trug blaue Bänder im Haar. Traudl sah mich zuerst. Sie faßte Sigi an der Hand und führte sie an mein Bett. Sigi tastete nach meiner Hand, führte sie an ihre Lippen und küßte sie. »Oh, Niki«, sagte sie. Sie hatte Tränen in den Augen. Traudl und Gregor machten ein feierliches Gesicht.

Ich hatte plötzlich Angst. »Ich sterbe doch nicht?« fragte ich. Sigi lachte und drückte die Innenfläche meiner Hand an ihre Wange.

»Wie bist du auf so eine komische Idee gekommen?« fragte Traudl. Ihr Lächeln war so schön.

»Weil ihr alle so traurig dreinschaut«, sagte ich.

»So sind die Leute immer, wenn sie jemanden im Krankenhaus besuchen«, sagte Gregor. »Sie sind besorgt. Sie wissen nicht, wie sie sich verhalten sollen. Sie wollen nicht zu fröhlich tun, falls man gerade einen schlechten Tag hat. Kurz nachdem ich verwundet wurde, besuchte mich mein bester Freund; als ich sein Gesicht sah, hatte ich das sichere Gefühl, schon tot zu sein.«

»Es geht aufwärts mit dir, Niki«, sagte Traudl. »Sie rechnen damit, daß du in einer Woche nach Hause kommst.«

Sie waren mit dem Bus aus Sankt Vero gekommen, nur um mich zu sehen. Ich freute mich so sehr, daß ich ein warmes Gefühl im Bauch verspürte. Sie brachten auch Neuigkeiten mit. Kaspar schien alle Freunde verloren zu haben. Er war noch einmal mit Andreas und dann auch mit Simon aneinander geraten. Die jungen Soldaten wollten nichts mehr mit ihm zu tun haben. Also ging er nur zur Schule und anschließend zum Arbeiten in die Sägemühle, wo ihn der dicke Ignaz immer wieder spöttisch angrinste; sonst sah man ihn selten auf der Straße. In der Schule war alles normal. Auch meine Mutter verhielt sich mehr oder weniger normal. Gregors geplanter Aufenthalt in Schwaz wegen des künstlichen Beins war verschoben worden, deshalb humpelte er zum anderen Ende des Saals, um mit einem der Ärzte zu reden.

Sobald er weg war, fragte ich, wie es unserem Juden gehe. Ich hatte mir Sorgen gemacht.

»Unserem Freund geht es gut«, sagte Traudl.

»Er sagt, daß er dich vermißt«, fügte Sigi hinzu, »und er wünscht dir alles Gute.«

Sigi ließ meine Hand kein einziges Mal los.

Ich wurde auf dem linken Auge völlig blind. Der Augenarzt sagte es mir selbst, kurz bevor mich mein Vater in der folgenden Woche abholen kam. Vermutlich wollte er mir Zeit geben, mit dem Gedanken vertraut zu werden; Zeit zum Heulen, bevor mich mein Vater sah. Es könnte schlimmer sein, sagte ich mir. Ich hatte nicht die Absicht, vor irgend jemandem zu heulen. Es könnte fast immer schlimmer sein. Habe ich das nicht seit Jahren hundertmal gehört, immer wieder und von allen möglichen Leuten? War es nicht eine allgemein bekannte Tatsache, daß Mitleid zu dieser Zeit rar war? Aber ich durfte meine Lage trotzdem hassen, und das tat ich auch. Ich haßte sie sehr. Ich war wütend.

Was wäre, wenn? Wie oft im Leben, auch in einem so kurzen wie meinem, stellt man sich diese Frage. Was wäre, wenn Sigi nicht blindlings gerade diesen Eiszapfen getroffen hätte? Wenn ich nicht direkt darunter gestanden hätte? Wenn wir gleich ins Krankenhaus nach Schwaz gefahren wären, anstatt in Fussing anzuhalten? Man kann noch weiter zurückgehen: Was wäre, wenn Sigi nicht die Masern bekommen hätte und daraufhin erblindet wäre? Und noch weiter, warum auch nicht? Wenn kein Krieg wäre und Gregor noch sein Bein hätte? Wenn es keinen Juden in der Kiste gäbe? Und was, wenn es keinen Ignaz, keine Sägemühle, keinen Pabst, keinen Gendarm, keine Eltern, keine Schule, nur mich und Sigi ganz allein gäbe, sicher und geborgen, mit Vorräten versorgt, in einem leeren Dorf. Was wäre, wenn wir alles machen könnten, was wir wollten? Und was, wenn eines Tages Traudl bei uns erschiene und bei uns bliebe und wir alle glücklich und zufrieden wären? Was wäre, wenn …

Diese Fragen sind so müßig, so bedeutungslos. Während der Heimfahrt in Pabsts Volkswagen sagt mein Vater etwas, das ich für sehr dumm halte. Er sagt: »Es ist wichtig, daß du dich dadurch nicht unterkriegen läßt. Du darfst dich nicht bemitleiden.« Ich hatte gehofft, daß ihm etwas Besseres einfiele. Aber ich bin so froh, wieder zu Hause zu sein, daß ich heulen muß, obwohl ich mir geschworen hatte, so etwas nicht zu tun. Im Haus finde ich mich ohne weiteres zurecht; alles sieht wie früher aus, nur die Entfernungen haben sich etwas verschoben. Ich schaue in den Spiegel und sage mir, es würde mir nicht so viel ausmachen, auf einem Auge blind zu sein, wenn dieses Auge so hell und lebhaft aussähe wie Sigis. Aber ich habe eine rote, gekrümmte Narbe, und mein Augapfel ist geschrumpelt wie eine Trockenpflaume. Ich muß das Lid geschlossen halten, und trotzdem sickern dauernd Tränen heraus, was mir lästig und peinlich ist.

Wer wird mich jetzt noch lieben?

Man redet darüber, daß eines Tages ein Glasauge in Frage kommt. Die besten der Welt kämen aus Jena, zumindest vor dem Krieg, sagt mein Vater. Ich bitte meine Großmutter, mir eine Augenklappe zu machen. Sie näht mir eine schöne aus schwarzem Trauerflor. Wir haben so viel davon in unseren Schubladen, ein Band oder zwei wird man nie vermissen.

Es ging natürlich drunter und drüber, während ich in Schwaz lag. Keiner hatte alles so elegant im Griff wie ich. Mein Vater selbst mußte die Aufgabe übernehmen, Doktor Weiß jeden Abend das Essen zu bringen. Und Doktor Weiß war schwierig geworden. Es paßte ihm nicht, wenn man ihm das Essen, wie einem Gefangenen in Einzelhaft, wortlos durch den Schlitz in die Kiste schob. Er versuchte eine höfliche Konversation mit meinem Vater, vergeblich. Als Antwort grunzte mein Vater nur. Dann versuchte es der Jude mit Streitfragen. Eines Abends kritisierte er den Geschmack und Geruch der Kartoffeln und ließ durchblicken, daß er sie für verfault hielt. Mein Vater ging nicht darauf ein. Ein anderes Mal sprach er von der entsetzlichen Roheit der Tiroler Dialekte. Immer noch nichts. Er löste eine kleine Reaktion aus, als er behauptete, daß die kroatischen Regimenter im ersten Weltkrieg bessere Kampftruppen gewesen seien als die Tiroler Kaiserjäger. »So ein Schmarrn«, sagte mein Vater. »Die Kroaten quiekten wie die Schweine und rannten davon. Das habe ich mit eigenen Augen gesehen.« Aber er ließ sich nicht weiter ins Gespräch ziehen.

Schließlich versuchte es der Jude mit der Religion. »Es ist Ihnen wohl klar, Herr Lukasser, daß ihr Katholiken nichts anderes als Götzenanbeter seid. Nicht besser als die Neger in der Südsee. Das ewige Katzbuckeln vor diesen vulgären Statuen. Maria ... von wegen Jungfrau.«

»Jüdischer Abschaum«, antwortete mein Vater. »Ihr armen Juden, ihr besteht darauf zu glauben, daß ihr das auserwählte Volk seid, auch wenn Gott euch noch so oft beweist, daß er euch nicht ausstehen kann.«

»Höre, o Israel«, sagte Doktor Weiß.

»Was muß noch kommen, um dieses verdammte Überlegenheitsgefühl aus euren Köpfen zu vertreiben? Wie viele Pogrome und antijüdische Gesetze und Umsiedlungslager? Denkt ihr, daß das Gott erlaubt, vielleicht sogar will, weil er euch so liebt?«

»Da müssen Sie schon etwas mehr in die Tiefe gehen,

Herr Lukasser. Die Beziehung zwischen den Juden und ihrem Gott ist ein Bund. Dabei gibt es Verpflichtungen, denen wir Juden nicht immer gerecht werden. Wenn wir scheitern, wenn wir ungehorsam sind, müssen wir die Folgen ausbaden. Es ist gar nicht so verschieden von der katholischen Vorstellung, außer in Kleinigkeiten.«

»Aber wir werden von unseren Sünden erlöst«, sagte mein Vater.

»Wir auch, wenn wir sie aufrichtig bereuen. Wir müssen nur Sühne leisten.«

Die Gespräche gingen Nacht für Nacht weiter, während ich im Krankenhaus lag. Am Ende kamen beide zu dem Schluß, daß es keinen fundamentalen Unterschied gebe zwischen der katholischen und der jüdischen Art, Gott zu erleben. Das Verhältnis zu Gott sei immer persönlich. Die Welt funktioniere nun einmal so, und auf diese Weise greife Gott täglich in die Dinge der Welt ein. Jeder erhalte die Chance, gut oder böse zu sein.

Nur über das Leben nach dem Tod konnten sie sich überhaupt nicht einigen. Es ging schließlich um die Frage der toten Körper. Doktor Weiß hielt daran fest, daß nur die Seelen der Toten unsterblich seien, während mein Vater glaubte, daß es schließlich einen Tag der Auferstehung geben würde, an dem alle unsterblichen Seelen mit ihren Körpern wiedervereinigt würden.

»Das ist eine ekelhafte Vorstellung, wenn man sich's genau überlegt«, sagte Doktor Weiß. »Alle Knochen auf eurem Friedhof sollen eines Tages plötzlich hübsche junge Mädchen werden, nachdem sie schon jahrhundertelang unter den Würmern vermodert sind?«

»Sie können ruhig spotten. Aber wir werden schon sehen, wer recht hat, wenn es einmal soweit ist.«

So stritten und disputierten sie, manchmal ließen sie sich sogar zu einem Schimpfwort hinreißen. Aber es war eine Wirtshausphilosophie der unterhaltenden Art, keine Debatte, die am Ende nur den Sieg oder eine beschämende Niederlage mit sich bringt. Und bis ich nach Sankt Vero zurückkam, hatte mein Vater entgegen seinen Wünschen und Absichten einen neuen Freund gefunden.

»Herr Lukasser, sagen Sie mir eins«, sagte der Jude eines Abends kurz vor meiner Rückkehr, »Zwei Jahre lang haben Sie und ich kaum ein Wort miteinander gewechselt. Statt dessen haben Sie Ihr Kind zu mir geschickt. Sie ließen mich durch Kinder versorgen. Also möchte ich Sie fragen: Warum sind Sie nie selbst gekommen?«

Das Schweigen dauerte lang. Endlich sagte mein Vater: »Ich wollte Sie nicht kennen. Es war besser, wenn Sie nichts als der Jude in der Kiste waren.«

»Aber warum?«

»Womöglich wären Sie mir sympathisch geworden. Ich wäre verrückt vor Sorge gewesen. Es war leichter, Sie mir als einen Gegenstand vorzustellen, als etwas, das auf dem Heuboden aufbewahrt wurde.«

»Ich verstehe.«

»Ich wollte Ihre Geschichte nicht erfahren, nicht Ihre Meinungen, Ihre Vorlieben und Abneigungen, Ihre glücklichen Stunden und Ihre Sorgen. Es wäre gefährlich gewesen, Sie als einen Mann wie mich zu betrachten. Es wäre auch schwieriger gewesen, Sie versteckt zu halten. Ich dachte mir, Sie müßten mir persönlich gleichgültig sein. Auf diese Weise wären Sie sicherer. Also schickte ich Niki, um das Nötige zu erledigen.«

»Verzeihen Sie mir, daß ich das sage, aber es kommt mir eigenartig vor. Sie riskieren Ihr Leben und das Ihrer

Familie, um einen Juden zu verstecken, den Sie nicht kennenlernen wollen. Das ist doch unglaublich. Was wäre, wenn ich ein schrecklicher Mensch wäre, der es überhaupt nicht verdient hätte, gerettet zu werden?«

»Ich hatte kein Recht, das zu beurteilen. Als Sie Niki das Leben retteten, wußten Sie nichts von mir, von meinem Charakter, von meiner politischen Einstellung. Jetzt bin ich an der Reihe. Ich tue, was ich für richtig halte. Auch wenn Sie ein schrecklicher Mensch wären, möchte ich mir einbilden, hätte ich das gleiche getan.«

»Herr Lukasser, seien Sie nicht beleidigt: Wenn ich Christ wäre, wüßte ich nicht, ob ich Sie einen Narren oder einen Heiligen nennen sollte.«

»Pah«, sagte mein Vater. Ihm war das peinlich. Er finde, die meisten Menschen seien geneigt, das Richtige zu tun, solange sie glaubten, daß ihnen nichts passiere, sagte er.

Das war die Geschichte, wie sie mir der Jude erzählte, als ich seine Versorgung wieder übernahm. Zuerst stellte er alle möglichen Fragen über meinen Unfall und über die Operation. Ich mußte meine Klappe abnehmen und mein blindes Auge an das Astloch halten, so daß er es sehen konnte. »Diesen Fussinger Arzt sollte man hinausführen und erschießen«, sagte er.

Dann erzählte er mir von den Gesprächen mit meinem Vater. Ich nehme an, daß er sie exakt wiedergab, aber ich kann es nicht nachprüfen. Mein Vater erwähnte nicht, daß ein Gespräch mit dem Juden jemals stattgefunden hatte. Er ließ nicht einmal eine Bemerkung fallen, wie ›Dieser Jude ist gar nicht übel‹. Er sagte kein einziges Wort.

16. Kapitel

Noch vor Ende des Monats fand ein mutiger Wehrmachtsbürokrat eine Möglichkeit, den Patienten Gregor Haas im Schwazer Lazarett loszuwerden, das, wie jedermann wußte, wegen der Frischverwundeten von allen drei Fronten kurz davor stand, aus allen Nähten zu platzen.

Er strich Gregor von der Liste. So einfach war das.

Und sie schickten mit der Reichspost ein großes graues Paket an den ehemaligen Patienten Gregor Haas in Sankt Vero. Der Briefträger beschwerte sich über die Unförmigkeit, als ob er ein Trinkgeld erhoffe. Er bekam keins. Unter dem groben Packpapier lag ein künstliches Bein im Stil des Ersten Weltkriegs. Es war nicht modern, seine technische Ausrüstung flößte kein Vertrauen ein. Möglicherweise war es sogar gebraucht. Es war ein plumpes, unvollkommenes Ding. Es bestand aus einer tiefen hölzernen Schale an der Spitze von zwei Stahlstangen, die durch Drehgelenke mit einem geschnitzten Holzstück verbunden waren. Das Holzstück sah genauso aus wie der Leisten eines Schusters. Zusammengefaltet in der Schale, in die der Beinstumpf passen sollte, lag ein handgeschriebener Zettel mit einer Gebrauchsanweisung.

Gregor lachte, spielte mit dem Bein, zog einen Strumpf über den Leisten, den man nicht einmal gebeizt hatte. Wie sich herausstellte, war er auch zwei Nummern größer als sein echter Fuß.

Ein Bein per Post zu erhalten, das war einmalig. Anfangs kam es uns lustig vor. Was für ein Witz! Bald fanden wir die Unbekümmertheit der verantwortlichen Stellen widerlich. Jeder im Dorf empfand es so. Die hochnäsige und gleichgültige Behandlung ekelte uns an, wie der Gestank aus dem Schlachthof an einem schwülen Augusttag. Mein Vater sagte, der Feldwebel von der Flugbeobachtung sei wegen dieser Behandlung Gregors sehr erregt. »Was ist das für eine armselige Wehrmacht, die ihre Verwundeten nicht mehr anständig versorgen kann?« hatte er angeblich gesagt.

Am meisten regte sich der dicke Ignaz auf. »Jetzt sind wir geliefert«, sagte er im Wirtshaus eines Abends, bald nach der Ankunft von Gregors Bein. »Wir können nur beten, daß die Alliierten vor den Scheißrussen zu uns kommen.«

»Das ist Defaitismus«, sagte Pabst, der Gendarm.

»Da hast du verdammt recht«, sagte Ignaz. »Gewöhn dich dran, Pabst. Du wirst noch mehr davon hören, wenn dich die Russen nicht einfach erschießen, weil du in Uniform bist.«

»Das wird schon nicht passieren«, sagte Pabst.

»Und ob es passieren wird«, sagte Ignaz, »gleich nachdem sie damit fertig sind, unsere Frauen zu vergewaltigen. Es gibt doch nichts, wozu diese Schweine nicht fähig wären.«

Daß mein Vater mir so etwas weitererzählte, war für mich ein Zeichen wichtiger Veränderungen. Bald darauf gab es andere Zeichen einer zusammenbrechenden Ordnung. Der Strom fiel manchmal stundenlang aus. Immer weniger Lastwagen kamen über den Sankt-Vero-Paß. Nirgends gab es Benzin, Kohle war nicht zu haben, und selbst wenn man die Marken hatte, waren bestimmte Lebensmittel kaum zu bekommen. Die Regale in unserem Laden waren praktisch leer. Hoch über uns flogen täglich unhörbar die kleinen silbernen Flugzeuge, und die Soldaten konnten ihre Beobachtungen nicht per Funk weitergeben, weil der Strom ausfiel.

Wenn es Strom gab, brachte das Radio nichts als Beethoven und Nachrichten. Das häufigste Wort in den Nachrichten war ›Opfer‹. Jetzt war jede Schlacht ein Opfergang, nie mehr ein blitzartiger Angriff oder ein Panzerdurchbruch oder eine Kesselschlacht.

Aber das sagt man nur im Radio, denke ich mir. Die ganzen Jahre über war es nur das Radio gewesen.

Bald, Ende Februar, wird Sigi fünfzehn. Ich muß ihr ein Geschenk besorgen. Ich habe schon eine Idee: einen Vogel in einem Käfig. Ich glaube, ihr würde der Vogelgesang in ihrem Zimmer Freude machen. Es wäre so fröhlich in der Frühe. Natürlich gibt es keine Möglichkeit, in Sankt Vero oder in Fussing einen Vogel zu kaufen. Um auch nur einen Kanarienvogel zu finden, müßte man wahrscheinlich bis nach Innsbruck fahren. Aber es gibt meinen Onkel Friedl. Er hat einen ganzen Keller voller Vögel, alle Sorten. Er fängt sie, meistens im Frühjahr, wenn sie aus Afrika oder einem anderen Winterquartier zurück nach Norden fliegen, mit altmodischen selbstgebastelten Schlingen. Er empfindet es als seine Berufung, sie zu züchten, aber er hat selten Erfolg, denn fast nie fängt er ein zusammenpassendes Paar. Nur wenige Leute dürfen seine Vögel sehen. Und man muß bei Tageslicht dort sein, denn er würde sie nie in der Nacht stören, wenn sie schlafen. Friedl war im ersten Weltkrieg Pilot gewesen. Er stürzte bei Triest ab. Bevor ich auf die Welt kam, redeten die Leute von ihm wie anfangs von Gregor: Es muß wohl die Kopfwunde sein. Aber seit ich mich erinnern kann, wird er nur für etwas exzentrisch gehalten – wegen seiner Vögel. Manchmal läßt er einen oder zwei frei, bloß um sie wegfliegen zu sehen. Aber bisher hat er nie einen Vogel verkauft.

Ich habe vor, Onkel Friedl ein paar Tage vor Sigis Geburtstag aufzusuchen, um einen Vogel zu kaufen, der wenigstens ein bißchen singen kann. Ich hoffe, daß er darauf eingeht. Ich habe nicht viel Geld, nur das, was mir die Leute manchmal als Trinkgeld geben, wenn ich ihnen etwas aus dem Laden ins Haus bringe.

Es fällt mir auf, daß ich größere Münzen erhalte, seit ich die Augenklappe trage. Die Leute haben ein bißchen Angst vor mir, als ob ich ansteckend wäre. Aber meistens sind alle nett. Sogar Andreas gibt sich besondere Mühe, während der Pause mit mir zu reden. Nur Kaspar macht böse Bemerkungen. Er nennt mich Zyklop und sagt mir, wie häßlich ich jetzt sei. Andreas und Simon sagen ihm, er solle den Mund halten. Er geht allein davon.

Niemand braucht zu wissen, daß ich mich fast jeden Abend in den Schlaf weine. Es geht sie nichts an.

Noch etwas hat sich geändert, seit ich weg war. Gregor wartet fast jeden Tag vor der Schule. Aber meistens nicht auf mich und Sigi – er begrüßt uns nur und redet ein paar Minuten. Er wartet darauf, mit Fräulein Mumelter spazierenzugehen. Manchmal gehen sie ins Wirtshaus zum Kaffeetrinken, manchmal beobachten wir, wie sie die Treppe zu ihrer Wohnung hinaufgehen. Gregor fällt es schwer, aber er schafft es. Er bleibt nie länger als eine

Stunde. Er weiß, daß die Leute reden würden; meine Mutter tut es sowieso die ganze Zeit. Meistens fängt sie beim Essen damit an. Sie sagt meinem Vater genau, wie lange Gregor an diesem Nachmittag bei ihr geblieben ist. Mein Vater sieht mich nur an und zuckt mit den Schultern. In solchen Augenblicken fühle ich mich ihm sehr nahe. Wir wissen, wenn wir geduldig sind, wird meine Großmutter das Thema wechseln, und meine Mutter wird nicht, wie bei meinem Vater oder mir, dagegen aufbegehren.

Aber Sigi muß sich fast die Zunge abbeißen, um Traudl nicht zu fragen, was sie und Gregor anstellen. Ich sehe, wie sie gegen diesen Drang ankämpft. Sie stirbt vor Neugier. Sie ist auch ziemlich eifersüchtig, obwohl ich nicht sicher bin, auf wen. Für mich geht es klar aus ihrer Stimme und aus ihren Bewegungen hervor. Anscheinend betrachtet sie Traudl ebenso wie Gregor als ihr Eigentum. Es gefällt ihr überhaupt nicht, wenn die beiden ohne sie zusammenkommen. Trotzdem scheint sie Gregor gegenüber wachsam, eher schüchtern zu sein. Selten spricht sie jetzt von ihm, wenn wir mit Traudl beisammen sind oder zu Doktor Weiß gehen.

Jetzt kommt Traudl an den meisten Abenden mit uns, wenn wir Doktor Weiß das Essen bringen. Wir halten ihn, so gut wir können, auf dem laufenden. Wir teilen ihm jedes bißchen Information mit, das wir aufschnappen. Über den Mangel an Essen und Strom, über die Flugzeuge. Er ist besonders empört über Gregors Bein. Er würde ihn gern sehen, herausfinden, ob das Bein paßt oder ob es einfach nicht zu gebrauchen ist. Er meint, daß die ganze Situation, die wir ihm beschreiben, ein kleines, aber positives Zeichen sei. Jede Zeit werde durch besondere Zeichen angekündigt, sagt er. Immer wieder in der Geschichte hätten sich große Ereignisse im voraus angekündigt, aber nur jenen, die sich die Mühe machten, sie zu bemerken und auch die kleinsten Andeutungen zu beachten.

»Der Krieg ist fast vorbei«, sagt der Jude. »Deutschland ist erledigt.«

Nach unseren Tagesberichten möchte Traudl über das Leben des Doktors reden, wie es in der guten alten Zeit vor dem Krieg war. Er wirkt etwas verträumt, wenn sie ihn in die Vergangenheit zieht. Er klingt traurig und wehmütig, aber nicht erschüttert, wie manchmal in der Vergangenheit. Manches an der Art, wie Traudl ihn in diese Erinnerungen zurückführt, gibt mir ein unangenehmes Gefühl. Aber Doktor Weiß scheint sich nicht dagegen aufzulehnen. Ich sitze da und betrachte ihr Gesicht und ihren Körper. Ich stelle sie mir als Schauspielerin auf der Bühne vor. Ein Bühnenstück habe ich nie gesehen, aber ich stelle mir vor, daß es so sein muß: Die Personen reden, gestikulieren, zeigen Gefühle.

»Waren Sie lange verlobt, Herr Doktor?« fragt Traudl eines Abends.

»Nicht so lang, wie ihre Familie es gerne gehabt hätte.« Doktor Weiß lacht. Er ist guter Stimmung, obwohl das Abendessen nur aus Kartoffeln und Zwiebeln bestand. »Die Wahrheit ist, das kann ich jetzt ruhig sagen, daß wir sehr unartig waren, die hübsche Rahel und ich. Sie hätten sie damals sehen sollen, sie hat richtig gestrahlt. Ich war ein gesunder junger Mann, was konnte ich dafür? Ich brachte meine ganze weltmännische Art und meine Erfahrung ins Spiel und verführte sie. Sie wurde schwanger.«

»Noch bevor Sie verheiratet waren?« sagt Sigi. »Und Sie ein Arzt?«

»Was hat das damit zu tun?« sagt Doktor Weiß.

»Nun, Sie hätten wissen müssen, daß man aufpassen soll«, sagt Sigi.

»Eines Tages wirst du merken, Sigi, daß das Wissen und die Vernunft es nie, nie mit der Leidenschaft aufnehmen können. Auch du wirst den Kopf verlieren.«

»Ich nicht«, sagt Sigi. »So etwas mache ich gar nicht mit.«

»Also erzählt Ihnen Rahel eines Tages, ich nehme an, ein wenig besorgt, daß sie schwanger ist«, sagt Traudl. »Seien Sie ehrlich: Wie haben Sie darauf reagiert?«

»Mit großer Freude. Ich umarmte sie und hob sie in die Höhe. Ich brachte sie direkt in den Salon ihrer Eltern, wo ich ihrem Vater und ihrer Mutter unseren Wunsch verkündete, den Hochzeitstag vorzuverlegen.

Es war ihnen nicht recht. Sie protestierten: Sie sei so jung, die Eile sei unziemlich. Dann gab ich ihnen auf die höflichste Weise zu bedenken, wenn sie die Hochzeit nicht innerhalb der nächsten Wochen erlaubten, würden sie in einer peinlich kurzen Zeit nach der Eheschließung Großeltern sein.«

»Und dann?«

Der Jude schüttelt sich vor Lachen. »Sie waren gut erzogene Leute, sie sahen sofort ein, daß sie eine Niederlage erlitten hatten. Sie machten das Beste aus der Situation und wurden liebenswürdige und großzügige Großeltern unserer Tochter. Besonders Rahels Vater war außerordentlich stolz auf das kleine Mädchen. An Sonntagen putzte er sich heraus und nahm das Kind auf Spaziergänge durch die ganze Stadt mit. Ich sehe sie noch vor mir: dieses winzige Mädchen mit dem großgewachsenen alten Mann, wie sie langsam unter den Kastanien, die die Innsbrucker Straßen säumen, spazierengehen.«

Die ganze Zeit habe ich Traudl beobachtet – wie sich ihre Brust beim Atmen hebt, wie sie mit der Zungenspitze über die Unterlippe fährt. Sie kann ihre Hände nicht stillhalten. Das Licht der Lampe fällt so auf ihr Gesicht, daß ich die winzigen goldenen Haare auf den Rändern ihrer Ohrmuschel sehen kann. Und nun füllen sich ihre Augen – ich weiß nicht, ob sie ihre Tränen zurückhalten kann. Sie legt eine Hand auf ihr Herz und atmet tief durch die Nase.

Die arme blinde Sigi hat an diesem Abend so viel versäumt. Das ganze Drama spielte sich auf Traudls Gesicht ab. Stimmungen zeichneten sich auf ihm ab wie die Schatten der Wolken, die an stürmischen Tagen durch unser Tal hinauffegen. Ich hatte Glück, daß ich wenigstens noch ein Auge besaß. Nur war es mir manchmal gleichzeitig eine Last, denn ich hatte dauernd Angst, es könnte ihm etwas passieren. Meine Angst machte mich scheu wie ein nervöses junges Pferd. Ich war immer auf der Hut; ich zuckte zurück, wenn jemand meinen Kopf berührte. Nicht einmal Sigi durfte jetzt ihre Finger in die Nähe meines einzigen guten Auges bringen, wenn sie mein Gesicht ertasten wollte.

Ein paar Tage vor Sigis Geburtstag ist es Zeit, Onkel Friedl einen Besuch abzustatten. Er wohnt außerhalb des Dorfes, ein Stück weiter oben im Tal. Ich nehme meine Großmutter als Fürsprecherin mit. Es ist mir schon aufgefallen, daß mir meine schwarze Augenklappe ein gewisses Maß an besonderer Beachtung verleiht, aber ich will mich in dieser wichtigen Sache nicht darauf verlassen. Onkel Friedl ist der älteste Sohn der ältesten Schwester meiner Großmutter. Ihre Bindung zu ihm ist stärker als meine.

Sein Haus ist blitzsauber, kein Staubkörnchen, alles am richtigen Platz. Er sieht mich an, als ob er nicht genau wüßte, wer ich bin. Er führt uns aber trotzdem die Holztreppe hinunter in den Keller, wo ein großer Kachelofen eine sommerliche Temperatur verbreitet. Ich hatte viele kleine Käfige erwartet, aber statt dessen sind drei Viertel des Raumes einfach durch ein Hühnergitter abgetrennt, und drinnen fliegen, zirpen, hüpfen und flattern die Vögel zwischen kleinen Bäumen, deren Rinde und Blätter weggepickt worden sind. Zufrieden betrachtet mein Onkel seine Vogelschar. Ich bin etwas enttäuscht: Die Vögel sind alle braun oder grau, in vielen Schattierungen, nur Andeutungen einer blauen oder gelben Färbung sind hie und da zu sehen. Ich hatte mehr Farbe erwartet, strahlendes Gold, leuchtendes Rot und Blau.

»Warum will Niki einen Vogel?« Onkel Friedl zieht es vor, die Fragen an meine Großmutter zu stellen.

»Sigi Strolz hat ihren fünfzehnten Geburtstag. Sie ist seine beste Freundin. Du kennst sie doch – das blinde Mädchen.«

»Ihr Vater war bei dieser verdammten SA«, sagt Onkel Friedl. »Stimmt doch? Ein richtig ungehobelter Nazi.«

Bis dahin, als Onkel Friedl es laut aussprach, hatte ich Sigis Vater nie so betrachtet. Ich hatte ihn oft in seiner Uniform herumstolzieren sehen, aber er und seine

Freunde hatten nie Raufereien im Dorf angezettelt. Zu uns war er immer nett.

»Ist egal«, sagt Onkel Friedl. »Schließlich hat ihn dein Mann umgebracht. Also hat dein Alter letzten Endes auch noch eine gute Tat vorzuweisen.«

»Frido, jetzt sei du mal ruhig«, sagt meine Großmutter. »Du kannst doch wenigstens den Toten Respekt erweisen.«

»Meinst du, die brauchen es? Die sind alle auf und davon, vergnügen sich irgendwo, alles vergeben und vergessen, und lachen uns aus, weil wir immer noch hier sind und Sorgen und Angst haben.«

»Onkel Friedl, wie ist es mit dem Vogel für Sigi?« frage ich zögernd.

»Eine schöne Augenklappe«, sagt Friedl. Dann wendet er sich meiner Großmutter zu. »Glaubst du, daß das Mädchen sich gut darum kümmern könnte?«

»Sie ist ein braves Mädchen«, sagt meine Großmutter. »Sie würde gut aufpassen. Sie ist Nikis beste Freundin.«

Onkel Friedl geht in den Käfig und steht eine Weile ganz still. Einige Vögel, ihre Augen hell und wachsam, flattern in die Ecken, aber andere landen auf Friedls Armen, Schultern und auf seinem Kopf. Auf einem nackten Ast neben Friedls rechter Hand ist ein kleiner Vogel furchtlos sitzen geblieben. Friedl nimmt ihn vorsichtig in die Hand, kommt aus dem Käfig heraus und setzt ihn in eine kleine Holzkiste, in die er ein paar Luftlöcher gebohrt hatte. Mir sagt er: »Du mußt ihn unter deiner Jacke nach Hause tragen, damit er sich nicht erkältet. Sag Sigi, daß sie jede Nacht eine Decke über den Käfig legen soll. Der Vogel frißt Körner und Trockenfrüchte, und er braucht viel Wasser. Und hier ist ein Käfig«, sagt er und gibt mir einen wunderschönen alten Vogelbauer, der wie unsere Kirche aussieht. Er ist aus Holz und Messing, mit einer kleinen Gittertür aus Messing und einer schön geformten Stange, auf der sich der Vogel niederlassen kann. »Er ist eine Art Fink«, sagt er. »Er wird deiner Sigi jeden Morgen und jeden Abend etwas vorsingen und tagsüber brav sein.«

Ich durfte nichts bezahlen. Er warf nicht einmal einen Blick auf meine ausgestreckte Hand mit dem Häufchen zerknitterter Geldscheine. Er scheuchte meine Großmutter und mich die Treppe hinauf und zur Haustür hinaus. Ich wäre am liebsten den ganzen Weg nach Hause gerannt, so aufgeregt war ich, aber ich mußte mit meiner Großmutter Schritt halten. Sie wollte mich an der Hand führen, weil sie meinte, daß ich als Halbblinder Hilfe brauchte, aber ich wollte die Vogelkiste mit beiden Händen an meinem Bauch festhalten. Den Käfig hatte sie in ihr Kopftuch gewickelt, damit niemand unsere Absicht bemerkte.

Am übernächsten Abend feiern wir bei Sigi Geburtstag. Wir haben Kaffee getrunken und einen Kuchen gegessen, den meine Mutter mit dem letzten Rest ihres Zuckervorrats gebacken hat. Sigi und ich haben den Vogel in die kleine Stube neben der Küche mitgenommen, während die Eltern und meine Großmutter auf der Ofenbank sitzen und einen Obstler trinken. Sigi gurrt und pfeift, aber der Vogel legt nur den Kopf zur Seite und gibt keine Antwort. Dann sehe ich ihre Schultern zucken. Ich weiß, daß sie weint. Vielleicht hat sie mein Geschenk so gerührt. Dieser Gedanke gefällt mir.

»Ich muß dir etwas beichten«, sagt Sigi. »Ich habe es Gregor mit mir machen lassen.«

»Was?« sage ich. Plötzlich habe ich das Gefühl einer großen Leere, obwohl ich meinen Ohren nicht traue.

»Er durfte sein Ding bei mir reinstecken«, sagt sie. Sie hat das Gesicht immer noch dem Vogel zugewandt und dreht mir den Rücken zu. »Ich habe ihn sogar dazu gebracht. Er wollte es eigentlich gar nicht.«

»Mein Gott, Sigi«, sage ich, »das kann nicht wahr sein.«

»Es war, als du in Schwaz warst. Ich dachte mir die ganze Zeit, niemand würde mich je haben wollen, und ich mußte unbedingt wissen, wie es ist. Ich dachte, es könnte meine letzte Chance sein. Also habe ich ihn dazu gebracht.«

»Wie hast du ihn zwingen können?« sage ich.

»Ich habe ihn dazu aufgefordert, und er hat gelacht und gesagt, ich sei ein kleines Mädchen. Also schob ich meinen Pullover hoch und legte seine Hände auf meine Brüste. Er sagte, ich hätte wunderschöne Brüste. Dann berührte ich ihn zwischen den Beinen. Er wollte immer noch nicht. Ich mußte darum betteln.«

»Das Schwein. Er hat dich ausgenützt. Und du? Du bist auch nicht besser«, sage ich. »Und was ist jetzt mit uns?«

»Was mit uns ist?« sagt Sigi. »Wir hatten von nichts eine Ahnung.«

»Du schon – jetzt«, sage ich verbittert.

»Es war nicht so, wie ich es mir vorgestellt hatte. Es war nichts Tolles. Es brannte, es machte mich nur wund da unten. Es war, als ob es überhaupt nicht geschah. Wenn das Brennen nicht gewesen wäre, hätte es ein Traum sein können.«

»Halt deinen Mund jetzt. Ich will nichts davon wissen. Du ekelst mich an.«

Jetzt wendet sich Sigi mir zu. Sie hat aufgehört zu weinen. »Eines Tages wirst du es mit jemandem machen. Wird mich das auch anekeln? Nein, das glaube ich nicht. Er wird es auch nie wieder mit mir machen. Ich wollte ihn dazu bringen, weil ich wissen wollte, ob es besser wird, wenn man sich daran gewöhnt. Aber er weigerte sich. Er schäme sich, sagte er. Er sagte auch, er hätte ein anderes Mädchen – er wollte nicht sagen, wen – in seinem Alter.«

»Was für ein Schwein«, sage ich.

Sigi kommt zu mir und kniet sich hin, sie legt ihre Hände auf meine Knie. Ich bin schockiert und wütend, aber als ich sie anschaue, staune ich darüber, daß sie sich überhaupt nicht verändert hat. Sigi ist immer noch Sigi. Sie hat das gleiche unscheinbare blasse Gesicht, die gleichen rosa Lippen, die meine Lippen geküßt haben, die gleichen langen Finger. Alles genau das gleiche. Kein einziger Hinweis auf das, was sie getan hat. Sie legt ihren Kopf in meinen Schoß, und ich beuge mich zu ihr hinunter. Sie hat sogar den gleichen Geruch. Immer noch ist sie nichts anderes als meine Sigi.

Aber sie fühlt sich nicht gleich an. Wenn sie meine Hand nimmt und mich küßt, ist sie eine Fremde. Sie weiß etwas, das ich nicht weiß, und das trägt sie weit weg von mir, in eine Ferne, die ich noch nicht zu überwinden verstehe.

17. Kapitel

Im Vorfrühling des Jahres 1945 werden Fräulein Mumelters schöne Brüste immer größer und runder. Es ist erstaunlich, aber für uns alle deutlich sichtbar. Und jeder außer Sigi merkt das auch, selbst wenn sich Traudl eine weite Wolljacke über ihre gestärkten weißen Blusen zieht, die sie sonst in der Schule trägt. Die älteren Schüler sind gezwungen, ihre Erektionen unter Büchern zu verbergen, wenn sie sich die seidigen Brüste vorstellen. Die älteren Mädchen vergleichen diese der Reife entgegenschwellenden Rundungen mit ihren eigenen Knospen und sind mit dem Ergebnis nicht zufrieden. Mit neuem Schwung bewegt sich Fräulein Mumelter jetzt hinter ihrem Pult. Nie zuvor hat man diese Fülle von Bewegungen gesehen, die sich besonders entfalten, wenn sie Gleichungen an die Tafel schreibt.

Natürlich konnte sie nicht damit rechnen, daß ihr Geheimnis noch länger unentdeckt blieb, wie sehr sie es vielleicht auch wünschte. Ihr Aufblühen ist eindeutig und unverkennbar.

Aber Kaspar beschleunigt ihre Schmach. Wir beäugen den wachsenden Busen unserer Lehrerin schon mehr als einen Monat lang, als Kaspar Kreide aus der Schule schmuggelt und die Scheunen des Dorfes mit riesigen Brüsten bemalt. Darunter schreibt er ›Mumelter‹. An einem Abend im späten März, zwischen Dämmerung und Dunkelheit, schafft er sechs solcher Porträts, ohne entdeckt zu werden. Bis um halb neun am nächsten Morgen haben sich Mütter, die Arme vor die Brust verschränkt, zu zweit, zu dritt und zu viert auf der Straße versammelt. Immer wieder werfen sie verstohlene Blicke zum Schulhaus hinüber und reden ununterbrochen aufeinander ein. Die Männer versammeln sich mit Bürgermeister Ausserhofer vor dem Wirtshaus und gehen dann hinein auf einen Obstler. Ich sehe das alles vom Schulzimmerfenster aus. Alle wollen hinausschauen. Fräulein Mumelter, die, wie es scheint, auf wunderbare Weise nichts davon bemerkt hat, daß das Dorf seit neuestem mit Zeichnungen ihres Busens geschmückt ist, hat zu schreiben aufgehört und klopft mit ihrem Lineal gegen die Kante des Pults. Wieder lernen wir eine neue Bewegung kennen. Drei Viertel der Klasse hören ihr wieder aufmerksam zu, als Bürgermeister Ausserhofer in der Tür erscheint und ihr bedeutet, daß er mit ihr unter vier Augen zu reden wünsche.

Sekunden später kommt sie ins Schulzimmer zurück, die Lippen zusammengepreßt und blutleer. Ihr folgen Ausserhofer und Pabst, der Gendarm. Sie haben ihr ernstes Amtsgesicht aufgesetzt. Der Reihe nach mustern sie die älteren Buben, die ihren Blicken ausweichen. Wie ein Schwein vor dem vollen Trog starrt Kaspar mit unerklärlichem Gesichtsausdruck auf die Schulbank.

»Einer von euch hat etwas Unverschämtes und Obszönes, etwas Ekelhaftes getan«, verkündet Bürgermeister Ausserhofer. Er redet mit seiner Amtsstimme, volltönend, als übe er für eine Rundfunkaufnahme. »Keiner verläßt dieses Zimmer, solange der Übeltäter nicht gefunden ist. Wir alle werden hierbleiben: den ganzen Tag, die ganze Nacht und auch den ganzen morgigen Tag, wenn es sein muß. Wir werden herausfinden, wer diese verabscheuungswürdige Tat begangen hat.« Einige der Kleineren fangen an zu weinen.

»Kaspar war es«, sagt Andreas fast sofort. Auf seiner Oberlippe ist noch immer eine dünne weiße Narbe von ihrem letzten Zusammenstoß zu sehen. »Ich habe ihn gestern abend dabei gesehen.«

Der Bürgermeister sinkt zusammen, als ob er sich für einen hartnäckigen Widerstand gewappnet hätte und auf keinen gestoßen wäre. Es kommt ihm verdächtig leicht vor. Verwundert sieht er Andreas an. Aber Pabst kennt sich mit den Buben besser aus. Er schreitet auf Kaspars Bank zu und packt ihn am Ohr in der Absicht, ihn vor die Klasse zu führen. Mühelos schüttelt Kaspar Pabsts Arm ab und geht von sich aus zum Bürgermeister hin. »Ja, ich war's. Vielleicht hätte ich die Titten noch größer machen sollen. Schauen Sie sie nur an, Herr Bürgermeister«, sagt er.

Später spricht Simon vom ›Ausserhofer-Reflex‹. Kaum hat Kaspar gesprochen, da gleiten Ausserhofers Augen hinüber auf die Brust der Lehrerin, verweilen dort länger, als sie sollten, und wenden sich erschrocken wieder ab. Sein Gesicht drückt tiefe Verlegenheit aus.

Fräulein Mumelter bricht in Tränen aus, hält die Wolljacke mit beiden Händen zu und flüchtet aus dem Zimmer. Wie ein Schulmädchen rennt sie an den Müttern draußen vorbei und die Treppe zu ihrer Wohnung hinauf. Einen Moment lang scheint sie das Schlüsselloch nicht zu finden. Sie senkt den Kopf. Dann geht die Tür auf, sie schlüpft hinein und schlägt sie hinter sich zu.

Alle haben wir ihrer Flucht zugesehen. Keiner sagt ein Wort. Als wir uns vom Fenster wegdrehen, sehen wir

Kaspar, der Pabst und dem Bürgermeister den Rücken zugewandt hat, mit einem widerwärtigen Grinsen im Gesicht dastehen. Plötzlich versetzt ihm der Bürgermeister mit aller Kraft eine Ohrfeige. Kaspar kippt um wie eine gefällte Kiefer. »Kaspar Hufnagel, du bist ab sofort von der Schule verwiesen. Steh auf und verlasse augenblicklich das Gebäude!« sagt der Bürgermeister. Es ist nicht klar, ob er zu dieser Handlung überhaupt ermächtigt ist. Wäre es nicht die Sache des Schulrats? Aber vorläufig hat der Bürgermeister die mächtigste Stimme im Raum. Er hat Kaspars Widerstand gebrochen, und Kaspar, der sein geschwollenes Ohr mit der Hand bedeckt, gehorcht.

»Was ist passiert? Was war los? Seid ihr alle übergeschnappt? Wo ist Fräulein Mumelter?« Sigi flüstert mir ihre Fragen laut zu. Seit ihrem Geburtstag benimmt sie sich, als ob sich zwischen uns nichts verändert hätte. Aber ich bin innerlich zerrissen, nicht mehr derselbe. Ich bin enttäuscht, daß Sigi, die mich so gut kennt, das nicht spürt und keine Rücksicht darauf nimmt, wenn sie mit mir spricht.

»Kaspar hat Bilder von Traudls Brüsten auf die Scheunenwände gemalt«, flüstere ich ihr widerstrebend zu.

»Aber wieso?«

»Sie werden größer«, sage ich.

»Größer?«

»Sie wird auch dicker«, sage ich.

Oh, Traudl, Traudl, denke ich mir. Diese schönen Brüste, dieser schwellende Bauch. Mußtest du so etwas Schlimmes tun? Lagst du auf dem Rücken, um das zu empfangen, was dir die meisten Männer im Dorf so gerne gegeben hätten (und es dir wahrscheinlich auch gaben – in ihren Träumen)? Aber wer war der Glückliche? Wer hatte das Privileg?

»Warum hast du mir nichts gesagt?« zischt Sigi zornig.

»Noch hat niemand behauptet, daß sie schwanger ist«, sage ich. »Aber man merkt es ihr deutlich an.«

Sigi fängt an zu weinen, wischt aber energisch die Tränen mit dem Handrücken weg. »Wie konnte sie nur? Wie konnte sie nur?« murmelt sie vor sich hin.

»Genauso wie du«, sage ich. Es ist grausam, und so soll es auch sein.

»Das darfst du gar nicht sagen.«

»Es stimmt aber.«

»Es muß Gregor sein. Diese Ratte«, sagt Sigi.

»Wer denn sonst?« sage ich.

Aber dann denke ich daran, wie Traudl um vier in der Frühe vor dem Stall die Hand meines Vaters ergriff und wie sie zusammen in der Dunkelheit verschwanden. Ich denke daran, wie ich mein Gesicht zur Wand drehte und hoffte, ich könnte träumen. Ich denke daran, daß es uns vorkam, als ob sie von dem Juden wußte, bevor wir es ihr erzählten. Am liebsten möchte ich mir die Finger in die Ohren stecken, um den Lärm abzuwehren, aber ich weiß, das würde ihn nur in meinen Kopf einschließen. Er war es nicht, er war es nicht, sage ich mir immer wieder.

»Es war sicher Gregor«, sage ich Sigi, so bestimmt, wie ich nur kann. »Es kann nur Gregor gewesen sein.«

Das löst ihre Tränen wieder aus. »Oh, nein, oh, nein.« sagt Sigi. »Das kann nicht sein. Der bloße Gedanke daran ist ekelhaft.«

»Jetzt weißt du, wie man sich vorkommt«, sage ich. Noch nie in meinem ganzen Leben war ich so grob zu ihr.

»Niki«, bettelt sie, und genau das will ich von ihr hören, »entweder du verzeihst mir, oder du mußt wegbleiben. Du mußt aufhören, es mir immer wieder vorzuwerfen. Es tut zu weh. Es bricht mir das Herz.«

»Gregor ist ein Schwein, ich wünschte, er würde krepieren«, sage ich. Ich sehe, wie sie zusammenzuckt, und fühle mich wohl dabei. Mich hatte sie einsam zurückgelassen. Mein Schmerz und mein Zorn waren so kalt, daß sie mir fast heilig erschienen.

Aber was ich wirklich wollte, war, daß alles wieder würde wie früher. Ich wollte zurück. Das Wissen, daß das unmöglich war, quälte mich.

Am Abend, als wir beim Essen saßen, wünschte ich sogar, ich wäre nie geboren worden. Meine Mutter löffelte ihre Suppe mit scharfen, rachsüchtigen Bewegungen. Mein Vater verstand das Zeichen. Er versuchte, die Stimmung zu beruhigen. Er sagte, wenn die Lehrerin schwanger sei, würde sie zwangsläufig entlassen und dürfte nicht mehr in Sankt Vero bleiben. Dann würde sich die Aufregung legen. Meine Großmutter sagte: »Das wäre das beste, dann würde das Problem einfach verschwinden.«

»Vielleicht hat der Vater da noch etwas mitzureden«, sagte meine Mutter, etwas zu laut. »Vielleicht will der Vater nicht haben, daß seine kleine Freundin weggeht. Vielleicht will er für die Schlampe auch noch sorgen. Sie und ihren Balg werden wir nicht so schnell los.«

»Ich würde mir nicht den Kopf darüber zerbrechen«, sagte meine Großmutter.

»Du hast leicht reden – dein Mann ist tot«, giftete meine Mutter. Meine Großmutter machte ein Gesicht, als ob sie geohrfeigt worden wäre. »Meinem Mann fallen inzwischen die Augen aus dem Kopf, wenn etwas mit Titten vorübergeht. Auch der Stocker Maria schaut er schon nach.«

»Was für ein Schmarrn«, sagte mein Vater. Es war klar, daß er Mühe hatte, ruhig zu bleiben. »Du machst dich lächerlich.«

»Wirklich?« sagte meine Mutter. »Du stehst so früh am Morgen auf. Du schleichst herum, während das ganze Dorf noch schläft. Was stellst du eigentlich an, so früh am Tag?«

»Jesses Maria«, sagte meine Großmutter. »Wollt ihr damit aufhören? Auch noch vor Niki so daherzureden! Hast du denn keinen Anstand?«

»Anstand? Den hatte ich einmal«, sagte meine Mutter. »Deswegen hat mich Martin geheiratet, so war es doch, Martin? Ich war so anständig, wie man nur sein kann. Aber im Laufe der Jahre wird einem das ausgetrieben, wenn der Ehemann seinen Hosenschlitz nicht zuhalten kann.«

»Das ist Wahnsinn, der reine Wahnsinn. Müssen wir den Doktor wieder holen?« sagte mein Vater. Er klang fast verzweifelt.

»Ich wußte es!« schrie meine Mutter, stand vom Tisch auf und ging zur Tür. »Ich habe mit einer solchen Drohung gerechnet. Also willst du mich dazu bringen, daß sie mich in eine Anstalt stecken, und du kannst deine schmutzigen Spiele weiter treiben. Aber ich sage dir, das wird dir nicht gelingen.«

In dieser Nacht verließ sie das Zimmer, das sie und mein Vater mein ganzes Leben lang geteilt hatten, und zog in das kleine Gästezimmer neben dem Dachboden, das Zimmer, in dem der Jude vor so vielen Jahren seine einzige Nacht in unserem Haus verbracht hatte. Jetzt redet sie nur noch mit meiner Großmutter und mir. Es wäre mir eigentlich lieber, wenn sie nicht mit mir sprechen würde. Ich schäme mich für sie, aber sie spürt das nicht. Sie schämt sich für keine ihrer Taten.

Am Tag, nachdem Kaspar von der Schule verwiesen worden ist, erscheint Traudl wieder zum Unterricht. Sie kommt immer noch an manchen Abenden zu uns. Jetzt, in unserer privaten Welt, ist sie uns gegenüber nicht mehr schüchtern. Sie erzählt uns, daß sie sich jeden Morgen übergeben muß, daß ihr der Gedanke an bestimmte Speisen zu jeder Tageszeit den Magen umdreht. Und wir sind dabei, als sie dem Juden von ihrer neuen Situation erzählt.

»Ich bin schwanger, Herr Doktor«, sagt Traudl.

»Schön«, antwortet er. Ich habe ihn selten so fröhlich gehört, so fröhlich wie damals, als er seine Affäre mit der Krankenschwester in Venedig beschrieb, mit der er Hüfte an Hüfte im Nebel den Kanal entlangschlenderte.

»Ich will es aber nicht sein«, sagt sie.

»Die Nerven. Kommt oft vor. Sie werden darüber hinwegkommen«, sagt er.

»Nein, nicht die Nerven. Ich darf nicht schwanger sein. Verstehen Sie das nicht?«

»Ich verstehe, daß Sie gewiß nicht das erste Mädchen sind, das in einer ... sagen wir, unpassenden Situation schwanger wird. Und ich schwöre, Sie werden gewiß nicht die letzte sein.«

»Was kann ich tun?«

»Sie können ihn nicht heiraten?«

»Nein, das kommt nicht in Frage.«

»Weil Sie sich nicht lieben, oder aus anderen Gründen?«

»Aus allen möglichen Gründen. Es ist einfach unmöglich. Ich muß etwas tun.«

»Es gibt nichts, was Sie tun können. Nichts, verstehen Sie?« sagt Doktor Weiß.

»Angeblich gibt es Möglichkeiten«, sagt Traudl.

»Die gefährlich, illegal, unmoralisch sind. Zigeunerinnen mit Stricknadeln, die das Kind abschlachten. Es gibt, ich wiederhole, nichts, was Sie tun können.«

»Ich werde alles verlieren – meinen Beruf, meine Stelle. Sie werden mich nicht unterrichten lassen. Ich weiß nicht, wo ich hin soll.«

»Kopf hoch, Traudl«, sagt Doktor Weiß. »Sie haben nichts verbrochen. Sie haben einfach Pech gehabt.«

»Es bringt mich um«, seufzt sie.

»Sie werden es vielleicht eine Zeitlang schwer haben, aber Sie werden es überstehen, und es wird Ihnen gutgehen. Halten Sie hier aus, bis der Krieg vorbei ist, dann werden wir schon sehen. Dann gibt es Chancen, Möglichkeiten, von denen wir zur Zeit keine Ahnung haben. Nach einem Krieg ist es immer so. Das haben wir 1918 gelernt. Oder wenigstens einige. Die Unbeweglichen, die der Vergangenheit nachtrauerten, sind versunken, ohne eine Spur zu hinterlassen.«

»O Gott, Herr Doktor, können Sie mir nicht helfen? Ich darf dieses Kind nicht bekommen, es geht einfach nicht.«

»Vorläufig kann ich Ihnen nichts geben als meine Hoffnung, daß Ihre Zukunft glücklich wird«, sagt er.

Traudl und Sigi steigen die Leiter hinunter, aber ich bleibe da. Es kommt mir vor, als hörte ich Doktor Weiß flüstern: »O Gott, warum konnte ich es nicht sein? So ein schönes Mädchen. Nur einmal, ein einziges Mal. Und ich hätte dann mein ganzes Leben lang für sie gesorgt.«

»Der Lauf der Welt – das ist schon traurig«, sage ich.

»Bist du noch da, Niki?« sagt er. Er klingt, als ob er gerade in ein inniges Gebet versunken oder schon im Halbschlaf wäre.

»Alles scheint unverhältnismäßig zu sein. Die meisten Menschen bekommen nicht das, was sie verdienen«, sage ich. »Aber die wenigsten kämpfen oder beklagen sich. ›So ist das Leben‹, sagen sie. ›So ist das Leben.‹«

»Ach Niki, es gibt nichts zu bekämpfen. Es wäre, als wollte man mit der Faust gegen den Nebel kämpfen. Das ist das Geheimnis des Lebens, das sind die Dinge, die wir nicht wissen können, die wir nicht wissen dürfen. Wenn alles immer klar wäre, wären wir alle wie die Pawlowschen Hunde, wir würden immer die gleichen Dinge auf die gleiche Weise tun, um immer wieder die gleichen Belohnungen zu bekommen.«

»Die Pawlowschen Hunde?«

»Russische Hunde natürlich«, sagt er müde.

»Natürlich«, sage ich, obwohl ich keine Ahnung habe, was er meint.

Ich holte Sigi ein, nachdem Traudl sie bis zu ihrer Haustür begleitet hatte.

»Er ist scharf auf sie!« sagte sie, als ich ihr erzählte, was er über Traudl gesagt hatte. »Geiler alter Mann! Wie konnte er so über Traudl denken? Sie könnte seine Tochter sein. Ich wette, daß er da drinnen masturbiert, auch wenn er schwört, er tut es nicht. Er kommt bestimmt in die Hölle.«

Ich gehe nach Hause, direkt auf mein Zimmer. Ich ziehe mich aus. Ich schaue mich eine Weile im Spiegel an. Das tue ich nur, wenn ich mutiger bin als sonst oder wenn mir mein Vater etwas Obstler in den Kamillentee gegeben hat. Manchmal nehme ich sogar meine Augenklappe ab. Es gab eine Zeit, da hielt ich mich für gutaussehend, in einer noch etwas kindlichen Weise. Das ist leider vorbei. Es gab auch eine Zeit, da stellte ich mir Narben nur als dünne, blasse, leicht erhobene Striche vor, wie die Narbe auf meinem Bauch. Ich bin immer wieder entsetzt, wenn ich sehe, wie tief und zerfurcht die Narbe in meinem Auge ist. Sie sagen, sie werde mit der Zeit verblassen. Aber sie wird tief bleiben, eine bleibende Erinnerung der Penetration. Gewaltsam wie die Narben, die die Soldaten von Kugeln und Schrapnells bekommen, nicht schön und friedlich, wie sie Frauen von Natur aus an diesem einen geheimen Ort haben.

Meine Begabung, mich selbst zu bemitleiden, wächst zusehends. Ich binde mir die Augenklappe wieder um und schlüpfe ins kalte Bett. Ich schwelge in meinem Unglück. Zuerst bricht mir Sigi das Herz und jetzt Traudl. Mir wird schwindlig. Alle weisen mich zurück. Ich bin praktisch ein Waisenkind. Ich möchte beiden näher sein, auf eine Weise, die ich nicht benennen oder beschreiben kann, aber die ich tief im Innern meines Körpers fühle. Sie ist körperlich, aber auch mehr als das. Bei Traudl bin ich realistischer. Aber Sigi ist anders. Wir gehören zusammen. Sie tut alles für mich, genauso wie ich alles für sie tun würde. Ich habe sie nie um etwas gebeten, aber jetzt fühle ich, daß ich es tun muß. Ich muß den Abgrund schließen, den Gregor zwischen uns aufgerissen hat.

Und dann glaube ich wieder, daß es nicht sein kann, daß es nicht klappen wird. Vielleicht sollte ich aufgeben. Aber ich fürchte mich vor der kalten Erde, den Photographien auf den Kreuzen, den roten Grablichtern. Und sie müßten die Knochen meines Bruders wegräumen, um mir Platz zu machen. Ich könnte ihm das nicht antun.

Es war einmal, da dachte ich, daß es die schönen Menschen zu leicht im Leben hätten. Nun schaue ich mir Traudl und Gregor an, und ich bin nicht mehr so sicher. Sind sie glücklicher als andere? Gewiß nicht in diesem Moment. Macht ihnen ihre Schönheit das Leben süßer – auf eine andere als die oberflächlichste Weise? Es sieht nicht so aus. Sie verführen Menschen wie mich und Sigi, und wir lernen schließlich, ihnen zu mißtrauen und sie sogar deswegen zu hassen – dafür, daß sie uns glauben machen, daß ein hübsches Gesicht eine schöne Seele bedeute. Trotzdem ist es eine Art Trost zu wissen, daß ihre Schönheit sie nicht immun gegen das Schicksal macht.

Gregor darf krepieren. Aber Traudl bedeutet mir zuviel. Ich würde ihr gerne helfen, wenn ich könnte.

Am Samstag morgen muß Kaspar alle seine Kreidezeichnungen wegschrubben. Als zusätzliche Strafe befiehlt ihm der Bürgermeister auch, bestimmte gemeindeeigene Wände und Türen unter der Aufsicht von Pabst, dem Gendarm, zu streichen. Pabst trägt bei dieser Gelegenheit sogar seine Pistole. Sigi folgt Kaspar von einer Kreidezeichnung zur nächsten und schließlich auch zur Malerarbeit und verhöhnt ihn. Pabst versucht auf sanfte

Art, sie zu verscheuchen, kann es aber mit ihrer Hartnäckigkeit nicht aufnehmen. Ich schleiche im Hintergrund herum; ich will nicht wie üblich neben Sigi hergehen, will sie aber auch nicht unbeaufsichtigt lassen. Sigi fragt Kaspar zuerst, ob er seinen Freund Otto vermisse. Sie fragt so unschuldig. Sie schlägt ihm vor, sich eine Wurst als Freund zu nehmen. Pabst scheint das nicht mitzubekommen. Er schaut nur ausdruckslos zu, wie Kaspar eine Tür streicht. Und er erstarrt, als Kaspar herumfährt und Sigi von oben bis unten mit seinem Pinsel weiß anmalt. Dann fährt er ihr noch einmal von links nach rechts über die Brüste, und in diesem Moment biegt Gregor um die Ecke.

»Du kleiner Scheißer!« brüllt Gregor und eilt hinüber. Kaspar wirft ihm den Pinsel ins Gesicht und reißt ihm die Krücke weg. Dann schlägt er ihm die Krücke gegen das Schienbein. Gregor fällt hin. Kaspar kann ihm noch Schläge in die Rippen und ins Gesicht versetzen, bevor sich Pabst endlich zusammenreißt und ihn angreift. Es sieht schon aus, als würde Pabst ihm unterliegen, aber da stürzt Ignaz aus der Sägemühle, läuft herüber und tritt ihm in die Rippen. Sie hätten den Schlag hören sollen! Das ist das Aus für Kaspar. Er liegt da auf der Straße und spuckt eine giftgelbe Flüssigkeit aus. Gregor blutet aus der Nase und aus einer tiefen Platzwunde unter einem Auge. Wahrscheinlich sind auch ein paar Rippen gebrochen. Ich gehe hinüber und nehme Sigi bei der Hand. Sie will nicht mitgehen, der ganze Vorfall macht ihr Angst, aber ich führe sie nach Hause. Sollen sich Pabst und Ignaz um Gregor kümmern.

Der Bürgermeister und Pabst bestehen darauf, daß Kaspar im Keller seines Vaters über Nacht eingesperrt wird, damit man ihn am nächsten Morgen nach Fussing bringen und wegen schwerer Mißhandlung anzeigen kann. Aber Kaspar fällt es nicht schwer, aus seinem eigenen Keller zu entkommen. Er läuft über den Paß nach Kaprun. Von dort schickt er seinen Eltern eine Karte: Er habe sich als Sechzehnjähriger ausgegeben und zum Volkssturm gemeldet; er marschiere gen Osten, um die Rote Armee aufzuhalten.

Das war das letzte, was man in Sankt Vero von ihm gehört hat.

Ich kann nicht sagen, daß Kaspar jemals besonders vermißt wurde, nicht einmal von den Hufnagels, glaube ich. Als der Krieg vorbei war, hatten sie nichts Eiligeres zu tun, als eine staatliche Entschädigung für ihren gefallenen Sohn einzufordern. Sie erhielten tatsächlich eine kleine Rente, die sie anscheinend ganz gern ausgaben.

18. Kapitel

»In Sankt Vero hat es noch nie Geschlechtsverkehr gegeben«, brüllt der dicke Ignaz in das überfüllte Schulzimmer hinein. Wahrscheinlich belästigt er die neben ihm Sitzenden mit seiner Schnapsfahne. »Alle verdammten Bälger in Sankt Vero kommen von einer unbefleckten Empfängnis, stimmt's? Besonders die ledigen. Und wenn wir schon dabei sind – ich nenne keine Namen – sitzen hier in der Schule jeden Tag mindestens vier kleine Bankerte. Und wahrscheinlich noch einer, obwohl es sein Vater nicht weiß.«

»Das weiß er ganz genau«, schreit ein Bauer aus einer Ecke des Zimmers. »Er will bloß nicht zugeben, daß seine Frau eine Schlampe ist.«

»Verleumdung! Und du, Ignaz, schäm dich! Die Zunge sollst du dir abbeißen«, ruft Frau Stocker von der anderen Seite hinüber.

»Hast schon recht«, gibt Ignaz lachend zurück. »Aber sag mir zuerst, hat dieser picklige Soldat deiner kleinen Maria schon ein Kind gemacht? Freut ihr euch aufs Enkelkind, wo ihr doch selbst noch so jung seid?« Herr Stocker steht da mit geballten Fäusten, als ob er sich gleich auf Ignaz stürzen wolle, aber seine Freunde halten ihn zurück. Sie müssen sich keine große Mühe geben.

»Bleiben wir bei der Sache. Alles, was ich in bezug auf Fräulein Mumelter wissen will, ist: Wer ist der Glückliche?« sagt Ignaz. Viele der Väter lachen jetzt auch, aber ihre streng dreinblickenden Gattinnen versetzen ihnen Rippenstöße und mahnen zur Ruhe.

»Davon könnt' ich euch auch eine Menge erzählen«, kreischt meine Mutter, noch bevor sie von meiner Großmutter, die sie die ganze Zeit auf Anzeichen der Erregung hin beobachtet hat, durch die Tür hinausgeschafft wird.

»Bleib da, erzähl!« ruft Ignaz.

»Halt's Maul«, knurrt mein Vater, und Ignaz setzt sich wieder hin.

»Meine Damen und Herren«, sagt der Bürgermeister, »benehmen Sie sich bitte, wie sich's gehört. Wir wollen doch die Anstandsregeln beachten und die Sache friedlich besprechen.« Er klopft kurz und energisch mit einem Schusterhammer aufs Lehrerpult.

Alle, praktisch das ganze Dorf, haben sich ins Schulhaus gezwängt, um zu besprechen, was in Traudl Mumelters Bauch vorgeht. Mit Simon und Andreas schleiche ich draußen herum und belausche, wie früher schon einmal, das Geschehen. Sigi und Traudl sind beim Juden. Nachher wollen sie zu Sigi gehen, wo wir uns treffen werden, wenn die Versammlung nicht zu lange dauert.

Ignaz wird plötzlich ernst. »Paßt auf, könnt ihr nicht die Lehrerin einfach unterrichten lassen? Was kümmert uns, was sie mit wem gemacht hat? Glaubt ihr denn, diese Kinder haben noch nie eine schwangere Frau gesehen?«

»Wir dürfen nicht zulassen, daß dieser unmoralische Lebenswandel vor den Kindern zur Schau gestellt wird«, erregt sich Frau Fischnaller.

»Also, Trudi, dein Egon hat sich vor uns allen damit gebrüstet, daß du keine Jungfrau warst, als er dich geheiratet hat«, sagt Ignaz. »Himmel noch einmal, die älteren Kinder probieren auch schon dies und jenes aus, darauf könnt ihr Gift nehmen. Und die Kleinen verstehen sowieso nichts davon. Also schadet's nichts.«

»Ignaz, du gehst zu weit«, sagt der Bürgermeister und klopft mit dem Hammer. Wahrscheinlich gibt es jetzt lauter kleine Dellen auf Traudls Pult. »Sonst muß dich der Pabst von der Schule verweisen, wenn du so weitermachst.«

»Ach, wie schlimm«, sagt Ignaz.

»Einen Moment, bitte«, wendet Herr Egger ein. »Ignaz hat nicht ganz unrecht. Es gibt ledige Kinder in diesem Dorf, das wissen wir alle, und wir behandeln sie nicht anders als die anderen Kinder auch. Wir müßten uns schämen, wenn es nicht so wäre. Auf eins mehr kommt's nicht an. Auch wenn es von der Lehrerin ist – was macht das schon?«

»Glaubst du, dein Vater hat's gemacht?« flüstert Andreas Simon zu, als wir draußen vor dem Schulhaus hocken.

»Ich glaube, er kann's gar nicht. Meine Mutter schimpft mit ihm deswegen«, sagt Simon.

»Die Lehrerin soll ein gutes Beispiel geben, nicht ein schlechtes«, sagt Frau Hutter. »Sie hat etwas angestellt, was sich für sie nicht gehört. Schickt sie weg!«

»Das ganze Dorf müßte weg, wenn man jeden verbannt, der es mit der Moral nicht so genau nimmt«, bemerkt Herr Egger.

»Willst du damit andeuten, daß ich selbst Dreck am Stecken habe? Wenn du das sagst, Karl, dann breche ich dir jeden einzelnen Knochen«, sagt Frau Hutter laut. Sie ist eine sehr große Frau, mit festen roten Händen.

»Ich habe nicht dich gemeint, Katharina«, will Herr Egger sie beruhigen. »Ich sag's ganz allgemein. Du weißt schon, ›Wer von euch ohne Sünde ist, der werfe den ersten Stein‹, und so weiter.«

»Über was für Sünden reden wir hier?« fragt Herr Stocker.

»Frag deine Maria, wenn du Einzelheiten willst; die kennt sich sicher inzwischen aus«, ruft Ignaz, und der Bürgermeister klopft wieder mit dem kleinen Hammer.

Sie reden, reden, reden. Das eine führt zum anderen. So verlaufen alle diese Versammlungen bei diesen Leuten, die sich alle schon seit Ewigkeiten kennen: Mißverständnisse, verletzte Gefühle, Verhöhnungen und Sticheleien. Aber hätte es auch nur einen Fremden in diesem Raum gegeben, kein einziger von ihnen, nicht einmal Ignaz, hätte ein Wort gesagt. Sie hätten alle bloß mit grimmigem Blick dagesessen und der Rede des Bürgermeisters gelauscht, um sie anschließend zu Hause in Grund und Boden zu kritisieren.

Ich horche immer noch durch mein Glas. Kein Wort entgeht mir, aber ich spähe nicht mehr zum Fenster hinein. Gebannt sehe ich zu, wie sich die Mondsichel in den Gipfel der Kirchspitz einhakt, ein gelber Mond auf weißem Schnee. Mein ganzes Leben lang habe ich das gesehen, aber erst jetzt wird mir bewußt, daß die unbeschreibliche Wirkung, die vom Mond und einem Berg ausgeht, eine Bedeutung haben muß.

Wir wissen nicht einmal, wer diesen Bergen die Namen gegeben hat; es ist so lange her. Ich stelle mir vor, die Leute wußten damals instinktiv, daß die Berge etwas

Menschliches an sich haben, daß sie stärker präsent sind als wir selbst und dauerhafter als unsere Taten. Unsere Kühe weiden dort oben, aber das Gras wächst immer wieder nach. Wir malen Steine mit rot-weißen Streifen an, um die Wege zu markieren, aber die Farbe verblaßt. Die Berge ignorieren uns; in dieser Hinsicht sind sie Gott ähnlich. Manchmal überwältigen sie uns, so wie Gott auch: Schneestürme und Lawinen, Dauerregen und Erdrutsche gehen auf uns nieder. Es ist aber nicht persönlich gemeint. Wahrscheinlich ist es ein Zeichen unserer Überheblichkeit, daß wir ihnen Namen geben. Zumindest wir in den Alpen, wir geben ihnen niemals die Namen von Menschen, wie es angeblich in Amerika geschieht. Das hieße den Ärger direkt herausfordern, wie wenn man in der Kirche ins Weihwasserbecken spuckt. Und nach wenigen Generationen schon wäre ein Pabstberg oder Stockerberg nur noch lächerlich. Aber die Kirchspitz wird für immer und ewig die Kirchspitz bleiben.

In letzter Zeit könnte man meinen, daß unser Jude, frisch und frei und zwanzig Jahre jünger, unsere Kirchspitz bis zum Gipfel bestiegen hätte. Er zeigt eine Art von Höhenrausch, soweit es unter diesen Umständen möglich ist. Er friert, ist schmutzig und erschöpft, aber er läßt sich nicht zum Schweigen bringen, wie die Bergsteiger, die im Wirtshaus von ihren Besteigungen schwärmen. Er sieht das Ende seiner Gefangenschaft. Er sieht es deutlich am Horizont seiner Phantasie. Das sagt er selbst. Er meint, daß uns die Sieger keinen Schaden zufügen, sondern uns helfen werden. Wo er diese Vorstellungen herhat, ist uns unbegreiflich. Vielleicht hat ihm seine Tochter lauter schöne Sachen über die Amerikaner geschrieben, bevor für ihn in Österreich alles verlorenging, und er glaubte ihr. Mein Vater und Ignaz und die meisten Kriegsveteranen hätten lieber die Amerikaner im Dorf als die Rote Armee, aber sie rechnen damit, daß es uns in beiden Fällen unverdienterweise schlecht gehen wird, sehr schlecht.

Nicht so unser euphorischer Jude. Er ist so anders als der stumpfe, leichenhafte Typ vom letzten Herbst. Im Geiste ist er schon fort, eilt er auf den Beginn eines neuen Lebens zu. Wenn er von seiner Vergangenheit spricht, sind die Zusammenhänge nicht mehr klar. Er scheint jetzt anzunehmen, daß wir alle Leute seiner Vergangenheit persönlich kennen, als ob wir von seiner Kindheit an bis in die Fünfziger seines Lebens mit ihm zusammengelebt hätten. Er macht Bemerkungen wie: »Ihr erinnert euch doch an den Major Musil vom sechzehnten Regiment, den Arzt mit den Schmissen im Gesicht, die er sich in Heidelberg geholt hatte?« Von diesem Paukanten hatten wir noch nie etwas gehört!

Wir erfahren, wie er einmal absichtlich eine kleine Operation schmerzhafter als nötig ausfallen ließ, weil er den Patienten verachtete. »Einen schmutzigen Plutokraten« nannte er ihn, einen der Kriegsgewinnler, der in der schlechten Zeit nach dem Krieg in seinem Reichtum schwelgte. »Ich habe dafür gesorgt, daß er auf dem Operationstisch um Gnade schrie«, sagt Doktor Weiß. »Ich habe ihm keine Gnade gewährt. Wenn der Gauner noch am Leben ist, wird er wohl immer noch von Alpträumen verfolgt.«

Und wir erfahren mehr Einzelheiten, die guten und die

schlechten, die einem Leben, das wirklich gelebt wird, die Lebenskraft verleihen: hie und da eine kleine Steuerhinterziehung, einige Flirts mit Kellnerinnen und Verkäuferinnen, peinliche Sexualphantasien über die hübschesten Freundinnen seiner Tochter, die kostenlose Behandlung kranker Veteranen seines Regiments; ein Picknick am Innufer, bei dem er ein hartes Ei zuviel aß; der peinliche Moment, als ihn seine zwölfjährige Tochter zufällig mit einer Erektion in der Badewanne entdeckte; die Angst, die er empfand, als der gelbe Stern verordnet wurde; wie er sein Judentum vor gewissen Braunhemden verleugnen wollte, die sich auf einer Innsbrucker Straße so nahe an ihn drängten, daß er ihren sauren Zorn riechen konnte.

Er will aus der Kiste herausgelassen werden. Aber es geht nicht. Es ist immer noch nicht sicher. Es wird erst sicher sein, wenn der Krieg wirklich vorbei ist und die Alliierten nach Sankt Vero kommen.

Auf jeden Fall: große Erwartungen. Unser Doktor Weiß hegt große Erwartungen. Vielleicht fährt er sogar nach Amerika, zu seiner Tochter. Er wird Englisch lernen und seinen Beruf ausüben. Ein Chirurg kann überall operieren, sagt er.

Sigi läßt sich von diesen Enthüllungen nicht mehr so leicht ablenken wie früher. Früher hätte sie Einzelheiten erfahren wollen. Sie hätte gefragt, ob er vor Angst in die Hose pinkeln mußte, als er von den Braunen umringt war. Jetzt aber ist ihre Hauptsorge, ob es Gregor war, der unsere Traudl schwanger gemacht hat, und wenn nicht er, wer es wohl war. Sie hat etwas vor, das merke ich ihr an, sie will dem Vergewaltiger – so sieht sie den Täter – etwas antun. Wenn Traudl nicht dabei ist, bringt

Sigi das Gespräch auf ihren Zustand. Von Doktor Weiß ist sie bald enttäuscht. Ihm fällt zu diesem Thema nichts ein: keine Ideen, keine Bemerkungen, keine Theorien. Bis auf eine leichte Neugier ist es ihm egal. Ein gesundes, kräftiges Mädchen wie Traudl sollte seiner Meinung nach von irgend jemandem geschwängert werden.

Der Jude redet so oft davon, seine Kiste verlassen zu wollen. Im Laufe des Frühlings wird er so lebhaft und so fröhlich, daß er uns auf die Nerven geht. Besonders mir.

Mir besonders. Denn meine Nerven sind schwach. Wenn Sie mein Freund wären und ich sagte Ihnen eines Tages: ›Stecken Sie mich in eine Kiste‹, dann, meine ich, wären Sie so klug und würden mich nicht ernst nehmen. Sie wüßten, daß es nur meine Nerven sind. Sie wüßten, daß ich niemals das ertragen könnte, was der Jude durchgemacht hat. Aber selbst wenn man das weiß: Sehnt sich nicht jeder irgendwann einmal nach dem Zustand der Hilflosigkeit, der vollständigen Verantwortungslosigkeit? Nach der gleichen friedlichen Stimmung und Sicherheit, die Gregor im Lazarett empfand? Manchmal sehne ich mich wirklich ein wenig danach.

Aber mein augenblickliches Los sieht anders aus. Um alle muß ich mir Sorgen machen: Sigi, Traudl, Doktor Weiß, meine verrückten Eltern. Die Welt steht kopf, das spürt jeder, und wir haben keine Ahnung, was uns passieren wird. Ich habe zu niemandem besonders großes Vertrauen, außer vielleicht zu meiner Großmutter. Sie behält immer einen klaren Kopf. Im Radio spielen sie meistens Beethoven und Wagner, Nachrichtensendungen sind selten. Manche Leute überlegen sich, ob sie nicht Lebensmittelvorräte in den Heustadeln oben auf der Alm, weit außerhalb des Dorfes, lagern sollen, damit sie sich dort verstecken können, wenn die fremden Truppen kommen. Als ob uns diese Soldaten dort oben nicht finden würden, wenn sie wollten. Als ob Ignaz sie mit seinem alten Jagdgewehr abwehren könnte. Es wird viel Unsinn geredet. An manchen Tagen herrscht im Dorf eine fast panische Angst. Auf der Straße bricht zwischen alten Freunden plötzlich Streit aus. Gewisse Familien sprechen nicht mehr mit anderen Familien.

Also mache ich mir Sorgen. Was wird mit der armen Traudl passieren? Wer ist ihr Liebhaber? Wird er sich bekennen, sich um sie kümmern? Ist es Gregor? Ist es am Ende mein eigener Vater? Wenn ich die Wahrheit sagen soll: Ich wünschte, sie wären beide tot, der schöne Gregor und mein allzu charmanter Vater, der diese Seite seines Wesens niemals zu Hause offenbart hat. Traudl und Sigi und ich kämen ohne sie sehr gut zurecht. Diese Gedanken gehen mir ständig im Kopf herum. Mir fällt es sogar schwer, mich in der Schule zu konzentrieren. Noch beunruhigender sind gewisse Sehnsüchte, die mich nicht loslassen. Es gibt eine seltsame Obsession, die mich beschämt. Ich frage mich andauernd, wie Traudl nackt aussieht, und wenn ich mir dann vorstelle, wie sie es mit meinem Vater oder sogar mit Gregor treibt, ekle ich mich. Und es hat sowieso keinen Zweck, weil Sigi die einzige ist, mit der ich beisammen sein will, obwohl ich mir das nicht ausmalen kann.

»Gut gesagt, gut gesagt«, höre ich den Bürgermeister reden, der seine Amtsstimme ausprobiert und anscheinend genau die richtige Resonanz zustande bringt. Der Mond steht noch über der Kirchspitz; die Gipfel des Mangarts und des Kanins treten so scharf und klar hervor wie Hundezähne.

»Es gibt auch eine praktische Frage, die wir uns stellen sollten«, sagt der Bürgermeister. »Obwohl niemand von uns den Zustand Fräulein Mumelters gutheißen kann, obwohl ihr Zustand sicher nicht ideal für jemand in ihrer Stellung ist: Wo finden wir eine andere Lehrkraft für den Rest des Schuljahres? Unter den gegenwärtigen Umständen wäre es sehr schwer, einen Ersatz zu finden. Zweitens: Wir können uns eine Meinung bilden, aber letzten Endes liegt die Entscheidung beim Schulrat in Schwaz.

Deshalb habe ich vor, dem Kreisschulrat einen amtlichen Bericht zu schreiben, in dem ich unsere Lage in bezug auf Fräulein Mumelter darstelle, und ihn zu bitten, daß er so bald wie möglich einen Beauftragten hierher schickt, um den Fall zu entscheiden.«

»In der Zwischenzeit«, sagt er abschließend, »schlage ich vor, daß wir alles unterlassen, was die wertvolle Erziehung unserer Kinder stören könnte. Ich schlage vor, daß wir Fräulein Mumelter erlauben, den Unterricht weiterzuführen, wie sie es ja auch in den letzten Tagen getan hat. Obwohl einige von Ihnen ihre Kinder von der Schule fernhielten, bitte ich Sie dringlich, sie wieder hinzuschicken.«

»Bürgermeister, Bürgermeister!« ruft Ignaz. »Nur noch eine Frage: Wollen wir sie zwingen, uns zu beichten, wer der Koch war, wenn sie richtig dick und fett wird?«

Die Männer lachen, die meisten Frauen runzeln die Stirn oder verdrehen die Augen. Der Bürgermeister schüttelt den Kopf, wie man es tut, wenn ein großer

Hund partout nicht folgen will. Er verlangt eine Abstimmung. In allen Ecken des Zimmers gehen Hände hoch. Es dürfte knapp ausfallen, denke ich mir. Ignaz, Egger, mein Vater und viele andere Männer, aber nur wenige Frauen, stimmen mit ›ja‹. Der Bürgermeister tut so, als ob er zähle, und verkündet eine Mehrheit für seinen Antrag. Heute nacht dürfte es noch viel Streit in den Schlafzimmern geben, stelle ich mir vor.

Ich schlich mich davon, bevor die Eltern das Schulhaus verließen, und lief zu Sigi hinunter. Der Mond war hinter der Kirchspitz hervorgekommen und trieb langsam westwärts. Hinter mir hallten die Stimmen der Heimkehrer. Bei Sigi erfuhr ich, daß Traudl schon nach Hause gegangen war.

»Sie ist sich ganz sicher, daß man sie wegschicken wird. Sie sagte, daß sie der unangenehmen Tatsache erst nach ein paar Stunden Schlaf ins Auge sehen wolle. Aber ich zweifle, ob sie schlafen kann«, sagte Sigi. »Sie ist so nervös. Die ganze Zeit konnte sie den Fuß nicht ruhig halten.«

»Aber jetzt hat sich doch alles zum Guten gewendet, wenigstens vorläufig«, sagte ich, während mir Sigis Mutter eine Tasse schwachen Pfefferminztee eingoß. »Der Bürgermeister will dem Schulrat schreiben, daß er jemanden herschickt, aber in der Zwischenzeit soll Fräulein Mumelter weiter unterrichten.«

»Also wird sie wenigstens bis zum Ende des Schuljahrs hierbleiben«, sagte Sigi aufgeregt.

»Sieht so aus«, sagte ich.

»Das arme Mädchen«, sagte Sigis Mutter. »Es könnte jeder so gehen. Man verliebt sich, man wird schwach. Drum sage ich dir immer wieder, Sigi: Ganz gleich, was passiert, du mußt warten, bis du verheiratet bist, egal, wie gern du den Burschen hast, und egal, wie sehr er sich anstrengt, dich rumzukriegen.«

»Mich will niemand rumkriegen«, sagte Sigi. »Aber ich bekomme sehr schöne Brüste, findest du nicht? Ich merke das, auch wenn ich sie nicht sehen kann. Ich merke es daran, daß sie schwer werden und sich bewegen.«

»Aber Sigi«, sagte ihre Mutter, »so etwas sagt man nicht. So etwas behält man für sich. Du hast den armen Niki in Verlegenheit gebracht; er hat ganz rote Ohren.«

Wer aber rot wird, das ist Sigis Mutter, ich bin's nicht. Gewisse Vorstellungen gehen mir schon so lange im Kopf herum, daß ich nicht mehr rot werde, es wird mir nur warm. Ich trank meinen Tee aus und sagte ›Gute Nacht‹.

Draußen im Licht des dahintreibenden Mondes, in der Sternennacht, entschloß ich mich, zu Traudl hinunterzulaufen. Ich sah ein, daß ihr mein später Besuch seltsam vorkommen mußte, glaubte aber, daß ihr meine Nachricht Freude bereiten würde. Ein wenig hoffte ich auch, daß sie mich, vielleicht schon im Nachthemd, mit offenem Haar und nackten Füßen, auf einen Augenblick hereinbitten könnte. Aber als ich in die Nähe der Treppe kam, sah ich meinen Vater oben im Licht der halboffenen Tür stehen. Er redete mit Traudl. Ihr Haar war offen. Seine Hand ruhte auf der Türkante, als ob er die Tür jeden Moment weiter öffnen und hineingehen wollte. So vertraut war sie, diese Hand an der Tür. Ich machte kehrt und rannte heim.

Ich ging auf mein Zimmer und kroch noch angezogen ins Bett. Aus irgendeinem Grund hatte ich das Gefühl, ich müßte jederzeit bereit sein, aufzustehen und durch den Schnee zu rennen, auf ein unbekanntes Ziel zu. Ich hatte dieses Gefühl, bis ich meinen Vater heimkommen hörte, keine zehn Minuten nach mir.

19. Kapitel

Jetzt ist die Zeit gekommen. Ich kann nicht länger warten. Ich muß es versuchen. Ich schmiede meine Pläne, im verzweifelten Bemühen, nichts falsch zu machen. Ich denke mir, es wird sehr schwer sein. Es ist es nicht.

Ein paar Küsse oben in Sigis Zimmer genügen schon. Es genügt, daß ich ihr beim Spazierengehen meinen Arm um die Taille lege, anstatt nur ihre Hand zu halten. Es genügt, daß ich mich in ihrer Nähe aufhalte, wenn sie ihren Vogel füttert. Es genügt, daß sich unsere Beine berühren, wenn wir bei den Hausaufgaben nebeneinander auf ihrem Bett sitzen. Wie zufällig streife ich leicht mit meinem Arm, einmal sogar mit dem Handrücken, über ihre Brust. Und eines Tages im Mai genügt es, daß ich sage: »Ich finde dich so schön, Sigi. Darf ich dich nackt sehen?« Sie lächelt vor sich hin und murmelt: »Natürlich, warum nicht?«

Ist das so schlimm? Wir wollten einander näher sein. Wir waren beide fünfzehn. Wir schämten uns nicht. Sigi war nicht einmal mehr unberührt, aber wir waren beide immer noch unwissend. Alle Menschen kommen als Unwissende an diesen Punkt. Jeder Junge, jedes Mädchen muß sein erstes Mal erleben. Meistens ist es nicht vollkommen, aber es ist zumindest einfach.

Aber nicht für uns. Es lag nicht daran, daß wir ungeschickt oder unerfahren waren. Bis zu einem gewissen Grad war es sogar vollkommen. Aber es war mit einem tödlichen Makel behaftet, denn ich wußte etwas, das Sigi unbekannt war. Als sie davon erfuhr, verzieh sie mir. Das machte es nur schlimmer für mich.

Irgend etwas in mir wußte, daß das, wonach ich mich sehnte, nur einmal geschehen könnte, daß es nur diesen einen unwiederholbaren Moment gab. Ich glaubte, daß ich einen Zeugen brauchte, damit es mir wirklich erschien, als etwas, woran ich für immer festhalten könnte, als wäre es ein Teil von mir. Ich brauchte einen lebenden Beweis, daß ich keinen Traum träumte. Aber es mußte jemand sein, der niemals davon sprechen könnte, ein vertrauter Mensch, der außerhalb unseres Lebens stand.

Wie schwach bin ich, daß ich diese Dinge gestehe. Wie erbärmlich schwach ich doch bin.

Es fing gut an. Sobald Sigi ›natürlich‹ sagte, wurde jede Last von mir genommen. Ich machte mir keine Sorgen mehr. Wir wußten nicht, was auf uns zukam, aber wir konnten ohnehin nichts machen. Es war die Aufgabe meines Vaters und die von Ignaz und den anderen Erwachsenen, zu gegebener Zeit diesem Problem ins Auge zu sehen. Zum ersten Mal nach langer Zeit fühlte ich mich sorglos. Ich bat meine Großmutter, mir das Haar für den Sommer kurz zu schneiden. Sie tat es. Sie nähte mir auch eine schmucke neue Augenklappe aus Trauerflor und ein kariertes Halstuch. Sie strickte mir eine neue leichte Wolljacke mit Knöpfen aus Hirschhorn. Nur eine einzige Last blieb mir: meine Gefühle gegenüber Gregor. Ich wollte nicht mit ihm reden. Er wußte warum und hielt sich von mir fern.

Zu dieser Zeit bemerkte ich nur einen Wandel, der

mich beunruhigte. Mein Vater stand immer noch früher auf als alle anderen, aber jetzt saß er lange in der Küche und trank Kaffee, anstatt gleich zum Stall hinüberzulaufen, wie damals, als ich ihn mit Fräulein Mumelter gesehen hatte. Mit seiner Arbeit fing er erst bei Tageslicht an, zur gleichen Zeit wie die anderen auch. Und wir zwei hatten uns anscheinend nicht viel zu sagen, außer wenn es um die täglichen Geschäfte ging, wie meine Botengänge.

Aber ich unterhielt mich viel mit Doktor Weiß. Er riet mir, nächstes Jahr in die Mittelschule zu gehen und dann Medizin zu studieren. Der Gedanke kam mir verrückt vor. Fast niemand in Sankt Vero kam auf die Mittelschule nach Schwaz; vielleicht alle paar Jahre einer oder zwei von den Buben. Und wir kannten niemand, der je studiert hatte, geschweige denn Medizin.

»Warum denn nicht, Niki«, sagte er jedesmal. »Es ist den Versuch wert. Sag deinem Vater, du hast es von mir. Er wird schon verstehen, was ich meine.«

Natürlich sagte ich nichts. Mein Vater hätte nur gelacht. Aber meiner Großmutter sagte ich's, und sie nickte ganz ernst. Es wäre gut, einen Doktor in der Familie zu haben, sagte sie. Sankt Vero könnte einen Doktor gebrauchen.

»Das erste, was ich tun werde, wenn diese Geschichte vorbei ist: nach Innsbruck fahren und wieder in meine Wohnung einziehen, falls sie noch steht«, sagte mir Doktor Weiß. »Dann werde ich jede Amtsperson, die ich finden kann, heimsuchen, wie der hartnäckigste Geist, wie ein unversöhnlicher Schatten Draculas, bis ich herausfinde, wohin sie meine Frau geschickt haben. Und dann werde ich sie suchen und nach Hause bringen.

Wenn du zum Medizinstudium kommst, Niki, kannst du bei uns wohnen.«

»Aber sie könnte überall in Europa sein. Wie wollen Sie sie überhaupt suchen?«

»Die Nazi-Bürokratie, die gottverdammte Nazi-Bürokratie«, sagte Doktor Weiß. »Sie sind versessen auf jede kleine Einzelheit. Sie haben bestimmt Aufzeichnungen über alle Leute und über das, was ihnen passiert ist.«

»Aber sie werden sie vernichten, wenn die Alliierten kommen«, sagte ich.

»Niki, kein deutscher Bürokrat würde absichtlich ein behördliches Dokument vernichten. Davon bin ich überzeugt. Alle Listen werden dem Sieger in bester Ordnung überreicht. Und die Alliierten erlauben mir bestimmt die Suche.«

»Ich werde Ihnen helfen«, sagte ich. »Ich werde den Amerikanern sagen, was Ihnen die Deutschen antun wollten und warum wir Sie in dieser Kiste halten mußten.«

»Danke, Niki«, sagte er.

In letzter Zeit, wenn er an uns dachte, wurde Doktor Weiß rührselig. Manchmal beim Reden war er fast den Tränen nahe. Seine Stimme hatte jenen unverkennbaren Klang, jenes Zittern. Eines Abends, als er seinen tausendsten Teller mit Salzkartoffeln und Butter aß, sagte er, wir würden in das besondere Buch der Juden eingetragen, in dem die Namen der guten Menschen aufgeführt sind. Ich zweifelte daran, ob mir so ein Buch zu meinen Lebzeiten etwas nützen würde. Wahrscheinlich würde es mir eher Ärger mit den Behörden einbrocken, wenn sie davon erführen. Aber unser Jude schien es ernstzunehmen.

»Es gibt ein Buch des Lebens, Niki«, sagte er bestimmt.

»Wer schreibt es denn? Ein Rabbiner?« fragte ich.

»Natürlich nicht. Gott schreibt es. Er ist der einzige, der weiß, was jeder von uns getan hat.«

Diese Vorstellung habe ich immer gehaßt. Ich hielt es für etwas Katholisches, diese Idee, daß man keine Privatsphäre hat. Daß alles, was man tut, gesehen und aufgeschrieben wird, und daß man später Schwierigkeiten bekommt, wenn man nicht alles dem Pfarrer beichtet. Nun erfuhr ich, daß der Gott der Juden auch so war. Wenn es schon zwei solche Götter gab, wie könnten wir ungestraft entkommen? Ich wollte haben, daß meine Geheimnisse geheim blieben. In dem Alter glaubte ich fast noch, daß es möglich wäre.

Traudl behielt ihr Geheimnis für sich. Nie gab es auch nur den kleinsten Hinweis von ihr, wer der Mann sein könnte. Natürlich gingen die Vermutungen im Dorf hin und her. Alle möglichen Namen wurden genannt, aber sie zeigte weder durch ein Wort noch durch eine Geste an, daß sie einen von ihnen auch nur kannte. Sogar die neugierige Sigi, die schöne, aber hinterhältige Sigi, konnte nichts aus ihr herausbohren. Sigi hielt immer wieder Traudls Hand, wenn sie oben auf dem Heuboden beim Juden saßen, und sagte Sätze wie: »Muß man nicht Komplikationen befürchten, wenn der Vater nicht von einem Arzt untersucht wird?« Dem Juden war es klar, worauf Sigi hinauswollte, und er nannte ihre Ideen unumwunden lächerlich.

Sigi, besiegt, verlegte sich schließlich aufs Bitten. »Geht dich gar nichts an«, sagte Traudl scharf.

Eines Abends bat Doktor Weiß Traudl, sich vor den

Balken hinzustellen, an dem das Zaumzeug hing. Zuerst mußte sie sich von vorn, dann im Profil anschauen lassen. »Ich würde sagen, viereinhalb bis fünf Monate, Traudl«, sagte der Doktor. »Sie sehen blendend aus, gesund wie ein Pferd. Irgendwelche Beschwerden? Blutungen oder so etwas?«

»Überhaupt nichts«, sagte Traudl. »Außer, daß ich mir zu dick vorkomme.«

»Warten Sie noch ein paar Monate, dann merken Sie, was das Wort ›dick‹ wirklich bedeutet«, lachte Doktor Weiß.

Wir schlichen uns an einem sonnigen Sonntagnachmittag in den Heuboden hinauf. Der Jude würde uns um diese Zeit niemals erwarten, sagte ich Sigi. Wir müßten ganz ruhig sein. Ich sagte ihr, wir könnten uns in eine Ecke am hintersten Ende des Heubodens verkriechen, weit weg von der Kiste des Juden. Die Gefahr gefiel ihr. »Stell dir vor, wenn er uns sieht – was für ein Schock für ihn!« flüstert sie.

Das glaube ich nicht, aber ich schweige. Ich sonne mich in Sigis guter Laune, in ihrem breitesten Lächeln.

»Niki«, flüstert der Jude plötzlich laut.

Wir erstarren. Sigi muß ein Kichern unterdrücken. Sie wirkt so beschwingt, so begeistert, überhaupt nicht nervös, wie ich es bin. Aber kurz darauf hören wir ihn brummen: »Mist.«

Ich führe Sigi ein paarmal herum, aber am Ende liegen wir auf einem Strohbündel, direkt im Blickfeld des Juden, wenn er durch das Astloch schaut. Für einen Maitag ist es ungewöhnlich mild, das Stroh ist warm und trocken. Der Staub fliegt durch die Sonnenstreifen in den Schatten hinüber. Sigi sieht selber gestreift aus wie ein Tiger, als sie da auf dem Bündel sitzt und sich den Pullover über den Kopf zieht.

Einen Augenblick später ist sie nackt. Ihre Brüste sind rund, die Brustwarzen klein und hoch wie bei einem Buben. Unter dem Nabel sehe ich die Andeutung einer Rundung und dann ein kleines Büschel goldener Härchen. Sie ist vollkommen, sie sitzt vollkommen ruhig da, lächelt mich an, als könnte sie mich sehen. Ich bin froh, daß sie es nicht kann, ich bin nichts als ein Knochengerüst. Meine Hände und Füße sind zu groß, mein Mund ist zu schlaff, die Lippen zu dick und nicht immer gewillt, geschlossen zu bleiben. Ich merke selbst an mir einen leichten Moschusgeruch, auch wenn ich mich gerade gebadet habe.

Aber Sigi hat nichts Spitzes oder Kantiges. Sie hat Rundungen, voll, wo sie voll sein sollen, und ganz glatt. Sie nimmt meine Hand und legt sie in die Mitte dieses gelben Haarbüschels. Sie führt einen meiner Finger in die Mitte, und hinein. Später, als ich meine Hand wegnehme und am Finger rieche, duftet er süß. »Nun du«, flüstert Sigi.

»Oh, nein«, sage ich.

»Es muß sein«, sagt Sigi. »Ich will das.«

»Du kannst mich nicht sehen«, sage ich. Ich suche einen Ausweg.

»Aber ich kann dich auf die gleiche Weise sehen, wie ich dein Gesicht sehe«, sagt sie. »Das haben wir ausgemacht.«

Ruhen die Augen des Juden auf mir? Laufen seine Gedanken Amok? Ich habe Angst. Aber er rührt sich nicht.

Ich will aus meinen Kleidern heraus und mich zu Sigi auf das Strohbündel hinlegen. Es kratzt, aber uns macht das nichts aus. Wir umarmen uns, wir küssen uns, ihre Haut ist wie Sahne; ich möchte weinen. Dann berührt mich Sigi zwischen den Beinen, die zarteste Berührung an der zartesten Stelle. Ich kann mein Zittern nicht beherrschen. Sie flüstert mir zu, daß das die Stelle ist, wo sie sich selbst manchmal berührt. Dann: »So mache ich das«, sagt sie.

Und mit den Fingerspitzen schändet Sigi auf die süßeste Weise meine sichere, noch brachliegende Welt.

20. Kapitel

Am nächsten Tag in aller Frühe lasse ich mich treiben und sinne nach über das, was von meinen Träumen übrigbleibt. Ich reibe mir die Augen. Sigi kann ich noch an meinen Händen riechen, und der Duft macht mich einsam. Ich möchte weinen. Ich weiß, daß etwas Wertvolles aus meinem Leben verschwunden ist. Meine Gedanken schweifen. Aber sie erinnern mich nicht an die Süße der gestrigen Stunde, sie suchen auch nicht nach dem, was verlorengegangen ist, sondern sie ziehen sich zurück, gehen zurück zu einem unbedeutenden Tag im letzten Herbst.

Im Herbst, wenn der Wintervorrat an Schinken und Speck vorbereitet wird, bringen die Bauern ihre Schweine zum Fleischer und lassen sie schlachten. Gewöhnlich ist der erste Samstag im November dafür ausersehen. Viele dieser Tage sind mir in Erinnerung geblieben.

Schweine lassen ihren Tod nicht stumm über sich ergehen. Anders als Kühe, Ziegen oder Schafe wissen sie, was ihnen blüht. Sie sind intelligent und werden von Angst überwältigt. Sie schreien mörderisch, wenn sie an den Hinrichtungsort geführt werden, und die anderen hören sie und zittern.

Den ganzen Tag lang konnte der Jude in seiner Kiste das Schreien hören. Das Dorf roch nach Blut. »So geht es uns auch«, sagte der Jude, als ich ihm sein Essen brachte. »So geht's uns.«

»Ja, es ist nicht schön«, sagte ich. »Ganz ekelhaft, wenn man zuschauen muß, aber es muß sein.«

»Ich rede von einem Volk, Niki, nicht von Schweinen. So geht's den Juden schon seit Jahrhunderten – aber davon weißt du nichts.«

»Das glaube ich nicht«, sagte ich. »Sie übertreiben wie ein Italiener.«

»Ah, Niki, deine Unwissenheit ist grenzenlos«, sagte der Jude an jenem düsteren Novembertag. Er klang resigniert.

Aber jetzt bin ich wach. Ich weiß tatsächlich nicht viel, das ist offenkundig. Trotzdem weiß ich ganz genau, was der Jude gestern sah, was ich ihn zu sehen zwang. Es ist unerträglich. Mir ist, als müßte ich meine Taschen mit Steinen vollstopfen und in den Fluß springen. Jetzt im Mai ist er tief genug, ein Erwachsener könnte darin ertrinken. Außerdem ist die Strömung schnell. In Sekunden würde sie eine Leiche hinuntertragen, weit weg vom Dorf. Selbst wenn jemand zusieht, wie man ins Wasser geht, kann er nichts tun.

Ich ziehe mich an. Meine Großmutter hat mir in der Küche Tee, Brot und einen Löffel Zwetschgenmarmelade hingestellt. Ich bin schuld, daß es der Jude gesehen hat. Was man gesehen hat, ist unwiderruflich. Es läßt sich nicht wie ein böses Wort zurücknehmen oder verleugnen.

Nach dem Frühstück ziehe ich mir die neue leichte Wolljacke an, die gleiche, die ich auch gestern trug, und gehe aus dem Haus. Die Maisonne brennt auf mein Gesicht, obwohl die Luft noch so kühl ist, daß ich meinen Atem sehen kann. Ich gehe nicht die Straße hinunter, sondern laufe hinter den Häusern vorbei und am Bachufer entlang. Ich ertrage es nicht, ins Wasser zu schauen; Es ist zu laut und zu aufdringlich. Und dann schleiche ich um ein Haus herum und in das kleine Amtszimmer von Pabst, dem Gendarm. Er sitzt in seinen dunkelgrünen Hosenträgern hinter dem Schreibtisch und kaut an seinem Schmalzbrot. »Na«, sagt er mampfend, »grüß dich Gott, Niki.«

»Wir halten einen Juden versteckt«, sage ich. Es klingt wie ein auswendig gelernter Satz, den ich für ein Theaterstück vorbereitet habe, aber nicht richtig vorzutragen verstehe. »Wir verstecken diesen Juden schon seit zwei Jahren in einer Kiste auf dem Heuboden. Ich bringe ihm das Essen und alles. Droben ist er, auf dem Heuboden. Sie sollten ihn verhaften.«

Es war erstaunlich, wie schnell dieser schwergewichtige Mann aus seinem Stuhl hochfuhr und mir eine Ohrfeige gab. Ich taumelte. Es sah aus, als wollte er mir noch eine geben, aber der Anblick meiner Augenklappe hat ihn wohl abgehalten.

»Mach, daß du wegkommst!« sagte er. »Und halt gefälligst dein Maul, sonst sage ich deinem Vater, was für ein verdammter Lügner du bist. Es gibt keinen Juden in Sankt Vero.«

Es hätte schlimmer kommen können

21. Kapitel

Die heutige Wahrheit lautet: Während des Krieges passierte in Sankt Vero, wie jeder weiß, überhaupt nichts. Bis auf die Rationierung verlief das Leben normal. Jemand hat der Lehrerin ein Kind gemacht. Es gab die Braunen und die anderen. Wahrscheinlich nicht mehr Verluste, als es ohnehin durch Unfälle auf der Straße, im Wald beim Baumfällen oder durch Krankheiten gegeben hätte. Gregor hätte genausogut sein Bein in der Sägemühle verlieren können. Und die zehn oder zwölf Männer, die nicht aus Afrika oder Rußland oder Norwegen zurückkamen? Und der dicke Kaspar, der verschwand? Ein paar Jahre, in denen es viele Unfälle gab, sonst nichts.

Später aber, wenn die Zeit der Schuldgefühle anbricht, werden auch die, die von nichts eine Ahnung hatten – sogar die, die uns denunziert hätten, wenn sie es gewußt hätten – sagen: »In unserem Dorf haben wir einen Juden gerettet. Stellen Sie sich das Risiko vor, in der damaligen Zeit!«

Ach, Sigi, ich wünschte, du könntest die Flammen sehen, wenn ich die vielen Kisten voller Erinnerungen auf einem Scheiterhaufen verbrenne. Du würdest es verstehen. Du wärest die einzige, die wüßte, warum. Du würdest es von Kopf bis Fuß in deinem schönen Körper spüren. Und für mich gäbe es dann wieder das schöne Lächeln auf deinem Gesicht, das du dir wie ein Engelsgesicht vorstellst, obwohl es unscheinbar und gewöhnlich ist.

Keiner von uns wußte, wie alles ausgehen würde. Am Ende gab es nur Fragen, keine Antworten. So war es doch, Sigi?

Was soll aus Traudl Mumelter werden, unserer Dorfschullehrerin, die noch vor kurzem eine blühende, heimliche Geliebte war? Was soll man mit dieser Vierundzwanzigjährigen machen, deren gute Hoffnung derart unübersehbar ist? Die Behörde muß tätig werden.

Und das geschieht auch. Am 1. Mai 1945 erhielt Bürgermeister Ausserhofer eine Antwort auf seinen Brief an den Kreisschulrat. Der Kreisschulrat freue sich, dem Bürgermeister mitteilen zu können – der Bürgermeister verkündet es stolz im Dorf –, daß sein Beauftragter demnächst in Sankt Vero eine gründliche Untersuchung der moralischen Eignung der Lehrerin Waltraud Mumelter durchführen wird.

Jeder ist damit zufrieden. Unsere vielgerühmte Tüchtigkeit. Aber der Herr Beauftragte kommt nie an. Statt dessen kommen die Amerikaner.

Das ist die Nachricht, die den Bürgermeister aufrüttelt und veranlaßt, mit hängender Zunge von Haus zu Haus zu eilen. Die Amis sind in Innsbruck, Salzburg, Schwaz, sogar in Berchtesgaden. Morgen werden sie in Sankt Vero eintreffen. Der Bürgermeister hatte es persönlich telefonisch vom Kreisleiter von Schwaz erfahren, kurz bevor man ihn verhaftete. Einzelheiten weiß man nicht. Erstaunliche Gerüchte gehen um. Ein ganzes Bataillon kampferprobter Männer wird erscheinen, um unsere

Paßstraße unter Kontrolle zu bringen und uns in Lager einzusperren. Vielleicht – Gott bewahre! – werden es Schwarze sein. Die Amerikaner setzen Neger im Kampf ein.

Am Morgen des nächsten Tages sehe ich den Feldwebel der Flugbeobachter und seine vier Männer, wie sie alle ihre Waffen vor dem Gemeindamt aufstapeln und sich einfach auf die Stufen hinsetzen und warten. Kaspars Opa, der alte Hufnagel, wackelt vorbei, bleibt erschrocken stehen und spuckt vor ihnen aus. »Feiglinge!« schreit er. »Was für eine Schande! Ich würde mich eher erschießen als mich ergeben.«

»Mach's nur, Opa«, sagt der Feldwebel. »Der Krieg ist aus.«

Schon hängen große weiße Bettlaken (die allerältesten, die sonst nicht mehr zu gebrauchen sind) aus den Fenstern der Häuser am Dorfeingang. Ein Leintuch weht an der Fahnenstange des Schulhauses, wo früher an den Nationalfeiertagen die frischgestärkten rotschwarzen Fahnen gehißt wurden. Pabst, der Gendarm, macht seinen üblichen Rundgang durchs Dorf, aber ohne Dienstpistole. Von Amts wegen ist er mit den weißen Fahnen nicht einverstanden, also tut er, als ob sie nicht vorhanden wären. Ich sehe, wie der Bürgermeister sein Führerbild zum Bach hinunterträgt, um es dort zu verbrennen. Auch er ist von Amts wegen gegen die Fahnen, aber er ist nicht dumm. Mindestens zwanzig halbwüchsige Mädchen, mit Rucksack und Schlafsack beladen, marschieren schon auf elterlichen Befehl den Berg hinauf zu den Heustadeln auf den Almen.

Die Amerikaner zeigen sich nicht.

Wir warten den ganzen Tag. Schließlich, um die

Abendessenszeit, geht man zögernd nach Hause. Man blickt noch einmal zurück zur Wegbiegung, wo die Straße aus Fussing heraufkommt, und horcht noch ein letztes Mal, ob sich nicht doch das Brummen und Klappern von Lastwagen und Panzern bemerkbar macht. Nichts, außer dem Gekrächze der Krähen in der blauen Dämmerung unter den Fichten, außer dem Kuhglockengeläute, als sich die Kühe schwerfällig ins Gras legen.

Diese Amis sind hinterlistig. Sie kommen, aber kurz vor Sonnenaufgang, als fast jeder außer meinem Vater und den Bauern weiter oben im Tal immer noch im Bett liegt. Vom Fenster meines Zimmers aus kann ich sie sehen. In zwei Jeeps fahren sie vor und halten vor dem Schulhaus. Im Dämmerlicht stellen sie ihre kleinen Gaskocher auf und machen sich das Frühstück. Sie sind zu siebt. Einer spaziert hinüber zu den deutschen Waffen, die vor dem Gemeindeamt aufgestapelt sind, untersucht die Magazine und geht dann zu seinem Frühstück zurück. Sankt Vero wacht auf, nicht von Kanonendonner und Panzergerassel, sondern vom durchdringenden Duft von Spiegelei und Speck.

Bei Tageslicht sehen die Amerikaner müde, schmutzig und schlechtgelaunt aus. Sie essen ihre Eier ohne besonderen Appetit. Fast alle haben den Helm abgenommen. Die Stiefelspitzen sind abgestoßen. Die Gewehre lehnen an ihren Jeeps. Mittlerweile werden sie von allen Seiten durch die Lücken der Fensterläden beobachtet, aber niemand traut sich hinaus.

Schließlich stellt sich ein junger Offizier mitten auf der Straße auf. Neben ihm steht ein ungewöhnlich langer und dünner Soldat, der in einem komischen Deutsch ausruft: »Ist jemand anwesend?« So drückt sich bei uns niemand aus. Niemand versteht genau, was er damit sagen will, obwohl es jeder hört; der Soldat hat eine laute Stimme.

Der Feldwebel und die vier Soldaten marschieren aus dem Gemeindeamt, die Hände vorschriftsmäßig über dem Kopf verschränkt, und hinter ihnen folgt, einen weißen Kopfkissenbezug schwenkend, Herr Bürgermeister Ausserhofer. Die Amerikaner greifen nicht einmal nach ihren Waffen. Ein paar sind noch mit dem Essen beschäftigt. Der Offizier und der lange Soldat, der eine Maschinenpistole lässig über der Schulter trägt, lassen den deutschen Feldwebel herankommen. Sie sehen sich die Papiere der Soldaten an. Den Bürgermeister ignorieren sie.

Dann hören wir die Stimme des langen Soldaten, der ihnen befiehlt, hinunter nach Fussing zu marschieren und sich dort den erstbesten Truppen zu ergeben. Die Deutschen sehen benommen drein, als ob man sie um das gewohnte Spektakel betrogen hätte. Der lange Soldat lacht sie aus: »Ihr armen Schweine, ihr meint doch nicht, daß wir euch hinunterfahren? Heinis können doch gut laufen, oder? Alles klar?«

Die Soldaten sehen ihren Feldwebel an. Er senkt langsam die Arme und befiehlt seinen vier Leuten, ihm im Gänsemarsch zu folgen. »He«, ruft der lange Amerikaner, »räumt zuerst euren Kram weg. Nehmt die Waffen und werft sie in den Bach.« Die deutschen Soldaten folgen sofort. Das ist eine schockierende Geste, vielleicht die schockierendste des ganzen Krieges, wie später einige urteilten. Dann schlurft Sankt Veros höchsteigene Wehrmachtseinheit – ein müder Feldwebel und vier halbwüchsige Soldaten – unbewaffnet und unbewacht die kurvige Straße nach Fussing hinunter.

Noch ist die Sonne kaum aufgegangen, und schon ist es ein unvergeßlicher Tag.

Als nächstes läßt der Offizier Fräulein Mumelters Pult von drei Soldaten aus dem Schulhaus tragen und mitten auf der Straße aufstellen. Pabst, der Gendarm, ist aufgetaucht und wird beauftragt, das ganze Dorf zum Appell antreten zu lassen. Jeder muß seine Papiere vorzeigen. Der Offizier und der lange Soldat holen einen Block heraus, schreiben die Namen der Parteimitglieder in die eine Spalte eines langen gelben Blattes und ziehen deren Papiere ein; in die andere Spalte kommen die Namen aller anderen, ihnen werden die Papiere zurückgegeben. Die Amerikaner tun keinem etwas zuleide und schicken alle wieder nach Hause.

Jetzt nähern sich mein Vater und der dicke Ignaz dem Pult zum zweiten Mal und versuchen, die Sache mit dem Juden in der Kiste zu erklären.

Der Offizier starrt meinen Vater an, während dieser dem langen Soldaten unsere Geschichte erzählt. Die braunen Augen des Offiziers wirken sanft und müde, als ob er sich in seinem Leben schon so viele Entschuldigungen und Ausreden anhören mußte. Das Deutsch des langen Soldaten ist nicht so gut, daß er meinen Vater genau begreift. Er scheint zu verstehen, daß wir jemand in einem Stall gefangen halten, kommt aber nicht dahinter, ob das etwas Gutes oder Schlechtes ist, ob die Person ein gefährlicher Nazi ist oder ein armer Antifaschist, den wir versteckt haben. Der Offizier beschließt, selbst nachzuschauen. Sigi und ich laufen hinterher.

Der amerikanische Offizier und sein Soldat, der seine Maschinenpistole lässig in der Ellenbeuge wiegt, sehen zu, wie mein Vater und Ignaz mit schweren Brechstangen die dicken Bretter heraushebeln, die den Juden eingemauert hielten. »Schaff die Kinder weg! Was haben die hier zu suchen?« sagt der Offizier zu seinem Soldaten, der die Frage an meinen Vater weitergibt. »Sie waren von Anfang an dabei«, sagt mein Vater. »Sie haben geholfen, diesem Mann das Leben zu retten.«

Der Offizier begreift immer noch nicht. »Ist er bewaffnet?« fragt er. Als der Soldat das übersetzt, verliert Ignaz die Geduld. »Kruzitürken, nein, er ist kein Nazi, er ist ein Jude, Jew, kapiert?«

Die dicken Bretter fallen, wir stehen in Staubwolken und husten. Da kommt der Jude zum Vorschein, in der hintersten Ecke seiner Kiste zusammengekauert. Der Leutnant scheint sofort zu begreifen; Verständnis blitzt in seinen Augen auf, aber auch ein Verdacht, ein Mißtrauen. Durch seinen langen Soldaten überschüttet er Doktor Weiß mit Fragen. Der Jude wirkt verwirrt und erstaunt. Er antwortet, so gut er kann. Er zeigt seine Papiere, der Davidstern ist unübersehbar. Dann schüttelt er Ignaz die Hand. Er umarmt meinen Vater und küßt ihn auf beide Wangen. Mein Vater zuckt zurück. Der Jude blinzelt mir zu. Ich sehe weg. Er sieht Sigi an und fängt an zu weinen. »Wird schon gut«, sagt Sigi und ergreift seine Hand. Sie streichelt sie sanft, als wäre sie ein kleines Tier. »Wird schon gut.«

Der Jude hat seit zwei Jahren keine Schere gesehen. Ein dichter Wald von schwarzgrauen Barthaaren fällt bis zur Brust hinunter, sein Haar ist so lang wie auf den Jesusbildern. Er ist ausgemergelt bis auf die Knochen.

Die Haut sieht aus wie dünnes altes Papier, fast durchsichtig, zerbrechlich. Er hat Tränen in den Augen, aber er grinst wie ein Idiot. Der amerikanische Offizier murmelt etwas vor sich hin. Der lange Soldat wiederholt es automatisch auf deutsch. »Wahrscheinlich meint ihr Krauts, ihr kriegt jetzt einen Orden. Was zum Teufel sollen wir mit ihm anfangen?«

Der Offizier grübelt eine Zeitlang. Er ist noch so jung, womöglich noch jünger als Gregor. Er wendet sich an meinen Vater und sagt: »Sie haben ihn schon so lange da gehabt, behalten Sie ihn noch eine Weile, bis ich Anweisungen bekomme. Ich ernenne Sie zum neuen Bürgermeister anstelle dieses Nazis Ausserhofer. Aber lassen Sie um Gottes willen diesen armen Juden einmal baden, und richten Sie ihm endlich ein ordentliches Bett her.«

»Verdammte Krauts«, murmelt der Offizier, während er vom Heuboden herunterklettert. Erst viel später, als ich es immer wieder hörte, verstand ich, was das heißt.

Ignaz und mein Vater müssen den Juden die Leiter hinuntertragen. Er ist schwach, das Gehen macht ihm Mühe. Aber in seinen Augen ist Leben. Er dreht den Kopf nach allen Seiten, als ob er die ganze Welt in einer einzigen Sekunde einfangen müßte: die Berge, die Weiden, die Häuser, die verblüfften Menschen, die unter den wehenden weißen Bettlaken auf der Straße stehen und ihn anstarren.

Jetzt haben wir also den Juden in unserem Haus. Meine Großmutter schneidet ihm sorgfältig die Haare und stutzt den Bart. Dann rasiert sie ihn mit Großvaters altem Rasiermesser und läßt auf sein Verlangen einen adretten kleinen Schnurrbart stehen. Er hat nur noch einen weiteren Wunsch: ein ausgiebiges heißes Bad. Nie zuvor hat sich jemand in unserem Haus so lange in der Badewanne aufgehalten; mindestens eine Stunde verbringt er darin. Mit seiner armseligen heiseren Stimme singt er Wiener Lieder, während meine Großmutter, die vor der Tür steht, hineinschreit, er solle genug Kernseife nehmen. Er bekommt das Gästezimmer. Mein Vater schenkt ihm eine Hose, eine Jacke und ein paar Hemden, die ihm viel zu weit sind. Sein Hals ist dürr geworden wie bei einem Huhn. Jude oder Christ – das kann meine Großmutter nicht länger mit ansehen. Beim Mittag- und beim Abendessen stopft sie ihn voll mit Kartoffeln, Knödeln, Grießbrei und Sauerkraut. Auch Schinken und Wurst lehnt er nicht ab, und sogar gekochte Rüben läßt er sich schmecken.

Aber es hilft alles nichts. Es hat alles nichts gebracht. Der Jude, der noch vor einigen Tagen in seiner verdreckten Kiste so zuversichtlich und optimistisch wirkte, dieser selbe Doktor Weiß löst sich, als er endlich frei ist, an einem einzigenTag auf. An seiner Statt kauert ein verschrumpelter alter Mann im übergroßen Anzug da und hört nicht auf, seine Hände anzustarren. Manchmal, wenn man ihn anspricht, zuckt er zusammen wie ein Hund, der zu oft Prügel bekommt. Sigi und ich sitzen Stunden mit ihm allein in der Küche, reden ihm zu, uns die alten Geschichten wieder zu erzählen, und stellen ihm Fragen. Aber sobald er zu erzählen anfängt, erstickt ihm die Stimme, und manchmal weint er. Wir sagen ihm sogar, er könne immer bei uns bleiben, wir würden für ihn sorgen, aber er antwortet: »Das kann nicht sein. Das ist jetzt vorbei.«

Sein Gesicht hellt sich auf, wenn ihn Traudl besucht,

aber nur, weil ihn die Ausstrahlung ihrer künftigen Mutterschaft ablenkt; auch die Sorgen, die er sich um ihre Zukunft macht, beschäftigen ihn dann. »Sie müssen von hier weggehen«, sagt er ihr, »und wohin Sie auch kommen, müssen Sie immer sagen, daß der Vater Ihres Kindes im Krieg gefallen ist. Nennen Sie den Namen eines der hiesigen Gefallenen – keiner wird das herausbekommen.«

Der Jude kennt das Ausmaß seiner Verletzung. Er scheint auch zu wissen, daß er sie behandeln muß. Er gibt sich so viel Mühe, mit uns bei Tisch zu reden. Mein Vater aber ist scheu. Er beantwortet jede Frage, stellt aber selbst keine. Meine Mutter und Großmutter halten den Mund, und ich kann ihm nicht in die Augen sehen, aus Furcht, daß unser Geheimnis plötzlich für alle sichtbar wird. Sigi kommt zum Abendessen herüber und strengt sich an, aber auch sie hat keinen Erfolg.

»Jetzt gehört ihr zu den von Gott Gesegneten«, sagt der Jude einmal. »Nicht wegen mir, Robert Weiß, persönlich, sondern weil ihr einem Menschen geholfen habt; der Name ist hier nicht wichtig.«

»Hokuspokus«, sagt Sigi. »Ich glaube nicht an ein solches Gleichgewicht auf der Welt. Wenn uns Gott für jede gute Tat eine Belohnung gibt, dann dressiert er uns nur wie Hunde.«

»Ach, Sigi«, sagt der Jude, »ich habe schon lange das Gefühl, daß Gott vor ziemlich langer Zeit die Bühne verlassen hat. Aber es fällt schwer, sich einzugestehen, daß der Glaube nutzlos sein kann.«

Keiner von uns will sich das eingestehen, was wir alle empfinden: eine Spannung, so als ob der Jude in Wirklichkeit unser Gefangener war und wir seine Wärter, ein bitteres Gefühl und einen Schmerz, die er nicht abschütteln kann, die ihn in seine Freiheit begleiten werden.

Eines Abends unternimmt Doktor Weiß einen Ausflug ins Wirtshaus: Er zwingt sich dazu, unsere kleine Küche zu verlassen und sich hinauszuwagen, unter Fremde. Aber es mißlingt. Einige Bauern dort geben ihm auf derbe Weise zu verstehen, daß ein Jude nicht willkommen ist, und nur Ignaz' Gegenwart verhindert Schlimmeres. Ignaz begleitet ihn zu uns nach Hause.

Wie konnte das geschehen, wo wir doch endlich alle in Sicherheit sind? Unsere Lage ist gut; besser, als sie nur durch das Glück oder Gebete geworden wäre. Das Glücksrad hat es gut mit uns gemeint. Wir sind von der Zerstörung verschont geblieben. Unsere Besatzer sind ein paar Soldaten, die anscheinend kein Interesse daran haben, uns als Feinde zu bestrafen. Sie vergewaltigen keine Frauen, sie verhaften niemanden (Betrunkene überlassen sie Pabst, dem Gendarm), sie foltern keine Männer, um geheimnisvolle Verstecke des Nazigolds zu erfahren. Manchmal schenken sie mir und Sigi Schokolade. Der eine oder andere starrt Sigis Körper etwas zu lange an, aber von den Blicken geht keine Drohung aus. Ihnen tut das blinde Mädchen leid. Und bald sehe ich, wie Maria Stocker mit dem einen oder anderen Amerikaner heimlich in dunkle Scheunen verschwindet. Ich frage mich, ob Maria das spürt, was ich damals mit Sigi empfunden habe, ob das der Grund ist, weshalb sie sich immer wieder mit jungen Männern zurückzieht. Sigi sagt, ich solle nicht so dumm sein. »Es ist doch klar, sie kommt. Sie ist verrückt danach. Warum läßt man sich sonst darauf ein?«

Sigi will sich darauf einlassen. Sie will sich mit mir

nackt ins Stroh legen, sie will, daß wir uns wieder wie damals berühren. Sie küßt mich genau, wie ich es mag, sie streichelt mich. Aber ich kann nicht weitergehen. Jetzt ist alles anders. Obwohl ich dieses Gefühl wieder erleben will, kann ich nicht tun, was Sigi will. Wissen Sie, wie es ist, wenn man kleinen Vögeln zusieht, wie jede ihrer Bewegungen so schnell ist, daß man gar nicht schnell genug schauen kann? Sigi und ich sind jetzt solche Vögel, wir fliegen aufeinander zu und dann gleich wieder weg, Spatzen im Schnee.

Warum ist mein Herz so leer ohne sie und die Zukunft so öde? »Du wirst es verstehen, wenn du älter bist«, sagt meine Großmutter immer, wenn sie mich grübeln sieht. Das sagt sie auch jetzt. Aber ich weiß, daß es nicht stimmt, denn manchmal sehe ich Schmerz und die Trauer über unbeantwortete Fragen in ihren uralten Augen. Es gibt Dinge, die wir niemals wissen werden. Sigi gehört zu den Rätseln, die ich nie lösen werde.

Einer der weisen, altüberlieferten Aussprüche meiner Großmutter war: Wenn einer das Dorf verläßt, geht schon bald der nächste fort. Im Juni verläßt uns Doktor Weiß. Aber er fährt nicht nach Innsbruck, um dort die Suche nach seiner Frau aufzunehmen, sondern er muß sich in ein DP-Lager für Verschleppte in Zell am See begeben. Dort werden die Menschen, die sich bei Kriegsende weit weg von ihrer Heimat befanden, versammelt und registriert. Es sei ein Zirkus der Bürokratie, dieses Zählen und Klassifizieren, sagt Doktor Weiß. Jeder an seinem ihm zugewiesenen Platz, unter seinem ihm zugewiesenen Namen, mit Urkunden, die das auch beweisen.

Es erinnere ihn an die k.u.k.-Zeit, als sich der Kaiser bei der Volkszählung unter der Berufsbezeichnung ›Staatsdiener‹ eintragen ließ. Auch den Nazis habe diese Prozedur behagt. Aber Doktor Weiß mißtraut den Motiven der Amerikaner nicht. Der junge Leutnant bedauert ihn; er fährt ihn sogar hinunter nach Fussing, wo er seinen Fall der amerikanischen Dienststelle schildern kann. Es ist aussichtslos. Der Jude muß den Weg ins Lager für Displaced Persons antreten.

Ein sonnenerfüllter Morgen in Sankt Vero, einer jener Tage, die uns das Leben lang und süß erscheinen lassen. Seit Sonnenaufgang lärmen die Amseln. Bis um sieben hat sich eine kleine Schar zusammengefunden, um Doktor Weiß zu verabschieden. Der dicke Ignaz ist da, ebenso Pabst, der Gendarm, der niemandem je von meinem Verrat erzählt hat. Natürlich sind sie alle da: mein Vater, Sigi und ihre Mutter, Herr Egger und Simon, meine Großmutter und Fräulein Mumelter. Meine Mutter bleibt zu Hause, behält uns aber bestimmt durch einen Spalt des Vorhangs im Auge.

Unser armer zerstörter Jude, Doktor Weiß, der Innsbrucker Chirurg, hat sich auf dem Rücksitz des Jeeps niedergelassen. Er winkt mich zu sich, legt eine Hand zärtlich auf meinen Nacken und zieht mich ganz nah zu sich heran, so daß sich unsere Stirnen berühren. Ich weine wie ein kleines Kind. Ich kann mich überhaupt nicht beherrschen.

»Ich habe dich an jenem Tag nicht gesehen«, flüstert er. »Ich habe dich gehört, aber ich habe nicht geschaut. Es gab nur euch zwei, dich und Sigi, du brauchst dir keine Vorwürfe zu machen. Merk dir das. Und denke daran, daß ihr mir das Leben zurückgegeben habt.«

Diesmal hatte meine Großmutter recht. Zwei Tage nachdem Doktor Weiß in einem amerikanischen Jeep die kurvenreiche Straße nach Fussing hinuntergefahren war, verschwand Fräulein Mumelter. Sie hinterließ ihre Wohnung in blitzsauberem Zustand, keine Spur von ihr blieb zurück. Nicht einmal einen Brief ließ sie da, was, glaube ich, Sigis Herz ebenso traf wie Traudls Weggang selbst. Sigi verbrachte den Tag weinend im Bett. Als ich mich zu ihr setzte und ihr übers Haar strich, warf sie mich hinaus.

Und wieder drehte sich das Glücksrad. Eines Abends beim Essen verkündete mein Vater, daß er mich im Herbst nach Schwaz auf die Mittelschule schicken wollte. Er sagte, Doktor Weiß hätte es dringend empfohlen. Ich würde bei einer Tante und einem Onkel wohnen, die ich von zwei oder drei Besuchen her kannte. Und ich würde nicht ganz allein sein, denn Herr Egger schicke Simon auch nach Schwaz. Ich bin aufgeregt, erschrokken, habe auch ein wenig Angst. Eine Zeitlang kommt es mir vor, als hätte ich Ameisen im Bauch. Es macht die Lage auch nicht besser, daß eines Abends, als wir am Tisch sitzen, ein Stein durch unser Küchenfenster fliegt und eine Glasscherbe den Unterarm meiner Mutter verletzt. Was jetzt herumerzählt wird, macht die Lage auch nicht leichter, nämlich daß mein Vater ein Verräter sei, weil er den Juden versteckte und dadurch das ganze Dorf in Gefahr brachte. Im Wirtshaus sagen einige ganz offen, mein Vater und Ignaz hätten vom Juden ein Vermögen in Diamanten erhalten, jetzt würden sie sich auch noch an den Amerikanern bereichern. Es gibt sogar Leute, die den Laden boykottieren. Sankt Vero war unfreundlich in jenem Sommer: es roch säuerlich. Meine Abreise im

September verlief nicht so schmerzlich, wie ich befürchtet hatte. Sigi schenkte mir ihr schönstes Lächeln, als wir uns verabschiedeten. ›Ewige Liebe‹, hörte ich sie sagen.

Eineinhalb Jahre nachdem die Amerikaner gekommen waren und meinen Vater zum Bürgermeister ernannt hatten, erhielt er einen Brief aus Baltimore, USA, den er mir an die Schwazer Adresse nachsandte. Der Jude schrieb, daß er im DP-Lager, wo er einen Monat bleiben mußte, an Typhus erkrankt sei. Ein bitteres Erlebnis, schrieb er, aber weniger bitter als das, was noch kommen sollte. Doktor Weiß fand seine Frau nie, auch nicht ihre sterblichen Überreste. Er erfuhr lediglich, daß sie nach Theresienstadt deportiert worden war und dort höchstwahrscheinlich 1944, zusammen mit Tausenden anderer, ums Leben gekommen war. Nach der Entlassung aus dem DP-Lager wurde ihm eine Stelle am Innsbrucker Krankenhaus angeboten. Er hätte auch seine alte Wohnung wiederhaben können. Die Nazi-Familie, die sie übernommen hatte, war hinausgeworfen worden. Aber er konnte es nicht ertragen. Er beschaffte sich ein Visum für Amerika.

Hier wohne ich nun, schrieb er, in einem Stadtteil, der Forest Park heißt, bei meiner Tochter und ihrem Mann. Die Häuser sind groß, alle von Gärten umgeben, aber es gibt weder Mauern noch Zäune. Ich kann mich nicht an Amerika gewöhnen. Von allem gibt es zuviel; man wird überwältigt. Manchmal träume ich von meiner Kiste, von den Gesprächen mit Sigi und Niki und Traudl. Und nicht alle diese Träume sind Alpträume. Das schlimmste ist jetzt, daß ich nicht arbeiten kann. Meine Zeugnisse werden nicht anerkannt. Daß ich Tausende von Operationen durchgeführt habe, daß ich ein sehr guter Chirurg bin, bedeutet ihnen nichts. Aber ich hoffe, daß das noch anders wird. Das ist das Wichtigste an Amerika, schrieb er: Es kann sich alles ändern.

In der Folgezeit erhielten wir jedes Jahr um Weihnachten eine Karte aus Baltimore, USA. Mein Vater schickte sie mir immer nach Schwaz und später, als ich mit dem Studium begann, nach Innsbruck weiter. Anfangs gab es zu den guten Wünschen auch Neuigkeiten, aber später unterschrieb Dr. Weiß bloß und fügte hinzu: ›Nächstes Jahr in Sankt Vero‹.

Lange wußte ich nicht, was das bedeutete. Ich kannte keine Juden, die ich hätte fragen können. Später erfuhr ich, daß sich die Juden immer beim Neujahrsfest mit dem feierlichen Wunsch ›Nächstes Jahr in Jerusalem!‹ zuprosten. Es sei eine altehrwürdige Tradition, es habe eine große Bedeutung in ihren Herzen, wurde mir gesagt.

Doch es ist nur ein Gedenken, eine vergebliche Hoffnung. Natürlich fahren sie nie hin. Keiner von uns fährt hin.